귀신 잡는 무적해병

김경수

1946. 황해도 옹진 출생(호적 43년생)
1951. 1 · 4후퇴 때 큰아버지 따라 연평도로 피난
1969. 현대자동차 입사
1987. 울산 MBC 방송국 공모, 6 · 25 체험수기 당선
1992. 이산가족수기 우수상, 정주영 명예회장상 수상
1992 · 94 · 95. 국방부 주최 호국문예 공모, 수기부문 가작(국방부장관상) 3회 수상
1982-2000. 현대중공업 입사 및 정년퇴임
2001. 논산 삼영기계 입사
2011. 육군3사관학교 공모, 충성대문학상 소설부문 우수상 수상
2013. 논산 삼영기계 퇴임, 월간《문학세계》소설 등단
2014. 장편 자전소설《60년 만에 꿈 이룬 집념의 사나이》출간
2020. 현재 작품 활동에 전념

귀신 잡는 무적해병

2020년 6월 10일 초판 인쇄
2020년 6월 15일 초판 발행

지은이 | 김경수
펴낸이 | 이찬규
펴낸곳 | 선학사
등록번호 | 제10-1015호
주소 | 13209 경기도 성남시 중원구 사기막골로 45번길 14
     우림2차 A동 1007호
전화 | 02-704-7840
팩스 | 02-704-7848
이메일 | sunhaksa@korea.com
홈페이지 | www.북코리아.kr
ISBN | 978-89-8072-265-5 (03810)

값 15,000원

6 · 25전쟁 70주년 기념
해병대 장편소설

귀신 잡는 무적 해병

김경수 지음

선학사

작가의 말

　1963년 봄, 많은 젊은이들이 서울 국도극장에서 〈돌아오지 않는 해병〉이라는 영화를 보고 해병대에 지원했다. 나 역시도 이 영화를 본 후 해병대에 지원하기로 결심하곤 서울 해병대사령부에 지원서를 접수했는데, 지원자가 어찌나 많던지 깜짝 놀랐다. 세 번째 지원까지 모조리 떨어지고 육군에 입대할 수밖에 없었지만, 해병대에 대한 미련은 가슴 한구석에 남아있었다. 글쓰기 연습을 하면서, 내가 만약 소설가가 된다면 해병대에 관한 글을 써보겠다 결심하곤 국방일보를 보기 시작했다. 6·25전쟁에 관한 자료를 수집하기 위해서였다.

　그러던 중 2011년 10월 17일자 국방일보에 "자랑스러운 전사 제대로 알려지기를"이라는 제목으로 공정식 전 해병대사령관의 인터뷰 기사가 실렸다. 이 글을 읽고 나는 무척 감동을 받았다. 김용호 소대장이 부하를 모두 잃었다는 죄책감에 고지 위에서 자결했고, 김 소대장 삼형제가 모두 전장에서 산화했다는 이야기를 접하고 이에 대한 글을 써야겠다고 결심했다. 이 가슴 아픈 사연과 함께, 서부전선에서 5천여 명의 적은 해병대원으로 4만 2천여 명이나 되는 중공군을 물리치고 수도 서울을, 나아가 이 대한민국을 지켜낸 일도 온 국민에게 알려야겠다고 생각했다. 그때부터 본격적인 자료수집과 구상을 하며 이 글을 쓰기 시작했다.

해병특공대 7인의 눈부신 활약을 생각해 냈다. 그리고 어린 시절 친구 '사총사'를 찾기 위해 친구들의 이름을 소설에 등장시키기로 했다. 사총사의 이름은 나 김경수와 '이삼영', '김준모', '안기덕'이다. 또 충남 서산장로교회 주일학교 학생이었던 '한순옥'도 찾기로 하고, 여성 등장인물 중의 한 명인 여(女) 해병으로 선정해 7인의 해병특공대에 포함했다. 이 4명은 이 책을 보는 즉시 출판사로 연락하기를 부탁한다.

독자들은 7인의 해병특공대를 통해 6·25전쟁 초기부터 1953년 7월 27일 휴전까지의 대한민국 해병대 전사의 면면을 생생히 접할 수 있을 것이다. 구성은 6·25 해병대 전사의 실제 무용담에 나의 상상력을 더해 이루어졌으며, 전시 상황이라는 긴박함 속에서도 깨알 같은 해학과 가슴 뭉클한 감동을 풀어냈다. 이제 6·25전쟁 70주년을 맞아 이 해병대 소설을 세상에 내놓는다.

2019년 10월 25일, '무적해병'의 신화 공정식 전 해병대사령관(예비역 해병 중장)이 향년 94세로 별세하셨다. 이 책을 만들어 공 장군님 앞에 보이려 했는데 이제는 이룰 수 없어 참으로 안타까울 뿐이다. 공 장군님의 뜻에 따라 이 전투와 숨은 전사들을 군과 온 국민에게 알리고 재평가받음으로써 호국영령들이 편히 잠들기를 간절히 기원한다.

끝으로 자료를 제공해 주신 상상미디어 김혜라 대표님과 국방부 군사편찬연구소 조성훈 부장님, 두 분께 고마움을 전한다. 또한 이 책을 출판해 주신 도서출판 선학사 이찬규 사장님과 직원들께도 감사를 드린다.

2020년 5월 10일
김경수

"자랑스러운 전사 제대로 알려지기를"

[인터뷰] 공정식 전 해병대사령관

"5,000여 명의 해병대원이 4만 2,000여 명의 오랑캐를 쳐부수고 대한민국을 수호한 자랑스러운 승전의 역사를 재평가하고, 호국영령들을 영원히 기억해야 합니다."

'무적해병', '귀신 잡는 해병'이라는 신화 창조의 주역 공정식(87·예비역 중장) 전 해병대 사령관은 장단·사천강지구 전투에 대대장과 부단장으로 참전, 세 명의 전투단장을 보좌해 치열한 전투를 벌였다. 지난 13일 서울 용산구 해병대기념관에서 만난 그는 이 전투가 제대로 알려지지 않은 것에 대해 매우 안타까워했다.

"화령장 전투나 다부동·춘천지구 전투, 3·8선 돌파 등은 대대적인 재현행사를 갖고 있지만 장단·사천강지구 전투는 1년에 한 번 '우리끼리' 추모제를 올리는 것에 그치고 있어요. 참전 노병으로서 이 같은 평가 절하에 가슴이 아픕니다. 이곳이 오랑캐를 무찌른 승전의 장소로 호국의 성지로 다시 태어날 수 있도록 군과 국민에게 알려야 합니다."

(중략)

전사를 막힘없이 풀어나가던 공 전 사령관이 잠시 말을 멈췄다. 눈가에 어느새 이슬이 맺혔다. 그는 떨리는 입술로 부하를 다 잃었다는 죄책 감에 유서를 남기고 전우들이 잠든 고지 위에서 자결한 김용호 소대장의 사연을 이야기했다.

"김 소대장은 삼형제였는데 모두 전장에서 산화했습니다. 그의 부친에게 조위금을 전달하려 했지만 두부 배달을 하며 어렵게 사시면서도 자식들 목숨 값을 받는 것은 아비의 도리가 아닐 뿐만 아니라 아들의 숭고한 희생을 헛되게 하는 것이라며 거절했어요. 분개한 한국 해병은 중공군 2차 추계공세에서 대승을 거뒀어요. 우리는 그렇게 싸웠고 수도 서울을, 대한민국을 수호했습니다."

2008년 10월 28일 전투 현장에 '오랑캐를 격파했다'라는 파로비(破虜碑)가 세워졌다. 정치적인 이유로 충혼(忠魂)을 위로할 비석 하나 건립하는 데 1년이 넘게 걸렸다.

"장단·사천강지구 전투는 세계 전사에서도 찾아볼 수 없는 성공적인 방어전입니다. 이제 나도 살 날이 얼마 남지 않았어요. 수도 서울을 지킨 전투를 재평가받음으로써 호국영령들이 편히 잠들기를 간절히 기원합니다.

- 《국방일보》, 2011년 10월 17일

CONTENTS

CONTENTS

6·25전쟁 발발

1950년 6월 25일. 황해도 옹진군 어느 시골 마을이었다. 태민의 아버지 김삼배는 새벽에 꿈을 꾸게 되는데, 꿈속에서 이런 음성이 들려왔다.

"이 땅에 전쟁이 날 것이니 네 아들 태민을 빨리 피난 보내라. 시간이 없다. 빨리……"

그리고 잠에서 깬 시간을 보니, 03시 30분이었다. 김삼배는 걱정스러운 얼굴로 급히 교회에 달려갔고, 교회 장로인 그는 십자가 앞에서 무릎을 꿇고 하나님께 간절히 기도했다.

"하나님 아버지, 이 땅에서 전쟁을 거두어 주소서. 만약 남북 간에 전쟁이 일어난다면 한 핏줄을 가진 같은 민족끼리, 서로 싸우고 죽이는 동족 간의 비참한 일이 일어날 것입니다. 주여, 도와주시기를 예수님의 이름으로 간절히 기도합니다. 아멘."

기도를 끝내고 교회를 나오는데 시각은 04시를 알리고 있었다. 6월 25일 04시, 북한군은 '폭풍'이란 공격 명령과 함께 서쪽의 옹진반도부터 개성, 전곡, 포천, 춘천, 양양 등 4개 축선 11개 지점에 이르는 38선 전역에서 전면 남침을 개시했다. 북한군의 T-34 소련제 탱크 242대가 산천초목도 고이 잠든 남쪽을 향해 일제히 "쾅, 쾅, 쾅!" 하고 포를 발사하여 천지를 뒤흔들었다. 또 북한군은 170여 대의 전투기를 포함해 200여 대의 비행기를 갖고 있었고, 병력 역시 20만 명이 넘어섰다. 그런 반면 국군은 탱크와 전투기는 전무였고, 20여 대의 훈련기와 연락기가 있을 뿐이었다. 그나마 병력마저 반 이상이 휴가나 외출 중이었다.

김삼배는 식구들을 흔들어 깨우며 꿈 이야기를 했다. 천둥소리처럼 들려오는 이 소리도 분명 북한군이 남침한 포 소리일 것이라고 했다. 북한군은 전에도 몇 차례 38선을 넘어와 사람들을 죽이거나 끌고 가곤 했지만, 이번만큼은 전과 달랐다. 북한군이 전면 남침한 것이 틀림없었다. 경찰이었던 큰아들이 북한군에 용감히 맞서 싸우다 목숨을 잃었기에, 그는 더욱 조급할 수밖에 없었다.

"태민아, 너는 꿈대로 빨리 피난해야 한다. 형이 용감하게 북한군과 싸우다가 전사한 경찰가족이라고 너를 끌고 갈 것이니, 빨리 피난 갈 준비를 해라!"

태민 아버지는 다급하게 말했다.

"아버지는 안 가시고 저만 갑니까? 아버지도 함께 떠납시다."

태민은 아버지의 옷자락을 붙잡고 말했다.

"나는 하나님이 지켜줄 것이다. 여보, 태민의 비상식량과 옷 두 벌, 그리고 돈도 준비하구료!"

태민 아버지는 아내에게 말했다.

"태민아, 빨리 해변가로 가서 배를 타고 연평도로 가서, 다시 인천 가는 배를 타라. 그리고 인천에 내리면 급히 영등포역으로 가서, 부산으로 피난을 가야 한다."

태민 아버지는 아들을 위해 큰 걱정을 하고 있었다.

"예, 알겠습니다."

오빠의 피난길을 따라 여동생 영숙(19세)과 남동생 태식(14세), 셋은 잠시 피난길을 함께했다.

"너희들은 이제 집으로 가라. 내 걱정은 말고……"

태민은 두 동생을 집으로 보내려고 했다.

"형은 피난 가서도 다시 선생님이 될 거야?"

동생 태식이가 형에게 말했다.

"큰형의 원수(경찰로 전사)를 갚기 위해 군대에 가야지."

"형, 그러면 혹시 큰형이 경찰을 했고, 또 형도 월남을 했다고 인민군들이 누나를 여군으로 잡아 갈지도 몰라? 전쟁터에서 여군을 보면 누나인지 확인 후 총을 쏘라구!"

"알았다. 막내둥이야! 별 걱정을 다하는구나."

태민은 동생을 귀엽다는 듯 어깨를 만지며 말했다.

"오빠, 피난 가서 몸조심해. 그리고 꼭 집으로 와야 돼!"

여동생은 오빠의 손을 꼬옥 잡으며 힘차게 말했다.

"그래. 내 걱정은 말고 부모님이나 잘 보살펴 드려라!"

"오빠, 잘 갔다 와, 몸조심하고……"

셋은 잠시 기도를 드린 후 헤어졌다.

태민은 한참을 가다가 안주머니에서 지갑을 내어 애인의 사진을 보았다. 같은 학교 동창이며 사범학교를 졸업하고 현재는 초등학교에서 교편생활을 하고 있었다. 태민은 면 단위 학교에서, 애인 오경자는 옹진 읍내 학교에서 교사로 있었다. 경자도 피난을 갔는지 궁금해하다가 더욱 그리워지며, 지난날의 추억들이 영화필름처럼 스치고 지나갔다.

전번에 만났을 때 올 9월 27일 날로 결혼식 날을 잡았다. 그날은 경자가 이 세상에 태어난 날이라, 우리는 서로 의논해 그날 결혼 날을 잡았던 것이다. 그리고 6월 25일 경자네 집으로 가서 부모님께 인사를 드리고, 결혼 날을 알리려고 했었다. 그러나 지금 그런 생각에 빠져 있을 때가 아니었다. 빨리 해변가로 가서 연평도로 가는 배를 타고, 다시 인천으로 가야 하기 때문이다.

한편 남침 전날 백인엽 연대장의 명령에 따라 일선부대 전 병력은 경계 태세에 임하고 있었다. 연대본부 지역에 있던 제1포대와 제2대전차포 소대도 제3대대 지역으로 이동했다. 그리고 각종 탄약도 추진 분배하여 6월 24일 밤, 긴장된 마음으로 대비했으나 아무런 일도 일어나지 않았다. 그러나 25일 04시, 별안간 38선 상공에 적·녹의 신호탄이 빛을 발하며 동서로 교차하자 갑자기 "쾅, 쾅" 하는 포성이 터지면서 적막한 38선의 새벽 공기를 흔들어 놓았다. 옹진 지구에 투입된 적은 북한 제3경비여단과 제6사단 예하의 제1연대였다. 그들의 주요 장비는 자주포와 장갑차 각 8대, 122mm 곡사포 12문, 76mm 곡사포 36문과 각종 포를 합해 총 196문이었고, 이때 동원된 병력은 12,000여 명이었다. 북한군은 04시에 지원 포병으로 하여금 공격준비 사격을 하게 한 후, 제1연대는 자주포와 장갑차를 선두로 하여 동측에서, 제3경비 여단은 기마대를 앞세우고 서측에서 각각 공격해 왔다.

백인엽 대령은 수 주간에 걸친 적의 움직임을 보아 무엇인가 획책하고 있는 것으로 파악하고 있었으나, 옹진 전역에 직접 침공할 것은 미처 생각하지 못했다. 따라서 사태 진전에 따라 적의 주력 방향에 예비대를 운용할 복안으로, 04시 제2대대장 송호림 소령에게 지시했다. "출동태세를 갖추고 대기하라!"는 준비 명령을 하달하고, 포병 대대장 박정호 소령에게 제1, 3대대 전면에 지원사격을 하도록 조치했다.

이때부터 연대본부 지역에도 포탄이 떨어지기 시작했고, 자주포와 장갑차를 선두로 한 북한군은 거의 무저항 상태의 우일선 정면을 뚫고 강령과 양원으로 육박하고 있음이 보고되었다. 그리고 옹진 거리에는 부상병과 피난민들로 길을 메웠다.

대대장은 운전병과 차를 엄폐된 곳에 두고 적이 숨어있는 토끼고지를 향해 700m가량 걸어갔다. 그때 부상자와 이를 부축한 제3중대원이 내려가면서 적대대 병력의 공격으로 제2소대장 김호경 소위가 전사했다고 보고했다. 대대장은 그제야 수 주 전부터 심상치 않았던 적의 움직임이 침공을 위한 것이었다는 것을 깨닫고, 대대지역에 있는 제1중대를 투입해야겠다고 판단하고 대대본부로 달려갔다. 06시 제1대대장 김희태 소령은 제1중대의 출동을 확인하고서도, 흥분이 진정되지 않는 표정으로 말했다.

"제1중대를 내가 직접 지휘하겠다. 강철수 중대장은 나만 따라오너라."

그리고 대대장과 중대장은 10m 앞서 걸어가고 있었는데, 갑자기 "쾅"하는 폭음소리와 함께 대대장의 모습은 보이지 않았고, 중대장 역시 사라져 철모만 그 자리에 남아있었다. 김 소령은 적의 82mm 박격포의 직결탄에 맞아 산화한 것이며, 그가 팔목에 찼던 시계만 남아서 그의 전령에게 전해졌는데, 이때가 06시 10분이었다.

한편 옹진읍에 사는 오덕상(19세)의 마을에도 북한군이 쏘는 포 소리가 점점 크게 들려오고, 마을 사람들도 피난을 떠나고 있었다. 오덕상의 어머니는 아들에게 빨리 피난을 가라고 눈물을 흘리며 말했다.

"덕상아, 저 사람들을 따라 빨리 해변가로 가서 배를 타야 한다. 네가 피난을 못 가면 인민군에 끌려가서 개죽음을 당한다!"

"예, 어머니, 제가 올 때까지 건강하시고……"

덕상도 어머니의 손을 붙잡고 눈물을 흘리며 말을 맺지 못했다.

"어서 빨리 해변가로 가서 배를 타고 인천으로 가라."

"어머니 안녕히 계십시오."

덕상도 눈물을 흘리며 어머니와 이별했다. 누나 오경자(21세), 남동생 덕중(18세)과 막냇동생 덕하(16세)도 뒤따라왔다. 덕상을 혼자 보내기 싫어 저만치 피난길을 따라갈 생각이다.

잠시 후 누나는 침묵을 깨고 조용히 말했다.

"덕상아, 피난 가 잘 있다가 전쟁이 끝나면 꼭 돌아와라!"

"누나, 포 소리가 크게 들려와. 위험하니 빨리 집에 가!"

"그래, 몸 건강히 잘 있다 와!"

오경자는 조금 걷다가 주머니에서 지갑을 꺼내, 애인 김태민의 사진을 바라봤다. 같은 사범학교를 졸업했지만 초등학교 교사 발령지역이 달라, 자주는 못 만나고 한 달에 한 번씩은 만났었다. 태민도 피난을 갔을까? 은근히 걱정이 되었다.

우리는 지난번에 만나 결혼 날을 잡았다. 내 생일날은 9월 27일, 앞으로 3개월이 남았지만 그 약속이 무산될 것만 같았다. 결혼은 좀 늦게 하더라도 아무 일 없이 있다가 다시 만나기를 마음속으로 빌었다. 한참을 가다가 동생인 덕중이가 말했다.

"형, 형은 피난 가서 무엇을 하려고?"

"이 위급한 시기에 군대 가서 나라를 지켜야지!"

"형은 중학교 때부터 수영선수로 이름을 날렸지. 수영을 잘하니 해군에 가면 좋겠네!"

"나는 해군에 안 가고, 해병대에 가련다! 해병대 입대해 연평도로 와서 내 고향을 찾아야지!"

이번에는 16세 된 막냇동생 덕하가 끼어들었다.

"둘째 형이 만약에 북한군에 끌려가서 최전방에서 싸운다면, 큰형은 해병대에 간다니 절대 해병대에겐 총을 쏘지 마! 잘못하다간 작은형이 큰형을 죽일 수도 있어! 알았지 덕중 형?"

"막내야, 네가 그런 생각을 다 하다니, 비상한 머리를 가졌구나! 막내 말대로 나는 꼭 해병대에 갈 테니, 너는 형을 생각해서 해병대원들에게는 절대로 총을 쏘지 마!"

"형, 만약 내가 북한군에 끌려가 최일선에서 싸우게 된다면, 나는 형을 생각해서 해병대를 도울 거야! 형, 걱정하지 마."

"나도 큰형을 생각해서 해병대를 지켜줄 거야!"

막냇동생 덕하도 힘이 난 듯 자신 있게 말했다.

"세상에 그런 일이야 있겠니? 우리 형제끼리 하는 농담이지. 이제 그만 돌아가라. 위험하다."

삼형제는 서로 손을 잡고 마지막 인사를 했다.

"형제가 남북으로 헤어져 총칼로 싸우지 않기를 빈다. 그럼 두 동생아, 만날 때까지 잘 있어라!"

"형, 형! 잘 있다 다시 만나, 꼭……"

삼형제는 서로 손을 흔들며 눈물로 이별했다.

여전히 북쪽에서는 피난민 행렬이 끝이 보이지 않았다. 소달구지를 끌고 가는 사람, 짐 보따리를 이고 어린애를 업고 가는 사람, 또 부상당한 국군 몇 사람이 피난민들과 함께 갔다. 북쪽에서 점점 크게 들려오는 대포소리를 들으며, 오덕상은 말 없이 피난민들과 발길을 옮겼다.

한편, 6월 25일은 마침 일요일이었다. 서울 서대문 근처에 사는 김용호(19세)는 다른 날과는 달리 어딘가 이상한 느낌이 들었다. 아침밥을 먹고 거리로 나와 보니, 마포 쪽에서 군용트럭이 폭주를 하고, 군인들이 군 트럭을 타고 요란스럽게 지나갔다. 평상시와는 달리 이상한 공기가 스치고, 지나가는 사람들의 얼굴 표정이 무엇에 쫓기듯 불안한 모습이었다. 서울역 쪽에서 오는 사람들의 말을 들어보면, 오늘 새벽에 38선에서 북한군이 전면 기습 남침을 하여 내려올 거라고 했다. 계속해서 지프와 군용차가 서대문 쪽으로 달리고, 거리의 사람들은 불안한 모습으로 그 광경을 쳐다보고 있었다.

다시 저녁이 되면서 북쪽에서 피난민들이 구름같이 밀려오고, 바람결에 은은한 포성이 들리기도 했다. 또 시내에서 오는 사람들의 말을 들어보면, 피난민들과 부상병들이 시내로 밀려온다는 것이다. 용호네 집안도 불안과 두려움으로 어쩔 줄을 몰랐다.

어머니는 불안한 얼굴로 용호를 불렀다.

"용호야, 큰일 났구나! 전쟁이 난 것이 틀림없다. 내일은 너도 피난을 가야 될 것 같다."

"어머니, 어디로 피난을 가요? 이 많은 사람들이……"

용호도 걱정스러운 얼굴로 어머니를 바라보며 말했다.

"좀 더 두고 봐야 알겠지만, 너 혼자라도 피난을 가거라!"

아버지 역시 걱정스러운 표정으로 말했다.

6월 26일 월요일, 아침부터 서울 상공에 적기가 나타나 기관총을 "따다닥, 탁탁탁" 쏘기 시작하더니, 밑에서도 대포를 "쿵쾅, 쿵쾅" 쏘고 있었다. 또 남산 쪽에서는 시꺼먼 연기가 피어오르고, 정말 전쟁이 난 것이 틀림없다는 것을 알았다.

정부 뉴스에서는 "현재 북한군이 쳐들어오고 있으나 대한민국 용감한 국군 용사들은 다시 진격하고 있으니, 국민들은 동요하지 말고 각자 맡은 일에 충실하라!"는 말이 들려왔다.

"용호야. 문안에선 피난민들이 밀려오는데, 너도 빨리 피난 갈 준비를 해야지."

어머니는 용호의 옷을 찾으며 바쁘게 움직였다.

"아버지도 함께 피난 갑시다!"

"나는 좀 더 기다렸다가 시골로 몸을 피할 것이니, 너는 빨리 떠나라. 만약 한강다리가 끊어진다면 큰일이다!"

아버지는 어서 떠나라고 불호령을 내렸다.

어머니는 눈물을 흘리며 빨리 영등포에서 기차를 타라고 용호의 등을 떠밀었다. 용호는 할 수 없이 식구들과 작별인사를 하고, 피난민들 틈에 끼어들었다.

김태민은 드디어 영등포역에 도착했다. 그러나 각처에서 모인 사람들은 남쪽으로 가는 기차를 타려고 아우성이었다. 태민은 사람들 틈에 끼어 역 안으로 들어갔다. 그곳 역시 많은 사람들로 대혼잡을 이루고 있었다. 그런데 많은 사람들이 밀리면서 누군가 태민의 발을 밟았다. 그 순간 "아얏!" 하며 쳐다봤는데, 그쪽에서는 잠시 태민의 얼굴을 보더니, 금세 반가운 듯 웃으며 말했다.

"죄송합니다. 형님, 몇 년 전에 서울 운동장에서 1만 미터 달리기에 참가했던 형이지요?"

"아니, 네가 그것을 어떻게 알고 있지?"

태민은 놀란 듯이 상대방을 바라보며 말했다.

"형님, 그때 운동장에 4위로 들어와 앞서가는 선수를 추월하고 3위로 골인했죠? 나는 형님의 얼굴을 똑똑히 보았어요!"

"야, 지금까지도 잊지 않았구나!"

"저는 19세인 김용호라고 합니다. 집은 서대문이에요. 형님의 고향은 어디인데요?"

"내 고향은 황해도 옹진이란다. 남쪽으로 피난 가려고……"

"형님, 저도 남쪽으로 가려고 하는데, 함께 갑시다!"

김용호는 활짝 웃으며 말했다.

"그래. 잘됐다. 사람들이 너무 많아 기차를 탈 것 같지 않구나."

"형님, 기차 지붕에라도 타고 부산까지 가야 합니다."

"그래, 어떻게 하든지 타는 방향으로 해보자."

그때 오덕상도 영등포역에 도착하여 역 안으로 들어갔는데, 두 사람 앞을 지나가게 되었다.

한참 후 기다리던 기차가 도착했는데, 서로가 먼저 타려고 아우성이었다. 벌써 기차 안은 많은 사람들로 가득 차 있었다. 할 수 없이 용호는 재빠르게 기차 지붕으로 올라가서, 태민 형을 끌어올려 지붕 한가운데 자리를 잡고 앉았다.

오덕상 역시 사람들 틈에 끼어 두 사람이 탄 기차 지붕에서 셋째 칸에 올라가 자리를 잡았다. 기차 지붕 위에까지 피난민들이 가득 차 있는데도, 기차는 좀처럼 떠나지 않았다. 한참 후에야 기차는 출발해 밤새도록 갔는데, 대전역에서 서고 말았다.

아침에 보니 그 많은 사람들은 어디로 갔는지 자리가 많이 비어 있었다. 그 이유는 둥그런 기차 지붕 위에 양쪽에 앉아서 서로 손을 붙잡고 있다가, 밤에 잠이 들면서 쥐었던 손을 놓치면서 사람들이 다 떨어져 죽었기 때문이었다. 기차 지붕 위에 있던 사람들은 몇 사람 남지 않고 다 떨어졌는데, 태민과 용호는 지붕 위 한가운데에 앉아 무사했던 것이다. 저쪽 지붕 위에 탄 오덕상도 떨어지지 않고 그대로 있었다.

그다음 날 아침에야 낙동강 철교를 건너게 되었다. 그런데 열차 안 여기저기서 뭔가가 강으로 휙휙 떨어졌다. 자세히 보니 어린아이들을 강물에 떨어뜨리고 있었다. "어른들도 죽을 판인데 정들기 전에 너도 편히 가거라!" 하면서 어린애들을 강물에 떨어뜨린 것이다. 5, 6세 된 큰 아이들도 떨어뜨렸고, 어떤 아이들은 안 떨어지려고 어머니를 꼭 붙잡고 바둥대는 데도 마구 밀어버려 떨어뜨렸다. 차마 눈뜨고는 볼 수 없는 슬프고 가슴 아픈 장면이었다. 낙동강 철교를 지나자 이 광경을 본 사람들은 눈물을 흘리며 가슴을 쓸어내렸다.

드디어 부산역에 도착했는데, 이곳 역시 대만원이었다. 김태민과 김용호는 그때서야 안도의 한숨을 내쉬며, 서로의 성씨를 물었다.

"김용호는 어디 김씨냐?"

"형님, 저요? 광산 김씨입니다!"

용호는 태민 형을 쳐다보며 말했다.

"나는 김해 김씨다. 이제는 잠잘 방이라도 얻어야 되겠다."

두 사람은 산꼭대기에 있는 판잣집 하나를 얻었다. 이제는 앞으로 살아갈 일이 걱정되었다.

다음 날 아침이었다.

"용호야, 나는 잠시 나갔다 올 테니 너는 방에서 쉬어라."

"형은 어디 가려고."

"우리가 할 수 있는 일이 있는지 알아보려고."

태민은 한참 가다가 담벼락에 붙은 글씨를 보게 되었다. 해군을 모집한다는 내용이었다. 그 순간 태민은 해군에 지원할 생각을 하고 집으로 갔다.

태민은 용호에게 말했다.

"용호야, 나는 해군에 지원하겠다. 너는 어떻게 하겠니?"

"형, 나도 해군에 지원하겠어요!"

"그래. 그러면 우리 둘이는 해군에 지원하자."

태민은 잠시 생각하더니 다시 말했다.

"나라가 위기에 빠져 있을 때 우리 젊은이들이 나라를 구해야지. 누가 나라를 지키겠냐? 내일 바로 지원하자!"

"태민 형, 나는 죽으나 사나 형만 따라다닐 테야!"

두 사람은 해군에 지원할 것을 결심했다.

오덕상도 부산에 도착해 해군 지원 모집광고를 보았다.

"아니, 해군은 모집하는데, 해병대는 왜 모집 안 하지. 나는 꼭 해병대에 가야 하는데……"

그때 마침 해병대 두 사람이 저쪽으로 지나갔다. 덕상은 잠시 생각하다가 그쪽으로 달려갔다.

"해병대 아저씨, 나는 해병대에 가려고 하는데, 해군 모집은 있는데 해병대 모집은 없네요?"

해병대 두 사람은 덕상을 바라보더니, 잠시 후 말했다.

"해병대에 가려면 제주도로 가요. 그곳에 가면 해병대를 모집합니다!"

"네, 감사합니다."

오덕상은 곧바로 제주도로 가는 배를 타고, 제주도에 도착했다. 그리고 즉시 해병대에 지원서를 제출했는데, 해병대 3기에 소속될 것이라고 했다.

맥아더 원수와 후퇴하는 국군

6월 29일 동경의 미 극동군 사령관인 맥아더 원수가 15명의 수행원을 대동하고 한강방어선을 방문했다. 맥아더 장군 일행은 전용기 편으로 하네다 공항을 떠나 오전 10시에 수원 비행장에 도착했다. 그는 곧 극동군 사령부 전방지휘소에서 처치 준장으로부터 전황보고를 받은 다음, 전선을 살펴보기 위하여 1번 국도를 따라 북상하여 시흥사를 방문했다.

헌병사령관 송요찬 대령과 공군헌병대장 김득용 중령이 경호를 맡았으며, 시흥사 참모장 김종갑 대령이 통역을 담당했다. 맥아더 원수를 맞은 김홍일 사령관은 간략한 정황보고를 했다.

"현재의 국군은 국내 치안을 유지할 목적으로 창설된 경비대이므로, 목적을 넘어선 오늘의 전면전을 감당하기에는 매우 어렵다. 우선 전투에 필요한 장비와 탄약의 절대량이 부족한 실정이다"라고 강조하고, 그를 영등포의 수도사단 방어진지로 안내했다.

그때 한강에서는 미 전방지휘소의 요청으로 오키나와의 미 공군기지에서 출격한 B-26 폭격기가 한강 철교를 폭격하기 시작했다. 그리고 한강 남측에서 개인호를 파놓고 그 속에서 움츠리고 있던 국군 장병들이 일제히 환호성을 울렸다. 그러나 약 30분간에 걸친 맹폭격에도 불구하고,

한강 철교는 여전히 건재했다.

　맥아더 장군은 그동안 적의 포탄을 무릅쓰고 김홍일 사령관에게 안내되었다. 수도사단 제8연대 제3대대가 개인호를 파고 방어진을 구축한 동양맥주공장(현재 영등포 공원, 두산 아파트 일대) 옆의 자그만 언덕에 도착했다. 이곳에 도착한 맥아더 장군은 두 손에 쌍안경을 들고 저 멀리 한강전선을 관찰했다. 그 당시 통역을 맡았던 김종갑 대령이 전하는 바에 의하면, 그의 면모는 이러했다고 한다. "그때 내가 원수와 한 차에 동승하게 되었는데, 미 극동군참모장 알몬드 소장, 그리고 내가 자리를 잡았다. 또 시흥에서 영등포로 북향하여 우선 초등학교의 수도 사단 본부에 들렀다가 사단장과 함께 고개를 넘어 동양맥주공장 부근에 도착했다. 그런데 적의 120밀리 박격포탄이 난무하기 시작했다. 길옆에 서 있는 버스 1대가 포탄에 맞아 박살이 나고 말았다. 이때 라이트 대령이 "위험하니, 돌아가는 것이 어떻습니까?"하고 원수에게 권유하였다. 그러나 원수는 단호히 거절했다."

　"아니, 나는 한강을 꼭 보아야겠다"고 하고 한강으로 강행했다. 그러나 포탄의 집중으로 부득이 차에서 내려 옆의 맥주공장으로 잠시 대피했다. 잠시 후 적의 박격포탄 사격이 뜸해진 틈을 타서, 제8연대의 일부가 진지를 점령 중인 공장 옆의 언덕으로 올라가, 쌍안경으로 한강 주변을 한참 동안 보고 나서, 무슨 생각이 들었는지 갑자기 산병호 쪽으로 걸어갔다. 거기에는 이등중사(현 중사)가 개인호 안에서 잔뜩 긴장된 자세로 서 있었다.

　맥아더 원수가 말을 걸었다.

　"하사관! 자네는 언제까지 그 호 속에 있을 것인가?"

　맥아더 장군을 수행한 김종갑 대령이 통역을 했다.

하사관은 부동자세로 또박또박 대답했다.

"옛! 각하께서도 군인이시고 저 또한 대한민국의 군인입니다. 군인이란 명령을 따를 뿐입니다. 저의 직속상관으로부터 철수하라는 명령이 있을 때까지 여기에 있을 것입니다."

"그 명령이 없을 때엔 어떻게 할 것인가?"

"옛! 죽는 순간까지 여기를 지킬 것입니다."

"오! 장하다."

맥아더 장군은 고개를 크게 끄덕이면서 또 물었다.

"자네 말고 딴 병사들도 다 같은 생각인가?"

"옛! 그렇습니다. 각하!"

"참으로 훌륭하구나! 여기 와서 자네 같은 군인을 만날 줄은 꿈에도 몰랐네! 지금 소원이 무엇인가?"

"옛! 우리는 지금 맨주먹으로 싸우고 있습니다. 단 소총뿐입니다. 북한군의 전차와 대포에 우리 국군은 밀리고 있습니다. 놈들의 전차와 대포를 까부술 수 있는 무기와 탄약을 도와주십시오!"

"음! 그리고 또 없나?"

"옛! 그뿐입니다."

"알았네. 하사관, 여기에 온 보람이 있군. 하사관 말에 감동하여 눈물이 나올 지경이군!"

맥아더 장군은 하사관의 손을 꼭 쥐고 나서 김 대령에게 말했다.

"대령! 이 씩씩하고 훌륭한 병사에게 전해주시오. 내가 도쿄로 돌아가는 즉시 미국 지원군을 보내줄 것이라고, 그리고 그때까지 용기를 잃지 말고 훌륭히 싸우라고……"

한국군 일개 병사가 역전의 노장인 그를 감격케 한, 이 극적인 장면은 당시 국군이 비록 열세에 몰려 고전을 면치 못하고 있었으나, 그 적개심과 투지만은 왕성하게 살아있다는 것을 깨닫게 하는 계기가 되었다. 물론 맥아더 장군은 전선을 시찰하기 전에 이미 미 지상군을 투입하여, 한국군을 지원해야 한다는 결심을 갖고 있었다. 이 일로 인해 한국 국군 장병들의 방어의지가 굳건하다는 사실을 확인하는 기회가 되었음은 분명했다.

맥아더 장군은 잠시 생각한 끝에 이곳에서 '인천상륙작전'을 생각해 냈다. 부산에서 한·미 해병대가 함정을 타고 귀신같이 인천상륙작전을 성공시킨다. 그리고 곧바로 경인가도로 진출해 한강을 건너 서울을 탈환하는 것이다. 또다시 38선을 넘어 북진하여 평양을 탈환하고, 남북통일을 이룬다는 생각이었다. 맥아더 장군은 굳게 결심하고, 성공할 것을 하나님께 기도했다.

맥아더 장군은 한강 방어선 시찰 중, 용감한 하사관과 대화를 나누었던 약속을 지켰다. 하우스먼 소령이 전해준 얘기로 그 사실을 알았다.

사령부로 돌아간 맥아더 장군은 도쿄 시간으로 6월 30일 04시, 워싱턴의 트루먼 대통령에게 특별 전보를 보냈다. 〈한국이 목하 당면하고 있는 최악의 위기는 미 지상군의 지원 없이는 기사회생이 불가능함을 현지시찰로써 확인했음. 따라서 재일 8군의 보병 2개 사단을 긴급 출동케 할 수 있도록 조속히 재가해 주실 것을 바람.〉

트루먼 대통령도 신속하게 이에 응했다. 우선 필요한 응급책으로 도쿄의 맥아더에게 즉시 보병 1개 연대 규모를 한국에 급파할 것을 통합참모본부(미합참)에 지시하고, 뒤이어 국가 안전보장회의를 소집하여, 보병 2개 사단의 증파를 결의했다.

이 신속한 결정을 내리게 한 원동력은 뭐니 뭐니 해도 맥아더 장군이었다. 이승만 대통령은 "나의 친구 제너럴 맥아더는 군인 중에 군인이요,

장군 중에 장군일 뿐 아니라, 나와 함께 투철한 반공 지도자이다!"라고 찬사를 자주 했다.

북한군은 7월 3일 04시, 경부선 철교의 남쪽 교대 연결 부위가 손상을 입은 경간에 대한 보수가 끝난 것 같았다. 4대의 탱크가 종대를 이루어 교각을 흔드는 그 특유의 소음을 앞세우고, 한강철교 위에 그 모습을 나타냈다.

이를 본 아군 병사들은 화력을 집중하여 이들 탱크가 노량진 땅에 올라서는 것을 막으려고 했으나, 적 탱크는 탄우를 헤치고 계속 전진해왔다. 노량진-영등포 도로에 들어선 다음, 동 도로를 따라 돌파하여 탱크포를 휘두르면서 영등포로 돌입했다. 이렇게 탱크가 불시에 노량진에 들어섬으로써 이때까지 진지를 결사 고수코자 했던 장병들의 의지가 순식간에 동요하기 시작했다. 이는 그 탱크에 대응할 방책을 강구하지 못한 까닭에서였다.

수도고지-사육신묘 부근에서 적 탱크를 먼저 확인한 일부 병력이 진지를 이탈하게 되었다. 이와 같은 상황은 즉시 제7사단을 거쳐 시흥사에 보고되었다. 사령관 김홍일 소장은 더 이상 이 전선을 지탱할 수 없다고 판단한 나머지 제7, 수도의 양 사단에 안양으로 철수하도록 명령했다. 그러나 이 철수 명령은 통신망의 미비로 각국 부대에 일사불란하게 하달되지 못하였으므로, 철수명령을 수령치 못한 일부 병사들은 그대로 진지에 남아있기도 했다.

제1연대 혼성대대의 경우 대방동 정면에서 여의도 쪽으로만 주의력을 집중하고 있던 부대는 적의 탱크가 한강을 도하한 것을 미처 알지 못했다. 도로변에서 지나가는 탱크를 아군 탱크로 알고 반가운 나머지 손을 흔들며 환영하여 반기다가, 그만 기관총 사격을 받는 어처구니없는 일까지 벌어지게 되었다. 대대는 사격을 받고서야 비로소 적이 한강 남안에 진출했음을 알게 되었던 것이다.

　전선에서의 철수 또한 피할 수 없는 비극적인 운명에 놓였던 것이다. 사단으로부터 별다른 철수명령을 제대로 전달받지 못해 각급 부대별로 분산되어 후퇴했다. 그러다 보니 일부 병사들은 자리를 이탈하여 총을 버리고, 민간 옷으로 갈아입기도 했다. 그리고 군인들 역시 피난민 대열에 끼어 피난민들과 무질서하게 남쪽으로 후퇴하고 있었다.

　피난민들은 후퇴하는 국군들을 보고, 참다못해 항의를 했다.

　"적을 막지 못하고 후퇴만 하면 우리들은 누구를 믿느냐?"

　이 말을 들은 군인들은 말할 수 없는 참담함과 굴욕감을 느꼈다. 그러나 누구 하나 속 시원한 대답을 해주는 자는 없었다. 정말 나라를 지키고 국민의 생명과 재산을 지켜야 하는 군인으로서 절망적이고 가슴 아픈 일이었다. '동족상잔의 비극'은 이렇게 절망과 비극의 늪 속으로 자꾸만 빠져들었다.

　군포를 지날 무렵, 국군 몇몇은 북한군에 밀려 전방에서 국군 낙오자가 되어, 피난민들과 뒤섞여 남쪽으로 내려가는데, 갑자기 북한군 비행기에 무차별 기총사격을 받았다. 눈 깜짝할 사이에 일어난 일이라 피난민들은 거리에서 죽거나 피를 흘린 채 쓰러졌다. 그 참상은 차마 눈뜨고는 볼 수 없는 비극적 현장이었다. 이 가운데 어린아이를 안은 채 숨져 있는 여인과, 한 살도 채 안되어 보이는 젖먹이가 죽은 엄마 등에 업힌 채 울고 있는가 하면, 그 옆에는 죽은 엄마 등에서 기어 나와 울고 있는 애들도 있었다.

　또 어느 여인은 폭격을 피해 달아나다가 등에 업은 어린애가 빠진 것도 모르고 달렸다. 아이가 너무 조용한 듯해서 여인이 포대기를 만져보니 포대기만 있고, 어린애는 저만치 길 한가운데 빠져있었다. 그때 저쪽 언덕길에서 북한군의 탱크가 오는 것을 본 여인은 당황하여 손짓하며 어린애 있는 곳으로 달려갔다. 북한군 탱크병은 그 여인을 총으로 쏴 쓰러뜨렸다. 그리고 탱크는 무참하게도 어린애를 짓밟고 달려오고 있었다.

이것을 본 부상병은 다리를 절뚝거리며 도망가다가 울고 있는 어린애를 발견했는데 차마 두고 갈 수가 없어, 다시 와서 어린애 둘을 안고 길옆 둑 아래로 숨었다. 그러나 적 탱크는 그들이 숨은 곳에 와서 정지하더니, 탱크병은 권총으로 어린애를 감싸고 있는 군인을 향해 총을 쏴 사살했는데, 그래도 어린애들은 죽지 않고 살아 울고 있었다.

7월 4일 09시경, 김석원 장군이 수도사단장으로 부임하는 도중에, 길을 메운 피난민들 속에 낙오병과 경찰이 섞여 있는 것을 보고, 앞을 가로막았다.

"군경들아! 나는 수도사단장이 될 김석원이다. 그대들은 생명을 바쳐 싸워야 하거늘 지금 어디로 가는 것인가? 그대들의 후퇴로 우리의 형제자매와 늙으신 부모님들이 얼마나 고통을 겪을 것인가? 돌아서라! 김석원이 앞장설 테니 북으로 가자!"

김석원 장군은 우렁찬 목소리로 일장연설을 했다. 낙오된 군경들은 이 말에 감동한 나머지 너도나도 그의 뒤를 따라 사단에 모여 총을 잡았다. 또 그곳에 모여 있던 학생들도 김석원 장군의 연설에 용기와 감동을 받았다. 그 가운데 한 학생이 앞으로 나서며 큰소리로 외쳤다.

"이 위급한 시기에 우리 학생들도 펜 대신 총을 들고 나라를 지키자!"

이 말을 들은 피난 가던 학생들은 적과 싸울 것을 결심했다.

"우리 학생들도 학도병으로 나라를 위해 목숨을 바치자!"

이 말을 들은 많은 학생들은 박수를 치며 동참했다. 김석원 장군의 연설을 들은 학생들은 감동을 받아, 수원에서 200여 명의 학생들이 처음으로 '학도병 비상대책 발대식'을 열고, 학생들은 펜 대신 총을 들고 전선에 참전했다. (목숨을 건 학도병 참전은 1953년 7월 27일 휴전까지 계속되었다.)

적 치하에서

　한편 황해도 옹진군 동강면 해변가에서 얼마 떨어지지 않은 농촌마을, 이곳이 강철만 16세 소년이 사는 마을이다. 철만은 검정 고무신을 두 손에 들고 아침 일찍 거리를 달렸다. 힘을 길러 형의 원수를 갚기 위해서다. 달리면서 며칠 전에 있었던 일을 떠올렸다.

　옹진 17연대 제1대대 1중대 중대장이 강철만의 형(강철수)이다. 17연대 국군 몇 명이 낙오병이 되어 강철만이 사는 마을을 지나 해변가로 가고 있었다.

　철만은 군인들에게 달려가서 형의 소식을 물었다.

　"군인 아저씨, 옹진 17연대 1대대 1중대 중대장 강철수가 우리 형인데, 어떻게 됐어요?"

　군인들은 걸음을 멈추고 철만을 바라봤다.

　"강철수 중대장이 네 형이라고?"

　"네."

　이 말을 들은 군인들은 서로 얼굴을 쳐다보다가 말했다.

　"강철수 중대장님은 북한군과 전투 중 전사하셨단다!"

　강 소년은 깜짝 놀라며 다시 물었다.

"우리 형이 전사요! 정말인가요?"

"그래. 너희 형과 대대장님도 함께 전사했단다. 이제는 네가 형의 원수를……"

이 말을 들은 소년은 힘이 쏙 빠지며, 하늘이 노래지는 것만 같았다. 형이 전사했다니 믿을 수 없는 일이다. 잠시 후 소년의 가슴속은 끓어오르는 분노의 피가 용솟음쳤다. 기필코 형의 원수를 몇 배, 아니 몇십 배로 갚을 것이다. 형의 원수를 갚기 위해, 철만 소년은 오늘도 달리고 있었던 것이다.

소년은 한참 달리다가 나무가 울창한 산골짜기로 들어갔다. 그곳에는 며칠 전 준비해놓은 것들이 있었다. 소나무에 새끼를 감아 놓았고, 무거운 큰 돌도 몇 개 있있다. 칠민은 새끼줄을 감은 나무에 "얏, 야얏!" 하며 정신통일을 위해 기합을 넣으며 주먹을 날렸고, 이마로 박치기 연습도 했다. 그리고는 무거운 큰 돌을 역기 삼아 가슴까지 들어 올리며 팔의 힘을 키웠다. 또 마지막에는 작은 칼을 소나무에 날려 나무에 꽂기도 하고, 실패해 땅에 떨어뜨리기도 했다. 그러나 철만은 계속해서 칼을 던졌다. 형의 원수를 갚기 위해 칼 쓰는 법을 터득하고 힘을 키우기 위해서다.

6·25전쟁이 난 지 며칠 후였다. 김태식(김태민 동생)네 마을에서도 인민군이 들어오고, 마을 머슴 강씨가 빨갱이로 변해 인민군들과 함께 다니며, 집집마다의 사정을 이야기해 주었다.

이튿날 아침이었다. 태식이네 집으로 인민군 중위와 빨갱이로 변한 머슴 강씨가 앞장섰고, 뒤로는 여군 소위(20세 정도로 미인)와 어제 본 인민군 중사가 뒤를 따랐다. 앞에 두 사람은 큰 길에서 곧장 태식이네 집으로 오고 있었다.

머슴 강씨가 먼저 인민군 장교에게 말했다.

"이 집은 악질 반동분자요! 큰아들이 경찰이었는데 옹진전투에서 우리 인민군대를 많이 죽인 용서할 수 없는 악질이요, 또한 이 집 주인아저씨는 철저한 교회 장로이며, 아들은 월남했습니다."

"......"

이 말을 들은 인민군 장교는 아무 말이 없었다.

먼저 머슴 강씨와 인민군 장교가 태식이네 집으로 들어가니, 마침 온 식구는 방 안에서 늦은 아침 식사를 하고 있었다. 그런데 인민군 장교와 태식 아버지가 서로 눈이 마주치는 순간, 눈빛이 반짝 빛나며 당황한 표정으로 서로 고개를 숙였다. 인민군 장교는 급히 밖으로 나가며 6, 7년 전 일들이 번개같이 스쳤다. 인민군 장교는 17세 때 옹진읍에 있는 어느 포목점 점포로 들어갔다. 인정 많은 주인아저씨는 고등학교까지 공부시켜 주었다. 6, 7년이 지난 오늘 그 은혜를 갚지 못한 채, 여기서 만나다니 인연치고는 묘한 인연이었다. 또 태식 부모님도 깜짝 놀라며 몇 년 전 옹진읍에서 장사할 때, 점원으로 있었던 소년이 확실하다는 것을 알았다.

"여보! 우리가 지난날 옹진읍에서 장사할 때, 점원으로 있던 소년을 고등학교까지 공부시켰는데, 그 학생이 맞는 것 같구료?"

태식 어머니는 놀란 얼굴로 말했다.

"글쎄, 그런 것 같기도 한데 똑똑히는 안 봤어!"

태식 아버지도 지난날을 생각하며 말했다.

"그때 그 학생이 틀림없어요! 이름이 이덕재라고 했던가? 우리가 이사 오면서 고등학교까지 공부했으니, 훌륭한 사람이 되라고 헤어졌는데, 인민군으로 이곳에서 만나다니……"

태식 어머니는 긴 한숨을 내쉬며 말했다.

인민군 중위는 배를 만지며 인민군 중사에게 말했다.

"아침 먹은 것이 이상해! 둘이는 아랫마을로 가봐."

"옛, 알았습네다."

인민군 중사는 이 말을 남기고 강씨와 아랫마을로 갔다.

또 인민군 중위는 여군 소위에게 잠시 이곳에 있으라고 하고, 다시 태식이네 집으로 들어갔다.

"혹시 아드님 이름이 태민이고, 아저씨 성함은 김삼배 씬가요?"

"맞아요!"

김태식 아버지는 인민군 장교를 슬쩍 쳐다보며 말했다. 이 말을 들은 인민군 장교는 황급히 밖으로 나왔다. 그리고는 길가에 세워둔 차를 타고 마을을 빠져나갔다. 인민군 장교는 먼 산을 보며 무슨 생각에 잠겨있었다. 옆에 앉은 여군 소위는 이덕재(23세) 인민군 중위의 애인이다. 이름은 김향숙, 나이는 21세의 미인이었다.

여군은 이상하다는 듯 옆에 있는 애인에게 물었다.

"갑자기 무슨 일이 있나요?"

"어디서 많이 본 사람인데, 자세한 것은 나중에 말하지?"

이덕재 중위는 가만히 생각했다. 아들이 김태민, 아버지가 김삼배 씨라면 틀림없이 그 사람이다. 중학교 졸업 후 점원으로 들어갔는데, 고등학교까지 보내준 은혜를 갚아야 하는데 이곳에서 다시 만나게 되어 어떻게 해야 할지 곰곰이 생각했다.

김태식 부모님 역시 무엇에 홀린 듯 정신이 하나도 없었다.

이때 큰딸 영숙(19세)이가 말했다.

"어머니, 이덕재 오빠가 맞아요! 하필이면 인민군이……"

"그러게 말이다. 우리 집서 고등학교 공부까지 시켰는데…… 여보, 큰애가 경찰 한 것을 문제 삼지는 않을까요?"

태식 어머니는 걱정스러운 표정으로 태식 아버지를 보며 말했다.

"큰애는 경찰을 했지만 그 당시 전사했는데, 지금 와서 뭐……"

이렇게 말한 태식 아버지도 마음속으로는 편치가 않았다.

"태민도 피난 가고, 앞으로 무슨 일이 생길지 걱정이군요?"

"하나님께서 지켜주시는데 무슨 걱정을. 기도나 해요!"

태식 아버지는 작은 방으로 가서 하나님께 기도를 드렸다.

다음 날 아침에 인민군 중위는 여군과 함께 마을에 나타났다. 어제는 중사도 왔는데 오늘은 보이지 않고, 단둘이 급히 태식이네 집으로 들어갔다.

장교는 태식이 아버지에게 먼저 말을 걸었다.

"아저씨, 저를 기억하시겠지요? 6, 7년 전 옹진읍에서 포목점 점원이었던 이덕재입니다. 이런 모습으로 이곳에서 만나게 되어 죄송합니다."

"……"

태식 아버지는 아무 말이 없었다.

인민군 장교는 다시 말을 이었다.

"이 여군과는 한 부대에 있습니다. 지난날 나를 많이 도와주셨는데, 인사드리지!"

"안녕하십니까? 김향숙이라고 합니다."

여군은 태식 아버지에게 공손히 인사를 했다.

"반갑소! 이렇게 만나니……"

태식 아버지는 이 말밖에 할 수가 없었다.

"지난날 저를 많이 도와주셨는데, 제 힘으로 도울 수 있는 일이 있다면 도와드리겠습니다!"

인민군 중위는 이 말을 남기고 밖으로 나와 차를 타고 가버렸다. 태식 어머니의 얼굴 표정이 밝아지며 남편을 향해 말했다.

"우리를 알아보니 다행이군요! 이제는 걱정할 일이 없을 것 같구료."

"……"

태식 아버지는 이 말을 듣고도 아무 말이 없었다.

며칠이 지난 후, 이덕재 중위는 올라온 명단을 보고 깜짝 놀랐다. '악질 반동분자 처형'이란 명단이었다. 7명 중 김태식의 아버지 김삼배도 포함되었고, 죄명은 아들이 경찰관으로 우리 인민군을 많이 살상했고, 또 아들 김태민은 월남했다는 것이다. 그리고 곧 집행해 달라는 내용이었다.

인민군 중위 이덕재는 새로운 고민이 생겼다. 나를 도와준 분을 내 손으로 처형한다는 것은 도저히 있을 수 없는 일이다. 명단에서 빼내야 하는데 별다른 방법이 떠오르지 않았다. 한참 생각한 끝에 한 가지 방법을 찾아내기는 했지만, 이것 역시 쉬운 일은 아니었다. 그러나 구원의 길은 이 길밖에 없었다.

"딸을 인민군 여군에 자원입대 시키고, 아버지를 명단에서 빼버려!"

별로 좋은 방법은 아니지만 아저씨를 구하기 위해선 어쩔 수가 없었다.

이덕재 중위는 마을로 빨리 가기로 결정하고 여군 소위와 동행해 운전병에게 빨리 가자고 말했다.

이덕재는 김태식 집에 들어서기 전 긴장이 앞섰다. 그러나 아저씨를 살리기 위해서 용기를 내었다.

"아저씨 좋지 못한 일이 생겼습니다. 처형하라는 명단에서 아저씨 이름이 들어 있어요! 죄명은 아들이 경찰관으로 인민군을 많이 죽였다는 것입니다. 아저씨를 구하는 길은 오직 한 가지밖에 없습니다. 따님이 인민군 여군에 자원입대 하는 것입니다. 어려운 일이지만 그렇게 해주십시오!"

"……"

이 말을 들은 태식 부모님은 얼굴 표정이 변하며, 아무 말도 없었다. 이때 여군 소위가 나섰다.

"여군은 전방으로 안 보내니, 자원해도 별 걱정은 없을 것입니다."

이 말을 들은 영숙은 앞으로 나서며 큰소리로 말했다.

"제가 자원입대 하겠습니다. 그 대신 우리 아버지를 구해주십시오!"

"그러면 오늘 빨리 내무서원(경찰관)이나 인민군에게 말해!"

이 중위는 이 말을 남기고 밖으로 나갔다.

태식 어머니는 남편을 바라보며 조심스럽게 말했다.

"영숙이가 자원해서라도 당신이 살아야 해요! 영숙아, 단단히 마음 먹고 네가 아버지를 살린다 생각하고 여군에 자원해라!"

"예, 제가 알아서 할 테니까 걱정은 마십시오!"

태식의 집에 갑자기 먹구름이 몰려오고 슬픔에 잠겼다.

다음 날 여군 소위는 종이 한 장을 덕재의 책상 위에 올려놓았다. '김영숙 19세. 여군 자원입대'라고 쓰인 지원서였다. 이것을 본 이덕재 중위는 즉시 여군 소위에게 말했다.

"지금 빨리 영숙이를 여군에 입대시키도록 조치해!"

"옛, 알겠습니다."

얼마 후 내무서원은 마을로 가서 영숙을 불러냈다. 영숙의 식구들은 눈물을 흘리며 슬퍼했지만 아버지를 구하기 위해서는 이런 슬픔도 참아야 했다.

며칠 후, 형 집행일이 다가왔다. 이덕재 인민군 중위와 여군 소위, 그리고 여러 명의 인민군들이 앞자리에 앉았고, 마을 사람들도 많이 모여 있었다. 악질 반동분자 명단에 오른 7명은 머슴 강씨와 인민군에 의해 교회 앞

마당으로 끌려나왔다. 끌려나온 사람들은 모두 두 손을 뒤로 묶인 채 무릎을 꿇고 있었다. 그들의 가족들은 슬픔에 잠겨 눈물만 흘리고 있었다.

한 사람씩 머슴 강씨가 죄명을 읽었다. 마지막으로 김삼배의 차례였다. 머슴 강씨는 죄명을 더듬더듬 읽었다.

"김삼배 동무는 아들이 경찰로서 옹진전투에서 우리 인민군대를 많이 죽인 악질 반동분자입니다. 또한 아들 김태민은 월남한 이유로 극형에 처해도 마땅하다고 생각합니다!"

이곳저곳에서 "옳소! 옳습니다!" 하는 소리가 들려왔다.

잠시 후 앞줄에 앉았던 인민군 이 중위가 자리에서 천천히 일어나 주위 사람들을 둘러보며 말했다.

"동무들! 김심배 동무 아들은 그 당시 전투에서 이미 사망했고, 더구나 김삼배 동무의 딸이 우리의 해방전선을 위해, 인민군 여군에 자원입대했습니다. 이 영웅적 사명은 우리 위대하신 김일성 장군님께서 말씀하신 대로, 적극적으로 조국 통일을 위해 여성의 몸으로 인민군대에 동참했습니다. 이 영웅적이고 역사적 사명은 앞으로도 남녀 구분 없이 우리의 소원인 남조선 해방을 위해 더 많이 자원입대해야 합니다. 그리고 우리 용감무쌍한 인민군대는 남진을 계속하여, 지금 평택을 점령하고 다시 천안과 대전을 향해 진격 중입니다. 우리는 남조선을 하루 속히 해방시키기 위해 여군으로 자원입대한 것을 영웅적으로 위로해 주는 뜻에서, 그의 아버지 김삼배 동무는 이 처형에서 제외되겠습니다. 동무들은 조국 통일을 위해 영웅적 사명을 한 김 동무에게 따뜻한 위로의 박수와 존경을 해줘야 할 것입네다!"

연설이 끝나자 많은 박수가 터져 나왔다.

인민군 이 중위는 그 옆에 있는 인민군 사병에게 명령했다.

"김삼배 동무를 풀어주고, 집에까지 잘 모셔다 드려라!"

"예잇!"

인민군 중위는 여군 소위와 함께 자리에서 떠났다.

처형이 확정된 6명은 인민군에 의해 산으로 끌려갔다. 그리고 얼마 후 6발의 총성이 메아리쳐 들려왔다.

한편, 이곳은 옹진읍에 사는 오덕중의 집이었다. 갑자기 내무서원이 들어와 덕중 누나 오경자를 끌어내었다.

"여성 동무, 남조선에서 선생질 했지요? 조사할 것이 있으니, 날래 내무서까지 가기요!"

이 말을 들은 오경자는 아무 말도 못 하고 불안에 떨었고, 어머니는 앞을 가로막으며 말했다.

"먹고살기 위해서 교사를 한 것이오! 그것이 뭐가 잘못됐어요?"

내무서원은 성난 얼굴로 덕중 어머니를 밀치며, 오경자를 끌고 가려고 했다.

"이 간나이 새끼! 정말 이러기요?"

내무서원은 덕중 어머니를 발로 차 넘어뜨리고, 경자를 끌고 갔다. 이것을 보며 덕중 어머니는 땅을 치며 눈물을 흘렸다. 오경자를 내무서에 데려가 조사한다는 것은 남조선을 위해 교직생활을 했으니, 이제는 의용군에 입대하라는 것이었다. 경자는 여러 명의 젊은 여성들과 차를 타고 여군에 입대하게 되었다. 오후에 여군 훈련소 대기실에 들어가니, 벌써 먼저 와 대기 중인 여군 입대자가 몇십 명이 있었다. 그중에는 2, 3일 전에 도착한 김영숙도 있었다. 영숙은 새로 끌려온 오경자를 쳐다보았다. 영숙은 경자가 오빠의 애인이라는 것을 알았다면, 서로가 더욱 좋았을 것인데, 신이 아닌 이상 알 수가 없었던 것이다.

이튿날부터 모두가 군복으로 갈아입고 신병훈련을 받게 됐는데, 영숙과 경자는 한 소대에 배치되었다.

잠시 후 휴식시간에 오경자는 안주머니에서 지갑을 꺼내, 김태민의 사진을 보며 생각에 잠겼다. 태민은 피난 가서 어디에 있는지, 아니면 지금쯤 인민군에 끌려가서 나처럼 신병훈련을 받고 있는지, 그리운 생각에 미칠 것만 같았다. '동족상잔의 비극'이 이처럼 우리 둘을 갈라놓다니, 땅을 치며 통곡해도 시원치가 않을 것 같았다.

그때 김영숙은 오경자 옆에 앉았다. 경자는 태민의 사진을 빨리 주머니에 넣고, 먼 산을 바라보는 척했다.

영숙이가 먼저 말을 걸었다.

"오 동무! 훈련은 힘들지 않아요?"

"좀 힘들기는 하지만 남들도 다 하는데 따라 해야지요!"

경자는 영숙을 바라보며 말했다.

"훈련 받고 어디로 배치될지 궁금하네요?"

"훈련은 20일이면 끝난다니 그때나 알게 되겠지요!"

경자는 잠시 생각하는 듯하더니 영숙에게 말했다.

"영숙 동무는 고향이 어디예요?"

"나는 황해도 옹진이에요!"

"옹진! 내 고향도 황해도 옹진인데, 고향사람을 만났네!"

이때 야속하게도 집합 종소리가 울렸다.

또 한편, 진해에서 해군 신병교육을 받는 김태민도 잠시 휴식시간을 이용해 애인 오경자 사진을 보며 그리움에 잠겼다. 경자도 피난을 갔는지 고향에 있는지, 생각하면 생각할수록 자꾸만 그리웠다. 혹시 북한군 여군으로 끌려간 것이 아닌지, 궁금한 생각과 불길한 예감이 들기도 했다.

이때 김용호가 다가왔다. 태민은 얼른 사진을 주머니에 넣었다.

"형, 무슨 생각을 해. 고향 생각? 아니면 애인 생각?"

용호는 태민 옆에 앉아 웃으며 말했다.

"고향 생각도 나고, 식구들 생각도 나지 뭐!"

"형, 고향 갈 날이 오겠지. 희망을 갖고 기다려봐!"

또 제주도에서 해병대 신병교육을 받는 오덕상도 잠시 고향 생각과 누나 생각을 했다. 오경자 누나는 집에 잘 있겠지. 동생 덕중은 나이가 18세인데 인민군에게 끌려가지나 않았을까 불안과 걱정이 밀려왔다. 덕상은 용감한 해병으로 고향을 찾겠다는 결심으로 힘든 훈련을 참고 더욱 열심히 훈련에 임했다.

김태식네 마을에는 처녀 선생이 있는데, 내무서원과 집집마다 다니며 학교에 나오라고 했다. 학교에 가보니 다른 마을에서도 많은 학생들이 와 있었다.

그런데 우리 마을 여선생은 '여성동맹위원장'이란 완장을 팔에 두르고 있었다. 학교에 가면 공부는 뒷전이고 매일 "김일성 장군 만세! 스탈린 대원수 만세!" 같은 노래만 불렀다.

7월 초순을 넘기면서 미국 비행기가 날아오기 시작했다. 또 며칠이 지나자 B-29라는 미 공군의 폭격기가 북쪽으로 날아가서, 어디다 폭격을 했는지 한참 후 남쪽으로 사라졌다. 다음 날 학교에 가니 첫 시간에 교장 선생님이 태식네 반으로 들어왔다. 교장선생님은 전에 계시던 교장선생님이 아니라, 이북에서 온 교장선생님이었다. 교장선생님은 우리들 앞에서 큰소리로 말했다.

"남조선 국방군들이 먼저 38선을 넘어 북진을 했기 때문에, 우리 인민군 용사들이 할 수 없이 눈물을 머금고 싸움을 하게 된 것이다. 한마디로 말해 평화롭게 잠자는 사자에게 돌을 던진 것이다. 남조선 국방군들은 규칙을 어기고 기습 북진을 했기 때문에, 우리 위대하신 김일성 수령님께서는 화가 난 나머지, 부산 끝까지 몰아내라고 명령하셨다. 명령을 받은 우리 용감무쌍한 인민군대는 남진을 계속하여, 곧 남조선이 해방될 것이다."

교장선생님은 이 말을 끝내고, 담임선생님에게 노래연습을 시키라고 지시한 후 교실을 나갔다.

집으로 오면서 태식과 걸수는 교장선생님에 대해 이야기를 나누었다.

"야, 북쪽에서 온 교장선생님 더위 먹었냐? 아니면 미친개에 물렸냐?"

걸수가 태식에게 하는 말이었다.

"왜 그러는데?"

태식은 눈을 크게 뜨며 물었다.

"분명히 북쪽 인민군들이 먼저 38선을 넘어 남침을 했는데, 국군이 먼저 북침을 했다는 말, 미친개 소리 아냐?"

"그러게 말이다. 교장 선생님도 거짓말을 한다냐?"

"나중에 누가 국군이 먼저 38선을 넘어 북침을 했다고 말하면, 우리들이 똑똑히 알려줘야 한다!"

"그런데 말야, 이런 말을 함부로 하면 귀신도 모르게 잡아간다."

이튿날 인민군 중위 이덕재는 갑자기 서울로 가게 되고, 새로 김민성(21세) 소위가 왔다. 이덕재는 이곳에서 태식이네를 도와줘야 하는데, 상부의 지시라 어쩔 수가 없었다. 이덕재는 김민성 소위에게 도움을 청하기로 했다.

"김 동무, 한 가지 부탁이 있는데 좀 도와줘! 그 집 아저씨 이름은 김삼배 씨야. 내가 지난날 신세를 많이 진 분인데, 나대신 그분을 도와주면 좋겠네."

이 중위는 김 소위의 손을 잡고 사정을 이야기했다.

"도와줄 일이 있다면 도와줘야지요!"

"김 소위 동무, 정말 고맙네! 그 은혜는 평생 잊지 않겠네."

김향숙 여군 소위도 고맙다는 뜻으로 김 소위에게 눈인사를 했다.

"그러면 나는 내일 떠나니 지금 함께 가서 만나보도록 하지."

세 사람은 차를 타고 마을로 갔다.

"이 집 아저씨가 김삼배 씨고, 딸은 인민군 여군에 자원입대했지. 꼭 부탁하네!"

세 사람은 김태식의 집으로 들어갔다.

"저는 내일 서울로 가게 됐습니다. 김 동무가 대신 이곳을 책임지게 됐는데, 어려운 일이 생기면 도와줄 것입니다. 그러면 아저씨 건강하십시오!"

이덕재 중위는 간단히 인사를 하고 나왔다.

이튿날 이덕재 중위는 김 소위에게 부탁한다는 말을 남기고, 여군 소위와 함께 서울로 향했다.

오늘 아침은 좀 소란한 소리가 들려왔다. 저쪽에서 빨갱이로 변한 머슴 강씨와, 인민군 중사가 앞서서 이야기를 나누며 오고 있었고, 김민성 소위와 사병 몇이 뒤를 따라왔다. 그런데 인민군 중사가 먼저 태식이네 집으로 들어가서, 태식이 아버지 멱살을 잡고 끌고 나오지를 않는가! 태식 아버지는 벌벌 떨며 끌려나왔다. 빨갱이 강씨한테 집안 사정을 들은 것 같았다. 멱살을 잡은 인민군 중사가 크게 말했다.

"이런 악질분자는 벌써 처단을 했으야 했는데, 지금이라도 처형을 해야 합네다!"

"중사 동무, 놓고 이리오라우야!"

김 소위는 태식 아버지에게 들어가라고 손짓했다.

"중사 동무! 더위 먹었어. 갑자기 왜 이래?"

"이런 악질분자를 지금까지 살려두다니, 말이 됩네까?"

"내 명령 없이 왜 지랄이야!"

"군관동무, 사상이 의심스럽습네다. 상부에 보고하갔습네다!"

이 말이 끝나자마자 김 소위는 권총을 내어 방아쇠를 당겼다.

"탕탕!" 두 발의 권총 실탄이 중사의 가슴을 뚫고 나갔다.

쓰러진 중사의 가슴에선 붉은 피가 솟구치며, 금방 바닥으로 흘러내렸다.

"주디 닥치라고 했는데, 결국은 이렇게 됐군! 중사 계급장이 아깝다. 전사동무, 저기 달구지 간다. 빨리 달구지에 실어 산에다 버려. 까마귀 밥이나 되게!"

"옛" 하면서 한 병사가 달구지 쪽으로 달려가고, 김민성 소위는 차를 타고 가버렸다.

김태민과 오경자

　김태민과 김용호가 7월 초에 해군에 입대하여 진해에서 훈련을 받던 중, 7월 중순경 해병대 1개 연대 병력을 보충하기 위해 해군 500여 명이 해병대에 편입되었다. 또 진해에서 해군 신병으로 훈련받는 인원도 전원 해병대로 특명이 내려졌다. 이에 따라 김태민과 김용호도 해병대 3기로 진해에서 훈련을 마쳤다. 또한 제주도에서 해병 신병으로 훈련받은 오덕상도 해병 3기로 훈련을 마치고 진해로 왔다.

　특히 7월 중순경, 제주도에서 해병대 인원 3,000명을 모집했는데, 학생, 청년, 여성 지원자 등 많은 인원이 해병대에 자원입대했다. 제주도에서 3, 4기 모집 당시 그들은 "우리는 나라를 지키지 않으면 국민이 아니다!"라는 애국심으로 자원입대했다. 또 "나라가 위급한데 군인이 부족하다!"는 선생님 말씀을 듣고 강인숙도 해병대 입대를 결심했다. 강 소녀는 대정중학교 3학년이던 앳된 16세에 여자 해병으로 자원입대했다.

　제주도에 주둔하고 있던 해병대사령부는 '인천상륙작전'을 위해, 병력 3,000명이 필요했지만 지원자가 부족해 강 소녀 같은 여학생도 입대시켰다. 또 미혼 여교사나 제주도로 피난 온 젊은 여성들도 일부 포함되었다. 그때 징집된 해병 3 · 4기생 약 3,000명 가운데 95%가 제주도 출신이었다.

그중에는 제주 4 · 3사건 때 억울하게 두 오빠를 잃은 한순옥(19세)도 있었다. 순옥은 오빠의 원수를 갚기 위해, 용감한 해병대에 자원입대했다. 그리고 최전선에서 특공대로 싸우며 오빠의 원수를 갚을 것을 결심하고 또 결심했다. 또 남자 해병 윤창수 역시 제주 4 · 3사건 때 아버지와 형을 잃었다. 그 한을 풀기 위해 해병대 4기로 자원하고, 원수를 갚을 것을 결심하고 열심히 훈련을 받았다.

제주도에서 해병 3기로 신병훈련을 마친 오덕상은 8월 초 진해 해군 통제부로 왔다. 이곳에서 김태민, 김용호, 오덕상은 한 소대에 배치되었다. 김태민은 교직 생활을 한 관계로 해병 소위가 되었고, 김용호는 하사로, 오덕상은 특등사수로 신발돼 해병 일병이 되었다. 김태민은 소위 계급장을 달아 기분은 좀 좋았지만, 한편으로는 부담감 같은 것이 있었다.

시간 여유가 생기니 자꾸만 오경자가 떠올랐다. 고향 옹진읍에서 피난 나왔다면 지금 이 시간에 어디 있는지, 아니면 고향에서 아무 일 없이 잘 있는지, 궁금한 생각들은 꼬리를 물고 달려왔다. 결혼 날은 9월 27일인데 앞으로 한 달 10여 일이 남았다. 이제는 완전히 무산됐지만, 경자가 무사하기만을 기도했다.

너무나 그리운 나머지 지갑에서 경자와 함께 찍은 사진을 보며, 눈물이 날 것만 같았다. 그때 바로 오덕상 해병이 그 앞을 지나가고 있었다. 김태민과 경자 동생인 덕상이 서로를 알았다면 그동안의 소식이라도 알 수가 있을 것인데, 서로가 모르니 답답하고 안타깝기만 했다.

한편 오경자와 김영숙은 힘든 여군 훈련을 마쳤다. 오경자도 지난날 교직 생활을 했던 관계로 소위 계급장을 달고, 여군 소대장이 되었다. 또 김영숙은 여고를 나와서 하사가 되었다. 그리고 소대장인 경자는 영숙을 좋게 봐서 그런지 소대장 직속하사로 임명하고, 옆에서 연락병 겸 소대장을 도와주는 일을 맡겼다.

오경자 여군 소대는 의정부에 있는 여군 중대에 배치되었다. 여군 중대 내 여군 3소대에 배치되고, 영숙은 소대장 옆 사무실에서 소대장 연락병으로, 소대장의 일을 도와주는 하사관으로 비서 역할을 맡게 되었다.

오경자 여군 소대장은 시간 여유가 많았다. 여유 시간이 많으니 자연 집 생각도 간절했다. 자신이 떠나올 때 눈물을 흘리며 못 가게 막았던 어머니, 또 피난 간 동생 오덕상도 생각나고, 고향에 있는 두 동생 오덕중과 오덕하도 떠올랐다. 자신이 인민군에 끌려온 일주일 후, 바로 밑의 동생인 오덕중도 북한군으로 끌려 나온 것은 모르고 있었다.

항상 머릿속에서는 김태민 생각뿐이었다. 9월 27일 결혼 날까지 잡았는데, 이제는 모든 꿈이 아침 이슬과 같이 사라지고 말았다. 다시 만날 날을 기대해 보았지만 이것마저 불가능한 일만 같았다. 너무나 그리운 나머지 지갑을 꺼내어 김태민과 함께 찍은 사진을 똑바로 바라보았다. 금방이라도 저쪽에서 경자야 부르며 달려올 것만 같았다. 그리고 지난날의 아름답던 추억들이 하나둘 자꾸만 떠올랐다. 한 번도 만나지 못하고 죽을지도 모른다는 불안과 두려움이 밀려왔다. 경자는 너무나 그리운 나머지 김태민의 사진에 입을 맞췄다.

그때였다. 옆 사무실에 있던 김영숙 하사가 갑자기 문을 열고 들어왔다. 오 소대장은 깜짝 놀라며 얼른 사진을 주머니에 넣고 딴 생각을 하는 척했다.

김 하사는 오 소대장 앞으로 오더니 보고를 했다.

"오 소대장님, 중대본부에서 회의가 있다고 빨리 오라는 연락을 받았습니다."

"그래. 그러면 다녀올게."

오 소대장은 거울 앞에서 복장을 확인한 후, 노트를 들고 밖으로 나갔다.

통영상륙작전

아군은 8월 중순까지 진동리로부터 낙동강선을 최후 방어선으로 구축하고, 북한군의 침공을 강력하게 저지하고 있었다. 북한은 이 방어선의 돌파가 불가능함을 알고 공격 방향을 전환하여, 무방비 상태에 놓여있는 고성 이남의 통영 지역으로 남하하여, 8월 17일 01시에 야포 등 중화기 지원하에 약 350명이 통영에 침입했다. 그에 따른 후속부대 300명도 축차적으로 도착하여 통영반도를 점령했다.

북한군은 견내량 수로를 건너 거제도를 확보함으로써 마산과 부산 간 중요한 해상보급로를 차단하려고 했다. 그리고 사정권 내에 있는 진해를 위협하면서 부산에 압력을 가하려고 기도하였던 것이다.

북한군은 8월 16일 새벽에 약 370명의 병력으로 고성으로부터 통영을 향하여 공격을 개시했다. 17시경 북한군의 선두는 통영 북방 3km에서 원문 고개에 도착해, 박격포 및 중화기 지원하에 원문 고개에서 방어 중인 경찰과 교전하고 있었다. 약 100명의 경찰은 필사적으로 저항했으나 적의 공격을 저지할 수 없어서 야간에 통영을 포기하고 선박으로 한산도를 철수했다. 적은 8월 17일 01시에 통영 시내에 침입하고 그 후속부대 300명도 도착해, 통영 연안을 경비 중이던 우리 함정 2척과 교전하고 있었다.

이러한 상황에서 8월 16일 17시경 해군 총참모장으로부터 "거제도 서해안에 상륙하여 통영 방면으로부터 거제도에 침입하려는 적을 저지 섬멸하라!"는 명령이 김성은 중령에게 하달되었다. 김성은 부대는 즉시 함정 2척에 보급물자를 싣고 22시경 출동했다.

통영반도 동북방에 있는 지도 동방에 8월 17일 03시에 도착해 선체를 은폐하고 새벽을 기다렸다. 그리고 소형 선박으로 견내량과 통영반도 북동쪽에 있는 장평리에 척후병을 파견하여 적정을 탐색했다. 그런데 약 650명의 적이 이미 통영 시내에 침입하였고, 박격포 및 중화기를 보유하고 있었다.

김성은 부대장은 척후병과 통영해상의 아군 함정으로부터 입수한 적정을 분석하고 작전회의에서 토의한 후, 다음과 같은 요지의 작전계획을 해군 총참모장에게 보고했다.

"통영에 침입한 적은 1개 대대로 추산되며 통영반도로부터 거제도에 상륙할 기도가 농후하므로 본 부대는 작전을 재건의합니다. 거제도 서안을 방어하는 것보다 통영에 상륙하여 적을 섬멸하고, 원문고개에서 적의 남침을 저지하는 것이 좋다고 판단되어 통영 공격을 허가해 주십시오"라는 내용이었다.

PC 703함 이성호 함장으로부터 적정을 상세히 보고받은 해군 총참모장으로부터 17시에 통영 부근에 있는 함정 7척을 김성은 부대장이 통합지휘해서 통영을 공격하라는 새로운 명령이 하달되었다.

김성은 부대장은 상륙에 앞서 함정 3척의 함포로써 통영정면의 북한군의 거점고지를 사격하게 했다. 이로써 아군이 통영함 정면으로 상륙하는 것처럼 보이면서, 지도 동방에 대기 중인 해병대 주력부대를 수송선

3척으로 견내량 수로 입구로 이동시켰다. 그리고 제2, 3, 7중대 및 중화기 중대와 본부중대 순으로 19시까지 야음을 이용해 상륙을 완료했다. 부대를 상륙시킨 함정 1척은 통영 북방으로 진입하여 고성-통영 간의 도로를 계속적으로 포격하고, 또 함정 2척은 통영으로 이동하여 함포사격을 지원했다.

북한군은 아군이 통영정면으로 상륙할 것으로 판단하고 야간에 매일봉 고지에 배치했던 병력을 남망산 및 해안선으로 이동시켰다. 또 북한군은 통영읍 일대에서 아군 해군 함정과 맹렬하게 교전하고 있었으나, 이것은 아군의 기만 작전의 일환이었다.

통영 탈환의 공격 명령이 8월 18일 05시에 하달되었다. 즉 제2중대는 "목표 2, 3, 4, 5를 점령한 후 원문고개에서 방어 진지를 구축하고, 고성으로부터 남하하는 적을 저지하라. 그리고 통영으로부터 도주하는 적을 섬멸하며, 제7중대는 예비대로서 지시에 따라 목표 9, 10을 점령할 준비를 하라. 중화기 중대는 제3중대와 제7중대의 통영공격을 하라"라고 지시했다. 또 일부 함정들은 통영 남북방 해상에 대기시켜 해상으로 도주하는 적을 섬멸하도록 명령을 내렸다.

김성은 부대는 05시 30분 일제히 공격을 개시하여 07시 30분경에 제2중대는 이미 목표 4, 5를 점령하고 방어태세를 갖추었으며, 제3중대는 목표 8에 진출했다. 또 제7중대는 목표 9를 점령 후 다시 목표 10에 진출하고, 부대 본부도 동대리 부근으로 이동했다.

제7중대는 매일봉 고지를 점령하고자 진격을 개시하였고, 동시에 적도 고지를 향해 공격해 오고 있었다.

선두 소대인 1소대 병력이 매일봉 정상 가까이 갔을 때, 1소대장인 김태민은 공격을 정지시켰다. 그리고 분대장 김용호에게 지시했다.

"김용호와 이삼영은 정상에 올라가 적의 동정을 살펴라."

"옛."

두 해병은 단숨에 매일봉 정상에 올랐다. 그런데 저 밑에서 100여 명의 적이 올라오는 것을 보게 되었다.

이것을 본 두 해병은 정신없이 달려 내려왔다.

"소대장님, 저 밑에서 적 100여 명이 올라오고 있습니다!"

김용호 분대장은 숨을 몰아쉬며 소대장에게 보고했다.

"내 예상대로구나! 내 명령 없이는 절대로 사격하지 마라!"

김태민은 적을 20m 앞까지 끌어들일 참이었다.

해병들은 숨소리조차 멈춘 가운데 긴장된 상태로 앞만 보고 있었다. 적이 근접거리까지 왔을 때 김태민 소대장은 "사격개시!" 하고 명령을 내렸다. 해병들은 일제히 방아쇠를 당겼다. "탕탕탕, 드륵, 드르륵……"

적들은 갑자기 당한 일이라 당황하여 쓰러지고, 산 밑으로 굴러 내렸다. 주변에서 달려온 해병들도 합세했다. 적들은 추풍낙엽처럼 쓰러지고, 이리 구르고 저리 구르며 도망가기 시작했다.

김태민 소대장은 큰소리로 외쳤다.

"전부 몰살시켜라! 단 한 명도 살려 보내지 마라!"

적들은 정신없이 산 밑으로 피하다가 해병들이 쏜 실탄에 맞아 쓰러지고, 어느 놈은 총도 버리고 도주하고 있었다. 그런데 잠시 후 또 다른 무리가 안개 속으로 신속하게 접근해 백병전이 벌어졌다. 백병전이 벌어진 장소는 1소대 1분대가 있는 곳이었다. 1분대원 몇 명은 당황해 어찌할 줄을 몰랐다. 이때 1분대장인 김용호 하사는 몸을 날려 적을 덮쳤다. 그리고 일어서면서 총검으로 적의 등허리를 찔러 박았다. 그 순간 옆에서 적이 착검한 총을 앞세우고 김용호 해병에게 달려들었다. 이때 김 하사는 옆으로 몸을 살짝 틀면서 총검을 적병의 복부에 힘차게 찔러 넣었다. "쑤욱" 소리와 함께 총검은 상대방의 아랫배를 깊이 파고들었다. 적병은 "아악!" 하는 비명을 지르며 쓰러졌고, 배에서는 붉은 피가 바닥으로 흘러내렸다.

이것을 본 이삼영과 오덕상 해병은 용기를 얻고 앞으로 나섰다. 한 명의 적이 착검한 총으로 분대장인 김 해병을 뒤에서 찍으려는 순간, 번개같이 몸을 날린 오덕상 해병이 개머리판으로 적의 내리쳤다. 머리를 맞은 적병은 정신없이 그 자리에 쓰러졌다. 오덕상은 다시 총검으로 가슴을 찔러 박았다. 적은 한번 몸을 떨더니 금방 눈을 감고 말았다. 또 한 놈이 이삼영 해병에게 달려드는 것을 총 개머리판으로 막아내고, 바로 적의 생식기를 발로 걸어차 올렸다. 적의 얼굴이 노래지며 쩔쩔매는 것을 보고는 골통을 개머리판으로 내리찍었다. 갑자기 옆에서 적 한 명이 튀어나와 이 해병을 향해 총검을 가지고 달려들자 비호같이 나타난 김태민 소대장이 총 개머리판으로 적의 턱을 사정없이 강타했다. 피를 흘리며 휘청거리는 적의 가슴에 총검을 찔러 넣었다. "푸우욱" 하는 소리와 동시에 적병은 혀를 내밀고 땅바닥으로 뒹굴었다.

잠시 후 또 한 명이 김용호 하사를 향해 달려들었다. 김 하사는 몸을 왼쪽으로 틀면서 간신히 몸을 피했다. 그리고 다시 몸을 피하는 척하다가 총검으로 적의 옆구리를 찔러 박았다. 적은 "으윽" 하는 외마디 비명을 지르고 산 밑으로 굴러 내렸다. 이것을 본 적병들은 달아나기 시작했다. 해병들은 달아나는 적병들을 향해 총탄을 날렸다. 적들은 도주하다가 이리저리 쓰러지고 뒹굴었다. 김용호 하사는 순식간에 총검과 개머리판으로 적을 4명이나 처치했다. 그 기세에 눌려 적들은 모두 도주했던 것이다. 적들은 정량리 방면으로 도주했는데, 그들은 그 뒤를 추격하여 병력의 절반을 사살했다.

이 전투에서 적의 부대장과 작전 참모가 사병 2명을 데리고 지프차로 120밀리 박격포 2문을 끌고 원문고개 북방으로 도주하고 있었다. 이것을 발견한 제2중대는 이들을 추격하여 4명 전원을 사살하고 포와 장비를 획득했다.

잠시 후 적들은 죽기를 각오했는지, "와와, 우우……" 하는 함성을 지르며, 한 무리가 또다시 돌진해 왔다. 해병들은 실탄이 떨어져 가니 당황할 수밖에 없었다. 할 수 없이 후퇴하는 신세가 되고 말았다. 그런데 하늘이 도왔는지 탄약이 전마선으로 제7중대에 신속히 보급되었다. 해병들은 다시 힘을 얻어 적을 무찌르기 시작했다.

"탕탕, 드뜩, 드르륵……"

적들은 마치 썩은 나무토막처럼 힘없이 쓰러지고 달아나기 시작했다.

"총을 버리고 항복하라! 항복하면 목숨은 살려준다!"

김용호 분대장은 큰소리로 외치며 달려갔다. 적병을 잡고 보니 나이 어린 15세나 16세 소년들이었다. 얼굴을 보니 술 냄새가 확 풍겼다.

"너 술 먹었지?"

"안 먹으면 죽인다고 해 억지로 먹었습니다!"

어린 소년은 눈물을 흘리며 애원했다.

"살, 살려주시라요!"

"살려줄 테니 따라와!"

한편 다른 중대에서는 통영시가지 소탕작전을 끝마쳤다. 정말 불행 중 다행이었다. 시내를 점령한 후 통영 서쪽 방면으로 도주하는 적 패잔병을 따라갔던 제3중대와 제2중대는 고성 쪽에서 공격해온 것을 예상하고 그곳에서 대기하고 있었다. 그런데 16시경 원문고개 부근에 느닷없이 박격포탄과 야포탄이 떨어졌다. 그리고 21시 30분경 대대 규모의 적 병력이 다시 공격해왔다. 야간 공격을 당하게 된 해병들은 긴장감과 두려움에 휩싸였다. 만약 자신들이 원문고개를 잃게 된다면, 통영시는 또다시 적들의 세상이 될 것을 생각하고, 해병들은 목숨을 걸고 원문고개를 지킬 것을 굳게 다짐했다.

밤을 이용해 적들은 박격포와 기관총의 엄호 아래 공격을 시작했다. 해병들은 목숨을 걸고 사격하고 수류탄을 던졌다. 그러나 적들은 어둠을 이용해 자기 동료들 시체를 딛고 넘어와 어느새 백병전이 벌어졌다.

착검한 총을 휘두르며 찌르고 개머리판으로 치고, 서로가 죽이기 위한 몸싸움은 본격적으로 시작되었다. 어두운 가운데 두 적병에게 밀려온 이삼영 해병은 자꾸 밀리면서 어떻게 할 수가 없었다. 이때 김용호 하사가 이를 눈치채고 그쪽으로 달려가 적의 옆구리에 총검을 찔러 넣었다. 적은 "끄윽" 하면서 그 자리에 쓰러졌고, 다시 총 개머리판으로 적의 턱을 단숨에 날려버렸다.

그때 바로 뒤에서 적 한 놈이 김용호 해병을 찌르려는 순간, 이것을 본 오덕상 해병이 몸을 날려 개머리판으로 머리를 찍어 내렸다. 이때 "앗! 몸을 피해!" 하는 한철민 해병의 말에 반사적으로 몸을 돌린 오 해병은 상대의 공격에 몸이 뒤로 밀렸다. 그 순간 몸을 날린 김태민 소위가 적 심장에 대검을 꽂았다. 적병은 "으악!" 소리와 함께 바닥으로 뒹굴었다.

더구나 캄캄한 가운데 급할 때는 총검을 버리고 유도식이나 씨름으로 끝을 내기도 했다. 해병들은 다리를 걸어 넘어뜨린 후 이빨로 코와 귀를 물어뜯어버리고 목을 졸라 죽였다. 이삼영은 옆에 있던 사람을 씨름으로 넘어뜨린 후 예감이 좀 이상해 "나는 이삼영 해병이다, 너는……" 하고 묻자 넘어진 상대는 말했다.

"나는 최명철 해병이다!"

"야! 큰일 날 뻔했구나!"

그다음부터는 상대방을 먼저 넘어뜨린 후, 빡빡 깎은 머리인지 아닌지 확인하고 이빨로 코와 귀를 잘라낸 후, 목을 졸라 저세상으로 보냈다.

김용호 해병은 19세로 동에 번쩍 서에 번쩍 귀신같이 적을 물리쳤다. 이날 새벽 백병전에서도 혼자서 3, 4명을 단숨에 처치했다. 7중대 1소대 1분대장인 김용호 하사는 "네놈들이 계속 밀려오고 있지만, 우리 해병을 이길 수는 없다! 얼마든지 오너라. 상대해주마!" 하면서 닥치는 대로 적을 물리쳤다. 또 급할 때는 박치기 한 방으로 저쪽으로 날려버리기도 했다.

김 하사는 이 싸움에서 기적이 일어날 것 같은 생각이 들었다. 그는 앞에서 번개처럼 달려드는 적병 하나를 발견했다. 김 하사도 성난 짐승처럼 달려들다가 총검으로 직의 총대를 쳐내며, 가슴을 향해 총검을 찔러넣었다. "악!" 하는 외마디 비명을 지르며 비틀거렸다. 다시 가슴을 향해 깊숙이 찌르고 총검을 뺐다. 총검에선 붉은 피가 뚝뚝 떨어졌다. 그때 갑자기 옆에서 적병 두 명이 나타났는데, 한 놈은 잽싸게 골통을 박살내고, 또 한 명이 달려드는 것을 이단 옆차기를 날려 적병의 총검을 떨어뜨리고 복부에 총검을 찔러 박았다. 적은 눈이 옆으로 돌아가며 그대로 바닥으로 뒹굴었다.

이것을 본 적들은 '다리야 날 살려라' 하면서 도주하기 시작했다. 김용호 하사는 도주하는 적을 추격하다가 그만 나무뿌리에 걸려 넘어지고 말았다.

김 하사는 일어서면서 외쳤다.

"저놈들이 도망간다! 한 놈도 놓치지 말고 모두 사살해라!"

김 하사의 고함소리에 최명철 해병이 달려가다가, 앉아쏴 자세로 적을 향해 총을 겨누었다. 그런데 조금 떨어진 곳에서 적병이 먼저 최 해병을 향해 총알 한 발을 날렸다. 그 총알은 바로 최 해병의 생식기(성기)를 통해 엉덩이 쪽으로 빠져나갔다. 그리고 최명철 해병은 그곳을 붙잡고 때굴때굴 굴렀다.

이것을 본 이삼영 해병이 급히 달려가서 적병을 쓰러뜨리고, 최 해병 쪽으로 달려갔다.

이를 보고 분을 참지 못한 중대원들은 "와와……" 하며 일제히 달려나가 도주하는 적을 향해 총탄을 날렸다. 적은 공격을 포기하고 원문고개 북쪽으로 패주했다.

유혈이 말해 주듯이 현장에는 시체가 사방으로 흩어져 있었고, 그 시체들은 전부 다 참혹하게 죽어 있었다. 사방에 뒹굴고 있는 많은 적 시체는 거의 다 백병전에서 죽은 자들이어서, 총검에 찔리거나 이빨에 코와 귀가 잘린 시체들도 상당수였다. 6·25란 '동족상잔의 비극'이 이처럼 비참하고 참혹한 현장으로 만들어 놓았던 것이다.

잠시 후 이삼영 해병은 최영철 해병에게 달려가 급히 말했다.

"최 해병, 어디를 다쳤지?"

"이곳을 다쳤어!"

가리키는 곳을 보니 성기 쪽에서 피가 흘러 나왔다.

"최 해병, 하필이면 그곳을 다쳤지! 큰일 났네. 어서 업혀!"

"안 돼!"

이 해병은 최 해병을 업으려고 했지만, 그곳이 아프다고 엉금엉금 기어갔다.

총알이 성기로 들어가서 부상을 당했는데, 앞과 엉덩이 쪽에서도 피가 흘러나왔다.

"최 해병! 그곳을 다치면 첫날밤에 어떻게……"

"나도 몰라! 지금은 그것이 문제가 아니라 이곳이 아파 죽겠어!"

"그곳은 병원에서 치료하면 완치되겠지만, 결혼해 어린애가 안 생긴다면 큰일인데……"

"이 해병! 아픈 사람 가지고 놀려? 도저히 못 가겠어. 빨리 들것을 가져와!"

이 해병은 빨리 달려가서 들것과 해병 3명을 데려와서 최 해병을 들것에 운반해 갔다.

'통영상륙작전'을 좀 더 자세히 알아보자면, 1950년 8월 17일은 우리 해군·해병대가 통영상륙작전을 수행한 날이다. 이 작전은 6·25전쟁 초기, 우리 국군이 단독으로 실시한 최초의 합동 '상륙작전'으로서, 서부 전신을 무력화하려는 북한의 기도를 좌절시킨 의미 있는 작전으로 평가되고 있다.

8월 초 전선은 낙동강을 중심으로 방어선이 형성돼, 포항, 왜관 등지에서 혈투가 벌어지고 있었다. 북한군은 낙동강 방어선을 무력화하기 위해, 북한군 7사단을 통영방향으로 진격시켜 거제도를 점령함으로써, 마산과 진해항을 봉쇄하고자 했다. 이에 해군참모총장 손원일 제독은 김성은 중령에게 거제도에 상륙해 적의 진입을 차단하고 격멸할 것을 지시했다. 상륙작전 부대를 편성한 김성은 중령은 8월 16일 밤, 함정을 통영반도 동북해상으로 출동해, 17일부터 22일까지 상륙작전을 감행했다.

당시 이 작전에 참가한 전력은 해병대 1개 대대와 해군 함정 7척, 또 해군 함정의 함포사격과 상륙해안 기만작전, 그리고 해병대의 상륙돌격과 통영 시내의 작전 소탕 등 합동작전의 형태로 수행했다. 이 작전을 통해 국군 해병대는 북한군을 469명이나 사살하고, 83명을 생포하는 등 부대는 막대한 전과를 올렸다. 아군의 피해는 전사 15명, 부상 47명이었다.

북한군의 거제도 진출을 좌절시킴으로써 마산과 진해 지역을 적으로부터 안전하게 지켜내는 성과를 거둘 수 있었다. 그리고 전 장병 1계급 특진의 빛나는 명예를 차지했다. 또 이 전투에서 특별했던 것은 김용호 해병보다 더욱 잘 싸운 7중대 1소대 1분대의 '고종석' 해병이었다. 그는 경기도 개성 출신으로서 책임감이 강하고 충성심이 투철한 19세의 청년이었다. 이 통영상륙작전에서 그 누구보다도 용감히 싸우다가 장렬히 전사하고 말았다.

이 전투가 끝난 뒤 각 신문들은 고종석 3등 병조(하사)의 장렬한 전사 내용을 널리 보도하였으며, 고종석 3등 병조는 대통령 특명에 의해, 2계급 특진인 1등병조(상사)로 추서되었다. 그리고 고종석 해병의 이름은 '대한민국 해병대 전사'에 길이 빛날 것이다.

당시 '통영상륙작전'을 취재한 뉴욕 헤럴드 트리뷴 여 종군 기자 '마거릿 히긴스'는 우리 해병대 활약상을 '귀신 잡는 해병대'라고 전 세계에 소개했으며, 이는 한국 해병을 상징하는 별칭으로 자리 잡았다.

"그들은 마치 귀신도 잡을 수 있을 것 같았다." 마거릿 히긴스가 1950년 8월 23일 미국 뉴욕 헤럴드 트리뷴지에 보도한 6·25전쟁의 전황 기사 중 일부다. 북한군 2개 연대가 경남 통영 시내를 기습 공격하자 한국 해병대가 단독으로 반격에 나선 '통영상륙작전'을 다룬 기사였다. 용맹한 한국 해병대의 활약을 묘사한 이 표현은 국내 신문이 '귀신 잡는 해병대'라고 번역했고, 지금까지 우리 해병대를 대표하는 수식어로 쓰이고 있다. 히긴스는 6·25전쟁을 취재한 300여 명의 종군 기자 중 유일한 여기자였다. 전쟁이 끝난 후에는 《한국전쟁》이란 책을 펴내 여성 최초로 퓰리처상을 받았다(국방일보 2016년 11월 16일자 신문).

특히 통영상륙작전에서 7중대 1소대가 '귀신같이' 잘 싸웠다. 그런데 특별히 별난 부상자가 있었는데, 최명철 하사는 하필이면 '생식기'를 다쳐 화제의 주인공으로 등장했다. 하지만 그 부상이란 것이 신통하게도 '성기의 요도'(오줌길, 오줌줄)로 들어간 실탄이 '항문' 쪽으로 빠져나가 버린 것이다.

신기하리만큼 기적적인 상황을 목격했으나, 전해 듣게 된 해병들은 누구나 놀라움을 금치 못했다. 용케도 무사통과한 그 적탄을 보고, '저주받은 놈이니, 미친 총알이니, 그래도 조금은 인정이 있는 놈!'이라며 껄껄 웃기도 했다. 그 말을 하면서도 마음속으로는 앞으로 최 하사가 결혼하면 부부생활을 잘 할 수 있을까? 은근히 걱정하기도 했다.

병원으로 후송대기 중인 최명철 하사는 마음속으로, 그놈의 적탄이 왜 좁은 구녕으로 들어있을까? 앞으로 결혼을 해야 하나 말아야 하나 하는 고민과 걱정이 앞섰다.

인천상륙작전 준비 및 이동

　8월 23일 도쿄에서 맥아더 사령관과 클린스 대장, 서면대장 및 고급 장성 회의 결과, '인천상륙작전'은 성공 가능성이 5천분의 1로, 실패 가능성을 지적받았다. 그러나 맥아더 장군의 45분의 설명으로, 인천상륙 후 서울 점령, 또 적 보급선을 끊어야 한다는 설득으로, 8월 23일 역사적인 인천상륙작전을 승인받았다.

　8월 24일, 인천상륙작전을 계획한 미 극동사령부 특별명령으로 '팔미도'를 기습할 '7인의 해병특공대'와 '해병특공 1중대'를 훈련시키라는 1급 비밀이 하달됐다. 해병대 사령부는 작전 참모 이 소령에게 모든 책임을 맡겼다. 이 소령은 급하게 작전 계획을 구상했다.

　해병특공대 1중대는 통영상륙작전에 참전해 '귀신 잡는 해병대'로 용맹을 떨친 7중대를 선발하고, 7중대 중에서도 맹활약한 1소대 소대장을 특공대 대장으로 임명하고, 소대원 4명과 해병 4기생 남녀 각 1명씩을 '7인의 해병특공대'로 선발할 계획을 세웠다.

　8월 26일 아침, 해병특공 요원과 해병 7중대를 소집하고, 이 소령은 해병 7중대장과 1소대장을 불러 훈련 계획을 지시했다.

　'7인의 해병특공대' 인원은 다음과 같았다.

특공대장 김태민 중위, 김용호 중사, 이삼영 하사, 오덕상 상병, 한철민, 윤창수 일병, 마지막으로 한순옥 여 해병 일병이었다.

작전 참모 이 소령은 7인의 해병특공대원을 모아놓고 훈련 방법을 지시했다.

"김태민 중위를 특공대 대장으로 임명하며, 내일부터 일주일간 훈련이다. 기습작전 지역은 팔미도 작은 섬이다. 7인의 해병이 이곳에 있는 적을 귀신도 모르게 처치하는 것이다. 이 내용은 일급비밀이며 이 작은 섬을 점령해야 인천상륙작전을 할 수 있다. 성공 시 7명 모두 1계급 특진을 약속한다. 그러면 명예와 전통의 해병정신으로 성공을 바란다!"

일주일간 고된 훈련을 마치고 내일은 전원 휴식이며, 9월 4일 부산으로 이동한다고 했다.

김태민 중위는 진해에서 마지막 날 해군 병원에 병문안을 가보기로 했다. 통영상륙작전 때 부상한 소대원이 있어 병원으로 들어갔다. 다리 쪽에 부상을 당한 해병이 있어 찾아가 몇 마디 나누었다.

그때 바로 옆 침대에 해군 중사가 부상을 입고 누워 있었다. 잠시 후 해군 중사 부인이 고향에서 남편을 면회하러 이곳까지 왔다. 부인은 도착하자마자 어디를 다쳤냐고 남편에게 물었다.

"어디를 다쳤어요?"

"별로 걱정할 일이 아냐."

"어디를 얼마나 다쳤는데요?"

"궁둥이 쪽을 조금 다쳤어!"

그런데 한 5분이 지나자 하필이면 이 시간에 간호장교가 치료하러 들어왔다. 해군 중사는 아내의 눈치를 보며, 양 다리를 높이 치켜들어 남자의 가장 중요한 '고환'을 치료받게 되었다. 남자는 그곳을 제거하면 애기를 낳을 수 없기 때문에 중요한 신체부위였다. 그런데 해군 중사는 거기에 파편이 박혀, 그곳 한쪽을 잘라낼 수밖에 없었다. 중사 부인은 환부를 보자마자 대성통곡을 하기 시작했다.

"아이고, 이걸 어쩌나! 이제는 어린애를 못 낳게 생겼어! 내 팔자야!"

병실의 환자들은 일제히 이쪽을 바라보았다.

김태민 중위는 중사 부인을 위로할 수밖에 없었다.

"두 개 중 한쪽만 떼어냈으니, 나머지 한쪽만으로도 아기를 낳을 수 있으니 걱정하지 마십시오!"

부인은 울음을 그치고 환한 얼굴로 말했다.

"정말이에요?"

"예, 얼마든지 아기를 낳을 수 있어요!"

중사 부인은 그때서야 한숨을 길게 내쉬며, 자기 남편에게 주려고 고향에서 손수 만든 떡과 엿을 꺼냈고, 다 함께 나눠 먹었다.

김 중위는 그곳을 나와 좀 떨어진 병실로 갔다. 마찬가지로 통영상륙작전 때 생식기를 다친 최명철 하사는 이상하게도 성기의 오줌줄로 들어간 실탄이 항문으로 빠져나갔다. 최 하사는 병원에 있는 동안 익살스러운 언동으로 인해 더욱 유명 인사가 되었다. 왜냐하면 그가 병원에 입원해 있는 동안 간호장교만 보면 빨리 완치시켜 달라면서, 거머리처럼 달라붙는 통에 모든 간호장교들로 하여금 학을 떼게 만들었기 때문이다.

"간호장교님! 빨리 완치시켜 주세요. 시운전 좀 해보게요!"

이 말을 들은 간호장교들은 당황해 뛰어가거나, 다른 곳으로 피해 다니기도 했다.

김태민 중위가 그곳에 도착해 최 하사와 이야기를 나누고 있는데, 갑자기 이승만 대통령이 병원을 방문해 그곳 병실로 들어섰다. 대통령은 그곳에다 붕대를 감고 누워 있는 그의 장래가 염려스러웠는지, 옆에 서 있는 군의관에게 물었다.

"저 사람 앞으로 써먹을 수 있겠습니까?" 하고 물었을 때, 군의관이 미처 대답하기도 전에, 생식기 환자인 최 하사가 먼저 크게 대답했다.

"각하, 문제없습니다!"

이 말을 들은 병실 환자들의 웃음으로 병원이 떠나갈 듯 했고, 폭소의 도가니였다.

9월 4일 아침, '특공해병 1중대'와 '7인의 해병특공대'는 진해에서 출발하여, 오후에 부산에 도착했다. 9월 5일은 부산에서 마지막 휴가가 주어졌다. 김용호 중사는 허리에 권총을 차고, 해병특공대의 상징인 수류탄 두 개를 양쪽 가슴에 꽂았다. 또 한순옥 여 해병 역시 전시 때라 카빈 소총에 실탄을 장전하고, 가슴 양쪽에도 수류탄 두 개를 매달았다. 그리고 해병군복 상의 뒷면은 '귀신 잡는 해병'이란 큰 글씨에, 앞면은 한쪽에는 빨간 명찰, 반대편에는 '해병특공대'란 글씨가 쓰여있었다. 또 모자는 해병대 팔각모에 풀을 먹여 빳빳하고 멋지게 만들어 쓰고 있었다.

김 중사와 한순옥 여 해병은 함께 국제시장을 둘러보고 나오던 길이었다. 그런데 미 육군 4명이 술을 먹었는지, 지나가면서 한순옥 여 해병의 어깨를 툭 치면서 지나갔다. 이것을 본 김용호 해병은 뒤돌아 쫓아가려고 했지만, 한순옥 해병이 손을 잡고 만류했다. 그런데 술 먹은 미군들은 뒤따라오면서 "KMC 갓댐(미친놈. 바보들)!" 하며 따라와 시비를 걸었다. 그리고 미군 한 명이 김 중사 팔각모를 벗겨 땅바닥에 내던지며 행패를 부렸다.

한순옥 해병이 이것을 본 후, 열이 올라 카빈총 두 발을 "탕, 탕!" 하늘에다 쏘았다. 그리고 미군을 쏘려고 총을 겨누니, 겁을 먹은 미군들은 그 자리를 피해 달아났다.

이것을 본 시장 상인들과 길 가던 행인들, 그리고 꼬마들은 박수를 치며, "귀신 잡는 해병대 최고야!" 하면서 엄지손가락을 치켜 올렸다. 그런데 잠시 후 미 육군 헌병차가 사이렌을 울리며 오더니, 헌병 2명이 달려와 해병 2명을 연행하려 했다. 이때 또다시 급하게 사이렌 소리가 들리며, 한국 해병대 헌병차가 도착했다. 해병대 헌병 하사와 일병 1명이 달려와 2명을 연행해 가는 미군 헌병 턱 밑에 헌병 일병이 대검으로 위협했다. 미군 헌병들은 기겁을 하며 차를 타고 가버렸다. 시장 내 상인들과 꼬마들은 또다시 박수를 치며 해병들에게 환호했다.

김 중사와 한 해병을 연행한 해병 헌병들은 골목으로 들어가더니, 차를 세우고 김 중사에게 말했다.

"외출증 좀 봅시다!"

김용호 중사는 안주머니에서 '확인서'를 보여주었다.

'위 병사는 어떠한 일이 있어도 연행이나 구속을 못 함. 곧 '인천상륙'에 투입될 해병특공대 대원임. 극동 미군 사령관, 유엔군 총사령관 맥아더.'

이것을 본 해병대 헌병 하사는 깜짝 놀라며 거수경례를 했다.

"실례했습니다. 숙소까지 모셔다 드리겠습니다!"

그리고 헌병차는 쏜살같이 달려가 숙소 앞에 도착했다. 해병 헌병하사는 경례를 하며 "인천상륙작전의 성공을 빕니다!" 하고 가버렸다.

〈드디어 인천으로 이동〉

1950년 9월 8일, 한국군으로는 '역사적인 인천상륙작전'에 참전할 지상군은 제1해병 연대와, 육군 제17연대였다. 해병연대는 제주도에서 해병 3, 4기생 약 3,000명의 신병을 모집하고, 김성은 부대 2개 중대를 보강해 1개 연대로 편성했다.

이들은 9월 8일 부산 부두에 집결한 다음, 미 제5해병 연대와 합동으로 상륙전을 위해 특별 훈련을 받고, 모든 출동준비를 완료했다. 9월 11일 부산을 떠나기 전, 급히 작전참모 이 소령의 지시사항이 있었다.

"7인의 해병특공대원들, 팔미도 기습작전 훈련에 수고가 많았다. 그런데 갑자기 어젯밤에 기습작전에 변동이 생겼다. 팔미도 기습작전은 미 해군 특공대가 맡기로 결정이 되어, 우리는 작전이 취소되었다. 그 대신 인천상륙작전과 서울 탈환에 7인의 해병특공대가 선발대로 더욱 용감히 싸워, 귀신 잡는 해병대의 이름을 더 한층 빛내주기 바란다. 인천상륙작전부터 특공 1중대와 해병특공대가 함께 작전을 하게 될 것이다. 앞으로 작전에 잘 싸워 달라는 뜻에서 약속대로 1계급 특진을 명령한다."

작전 참모 이 소령은 직접 1계급 특진 계급장을 달아주었다.

김태민 대위, 김용호 상사, 이삼영 중사, 오덕상 하사, 한철민, 윤창수 상병, 한순옥 여 해병은 특별히 2계급 특진으로 '3등병조'(하사)가 되었다. 또 이 시간부터 김태민 대위를 특공 1중대 부중대장으로 임명했다. 작전 참모 이 소령은 축하하면서, 더욱 잘 싸워 달라고 굳은 악수를 나누었다.

9월 12일 드디어 역사적인 '인천상륙작전' 이동이 시작되었다. 부둣가에는 부산 시민들과 학생들이 나와 환송이 대단했다. "잘 싸우고 오라! 인천상륙작전에 꼭 성공해 달라!"고 태극기를 흔들며 열렬히 환송해 주었다.

7인의 해병특공대는 상의 등에는 '귀신 잡는 해병대'라는 큰 글씨가 보였고, 빨간 명찰 반대편에는 '해병특공대'란 글씨와 함께 가슴에는 해병특공대의 상징인 수류탄 두 개가 매달려 있었다. 그리고 해병대 철모에다 완전무장한 씩씩한 해병대에게는 이제 '불패신화' 창조를 위한 서막이 열렸다.

이승만 대통령은 오셔서 김태민 해병 대위를 격려하며 눈물로 호소했다.

"너희들만 믿는다! 인천상륙작전에 성공하여 서울과 평양을 탈환해, 남북통일을 꼭 이루어야 한다!"고 당부하며 눈물을 흘렸다. 또 여 해병 한순옥을 붙잡고 "여 해병이구나! 정말 자랑스럽고 용맹스럽다! 꼭 부탁한다, 잘 싸워다오!" 하고 눈물을 흘리며 말했다. 그리고 대통령은 '7인의 해병특공대'와 일일이 악수를 나누며 격려해 주었다.

1950년 9월 12일, 해병특공대는 인천상륙작전을 위해 위해 부산에서 미 수송함 '피카웨이'호에 올랐다. 거대한 기함에는 손원일 해군 총참모장과 해병대 사령관 신현준 대령이 동승했다.

피카웨이호에 승선한 우리 해병대원들은 처음 보는 낯선 신문물을 만났는데 모두가 신기하기만 했다. 우선 침실의 천장에 층층이 매단 침대에서 잠을 자야 했고, 일어나서 아침을 먹기 위해 찾아간 식당에서는 생전 써본 적도 본 적도 없는 스푼, 포크, 나이프 같은 이상한 식사도구를 사용해야만 했다. 식사는 쌀과 옥수수가 섞인 밥 조금과 쇠고기 몇 토막 등 아주 적은 양이었다.

그래도 칼로리 함량은 높은 것이므로 체구가 우리 두 배나 되는 미군도 그 정도로 충분했다. 그러나 우리의 식습관은 질보다 양으로 배를 채

웠으니, 소량의 양식으로는 간에 기별도 가지 않았다. 어느 해병은 이리저리 다니다가 W.C라고 쓰인 곳으로 살며시 들어가서 화장지 2개, 수건 2개, 세숫비누 등을 주머니나 상의 속에 감추고 나오더니, 다른 곳으로 빨리 사라져 버렸다.

식사를 먼저 한 해병들은 배가 부르지 않자 입술을 닦고 식사를 하지 않은 것처럼 배식 줄 맨 뒤에 가서 섰다가, 다시 타먹기를 3회 정도 반복하곤 했다. 줄은 줄어들지 않고 이어져 아침식사는 정오가 되어도 끝나질 않았다. 이를 알아차린 뚱뚱한 미 해군 주방장은 얼굴이 붉으락푸르락하며 몹시 화를 내더니, "KMC 갓댐(한국해병대를 칭하는 말, 빌어먹을, 제기랄을 뜻하는 영어 표현)!"하고 이내 주방문을 "탕"하고 닫아버렸다.

저쪽에선 이삼영 해병이 식탁 위의 하얀 설탕을 소금으로 알고 조금 먹어봤는데, 소금이 아니라 맛있는 설탕이었다. 이 해병은 자기 자리로 빨리 가서 새 양말을 가져와 양말 속에다 설탕을 집어넣기 시작했다. 옆에 있던 해병이 이상하게 생각하고 소금을 조금 먹었는데, 이것은 소금이 아니라 꿀맛 같은 설탕이었다. 그 해병은 급히 자신이 신고 있는 양말을 벗어 설탕을 양말 속에다 넣었다. 이것을 눈치 챈 다른 해병들도 설탕인 것을 알고, 식탁 위의 설탕을 주머니에 넣는 바람에, 식탁 위에 있던 설탕은 금방 바닥이 나버리고 말았다.

한 병사는 공복에 양식으로 포식을 하고 보니 속이 거북해져 변소를 찾았지만 이것도 쉬운 일은 아니었다. 아무리 찾아도 변소가 보이질 않고 복도를 돌고 돌아 겨우 W.C라고 쓰인 곳을 찾긴 했는데, 그 안에는 하얀색의 둥그런 통이 놓여 있는 것이 아닌가! 이곳은 변소가 아니라 세수를 하는 곳이라고 생각했다. 이리저리 살피다가 뾰족하게 나온 쇠를 누르니 그 속에서 맑은 물이 콸콸 쏟아져 나왔다. 그 물을 손으로 떠서 먹었다.

"아, 물맛 좋다! 한국 물보다 미국 물이 더 맛있다!"

"그래? 나도 한번 먹어보자!"

옆에 나온 쇠를 누르니 맑은 물이 또 나왔다. 서로가 손으로 물을 떠서 마셨다.

"야! 확실히 미국 물이 좋구나! 똥도 미국 똥이 좋을 것 아냐?"

그리고는 손도 씻고 세수도 했다. 그들은 다른 곳에 변소가 있을 것이라고 생각하고 다시 찾아 나섰다는 코미디 같은 일도 일어났다.

우리 한국 장병들은 수세식 좌변기를 생전 처음 접하는 것이라 사용방법을 알지 못했다. 해병들은 양변기 위에 군화를 신고 올라간 후 쭈그려 앉아서 볼일을 보았다. 용변을 보려 줄을 섰던 해병들은 기다리다 못해 바지를 내리고 화장실 입구 쪽 바닥에 대변을 보기 시작했으니, 그 부근은 온통 오물로 뒤덮이고 냄새가 코를 찔렀다. 잠시 후 미 해군 하사관이 고약한 냄새를 맡았는지 와보고는 기겁을 하고, "KMC, 갓댐!" 하고 고함을 질렀다. 그리고 줄 서 있는 해병들을 저쪽 화장실로 안내하고, 미 해군 하사관은 사병들을 데리고 와서 청소를 깨끗이 해놓으라고 지시했다.

한국 병사들에게 양변기는 사용해본 적도 없고 구경조차 해본 적 없는 신식 물건이었다. 처음 사용하는 현대식 시설에 누구 하나 설명해 주는 사람도 없었다.

한순옥 여 해병은 변소에 가고 싶어도 어디 있는지도 모르고, 또 남자들 변소에 가기도 싫었다. 그러나 이제는 더 이상 참을 수가 없었다. 할 수 없이 중대장에게 말하기로 했다.

"중대장님, 나 변소에 가고 싶은데 어떻게 하죠?"

"아, 그래. 이삼영 해병, 한순옥 해병 화장실로 안내해줘!"

"중대장님, 이곳에 얼굴 화장하는 곳이 어디 있는데요?"

"뭐라고?"

"미장원처럼 얼굴 화장해 주는 화장실이 어디 있나요?"

"화장실도 몰라? 변소. 뒷간 말야!"

"예?"

이삼영 해병이 앞장서고 한순옥 여 해병이 뒤를 따랐다. 마침 미 해군 병사들이 화장실을 깨끗이 청소하고 간 뒤였다. 한 해병은 화장실로 들어가면서 부탁했다.

"이 해병님, 아무도 못 들어오게 보초 서줘요!"

"걱정 말아!"

한순옥 해병은 고향이 제주도라 제주도 재래식 변소를 사용하듯이, 양변기 위에 군화를 신고 올라간 후, 앉아서 볼일을 보았다. 물론 지금은 정말 그런 일이 있을까 하겠지만 불과 60여 년 전의 우리의 모습이었으며, 이런 과정을 겪으면서 우리는 미국식 문화에 익숙해졌다.

드디어 9월 14일 오후 목적지에 도착했다.

"우리의 목적은 인천에 상륙하여 서울을 탈환하는 데 있으니, 각자 국가와 민족을 위해 이 한 몸을 바칠 수 있는 충성심을 갖고, 구국을 일념으로 전투에 임해 달라!"는 신현준 해병대 사령관의 간곡한 메시지가 마이크를 통해 흘러나왔다.

인천상륙작전

인천상륙작전 함정과 병력 이동

(1) 해군함정 총 261척

미국 226척, 한국 15척, 영국 12척, 캐나다 3척, 호주 2척, 뉴질랜드 2척, 프랑스 1척 등

(2) 지상군 병력 총 75,000명

① 미 제1해병사단(해병소장: 스미스)

② 미 제7보병사단(육군소장: 바아)

(한국청년 첫 카투사 시초 8,000명, 미 육군 7사단 한국군 카투사 편성)

③ 한국 해병 제1연대(사령관: 해병대 대령 신현준)

④ 한국 육군 제17연대(연대장: 육군 대령 백인엽)

(3) 인천상륙군 병력 이동

① 9월 1일 제주도에서 인천상륙 해병대 3,000명

제주도에서 부산으로 이동

② 9월 8일 한 · 미 해병대 부산 집결

(4) 일본 출항

  ① 9월 6일 요코하마. 미 제7보병사단

  ② 9월 10일 고베. 미 제1해병사단

  ③ 9월 13일 사세호. 기함. 호위함정 및 함포사격 지원 함대

(5) 부산 병력 집결

  ① 9월 11일 인천상륙작전에 투입될 병력 총집결

(6) 9월 12일 부산 출항

  ① 미 제5해병 연대

  ② 한국 해병 제1연대

  ③ 한국 육군 제17연대

(7) 상륙함정 덕적도 근해 총집결

  ① 상륙 하루 전인 9월 14일 집결한 함정들은 덕적도 근해에 집
    결 완료했다.

〈월미도 상륙〉

미 해병 항공기들이 멀리 사라진 뒤 15일 05시 45분 구축함의 첫 포
탄이 월미도에 작렬했다. 이미 전날 엄청난 항공 및 함포사격을 받아 앙

상한 모습으로 변해버린 월미도가 다시 포연에 휩싸였다.

로켓 포함이 월미도의 녹색 해안을 강타하는 동안, 상륙주정 7척으로 구성된 제1파가 공격개시선을 통과했다. 모든 포격이 일시에 중지되고, 돌격파들이 해병 항공기의 엄호 아래 전속력으로 전진했다. 돌격 제1파는 거의 아무런 저항도 받지 않고 06시 33분에 상륙했다.

제1파로 상륙한 G중대는 경미한 적의 저항을 물리치며 최초 목표인 105고지를 공격했다. 좌전방 H중대는 인천 내항 쪽의 해안을 따라 건물지대로 공격할 준비를 갖추었다. 이어 전차대대 A중대로 구성한 제3파가 해안에 도착했다. 이들은 6대의 M26 퍼싱전차, 2개의 도자전차, 그리고 화염방사기 전차와 구조 전차 각 1대 등 10대의 전차로 편성됐다. 06시 50분 예비대에 앞서 상륙한 대대장 태플리트 중령은 약 5분 뒤 G중대 선두 소대가 목표 정상에 도달했다는 보고를 받았다.

대대장은 07시 45분 마운트 매킨리호에 "포로 45명, 적의 저항 경미함"이라고 보고하고, 잠시 후 "08시 05분 현재 월미도 확보"라고 보고하여 작전의 성공을 알렸다. 스미스 소장과 맥아더 장군은 새벽부터 함교에 올라와 있었다. 망원경으로 돌격상황을 지켜보던 맥아더 장군이 월미도 확보 소식을 듣고 우선 피해상황을 궁금해했으나, 전사자는 전무한 상황이었다. 대대장 태플리트 중령은 적의 역습에 대비하면서 소탕작전을 계속했다. 대대 관측소가 설치된 105고지 주변에는 많은 동굴과 교통호가 있었으며, 특히 서쪽 경사면에는 포진지와 무수한 대인지뢰가 매설돼 있었다. 잠시 후 공격부대 공병들이 지뢰를 제거하며 전진하여 11시 15분에 점령했다. 공격부대는 적 17명을 사살하고 19명을 포획했다.

미 해병의 총 피해는 부상자 17명인 반면, 적 사살 108명, 포로 136명이었다. 적 포로의 진술에 의하면, 월미도와 소월미도는 적 제

226연대 예하부대 및 제918 해안포 연대 제2대대 등 약 400명이 있었으며, 이들 중 150여 명 이상이 도자전차가 밀어붙인 참호 안에서 사살되거나 생매장되었다.

드디어 9월 15일 18시경, 한국 해병대는 보슬비가 내리는 가운데 완전무장을 하고 갑판 위로 올라왔다. 인천 상공에는 전투기가 마치 잠자리처럼 이리저리 날아다니며 폭격을 하고 있었고, 연합기동 함대의 거포들은 다시 한 번 맹렬히 불을 뿜었다.

인천 해안에 구축한 적의 방어 진지는 완전히 파괴되어 저항능력을 상실한 듯 침묵을 지켰고, 해안을 향한 예광탄이 간헐적으로 보일 뿐, 인천 앞바다는 모두가 불바다였다.

거대한 함정에서 늘어뜨린 하선망을 타고 내려, 상륙주정에 분승하여 인천 앞바다로 향했다. 수백, 아니 수천으로 추측되는 상륙주정이 서로 교차하면서 온 바다를 누비는 장면은 실로 장관이었다. 인천항의 만조가 가까워진 18시경, 한국 해병대는 제3파로 물밀듯이 지정된 '적색 해안'에 닿았다.

초연이 자욱한 인천 시가지는 앙상한 건물의 잔해만 남은 폐허로 변해 있었다. 도처에는 적의 시체가 널브러져 있었고, 사방에는 포탄 파편들이 무수히 널려 있었다. 또 타다 남은 건물에서 나오는 메케한 악취와 매연이 눈과 코를 찔렀다. 시가지를 처음 대하게 된 해병대원들은 초토화되다시피 한 거리의 참혹함에 놀라움을 금할 길이 없었다. 그리고 사람이라곤 전혀 찾아볼 수 없었다.

미 제5해병연대의 예비가 된 한국 해병대 제1대대는 오후 LST에 의해 복잡스러운 적색해안에 상륙했다. 그리고 지금의 대한 제분 쪽으로 철로를 건너 응봉산의 서쪽 하단부에서 야간 숙영지를 마련했다. 한국 해병대 잔여 부대들은 야간에 상륙하여 공동묘지 부근 북쪽 해안에서 숙영했다.

한편 북한군의 주력 부대들은 밤을 이용해 부평 방향으로 후퇴했지만, 아직도 많은 북한군 잔여병들이 구석구석에 숨어있었다.

오덕상의 누나 오경자가 북한군에 끌려간 후, 일주일 만에 다시 동생 오덕중도 북한군에 끌려나왔다. 그리고 간단한 기초 훈련만 받고, 인천에 배치되었던 것이다. 오덕중의 소대장은 부평으로 후퇴하면서, "인천 시내에 북한군이 마지막 철수한 다음, 10명의 특공대는 '연희고지'로 오라"는 지시를 받았다.

9월 16일 05시, '7인의 해병특공대'는 인천 시가지 소탕작전에 들어갔다. 7인의 해병은 도로 옆 장애물을 이용해 매복하고 있었는데, 북한군 10여 명이 저쪽 골목길로 도주하는 것을 보았다. 김태민 대위 일행은 저쪽 큰 건물까지 접근했다. 김태민은 이삼영과 한순옥 해병은 2층 창문 쪽을 지키고 또 4명은 건물 주위를 경계하라고 지시했다.

날이 밝아오기 시작했다. 그런데 2층 창문을 지키던 두 해병은, 3층에서 무슨 소리를 듣고 정신이 번쩍 들었다. 그 소리는 점점 크게 들렸는데, 분명히 사람의 발자국 소리였다.

이 해병은 박 해병에게 손짓으로 계단 문 옆에 바싹 붙으라고 했다. 둘은 총을 벽에 세워놓았는데 한 손에는 대검이 들려있었다. 잠시 후 한 놈이 하품을 하며 2층 문으로 나오는 순간, 이 해병은 잽싸게 적의 등허리에 대검을 꽂았다. 뒤에 나오는 놈은 박 해병이 목을 거머쥐며, 아랫배에 대검을 찔러 박았다. 두 놈은 "크윽" 하며 바닥에 쓰러졌고, 다시 가슴과 배에 대검을 꽂았다. 3층에서 자다 나온 두 놈이 완전히 죽은 것을 확인한 후, 다시 창문가로 가서 사주경계를 했다.

08시경에는 인천 번화가로 접어들었다. 7인의 해병이 조심스럽게 큰 건물 앞을 지나칠 무렵이었다. 맞은편 골목에는 북한군 패잔병 10명이 매복하고 있었다. 7인의 해병이 그 앞을 지나는 순간, 골목 앞쪽에 있던 북한군 1명이 해병들을 향해 총을 겨누었다. 뒤에서 이것을 본 오덕중 북한군은 자신의 형 오덕상을 생각하며 북한군에게 먼저 총탄을 날렸다. "탕!" 하는 총소리가 들리는 순간 해병들은 몸을 숨겼다. 또 앞줄 북한군 한 명이 수류탄 안전핀을 뽑아 던지려 하자 김준모 북한군 병사가 먼저 총탄 두 발을 날렸다.

"탕탕!"

두 발을 맞은 북한군은 자신이 쥐고 있던 수류탄이 폭발해 팔다리는 사방으로 날아가 버렸다. 이것을 본 맞은편 해병들은 자기들이 총을 쏘지 않았는데, 적병 2명이 쓰러지는 것을 보고 서로 어리둥절해하다가 북한군들에게 총을 난사했다. 나머지 북한군들은 저쪽 산으로 도주했다.

자기편에 총을 쏜 오덕중은 남쪽으로 피난 간 형 오덕상을 생각하며 총탄을 날렸고, 또 수류탄을 던지려는 자기편 병사에게 총탄 두 발을 쏜 김준모는 어린 시절 친구 이삼영을 생각해서 같은 전우를 사살했던 것이다. 2명의 적병이 아니었다면 형인 오덕상과 친구 이삼영은 전사했을지도 모른다. 이 두 북한군에 의해 7인의 해병은 목숨을 건진 것이다.

북한군 오덕중과 김준모는 산으로 도망가면서 서로 같은 동료에게 총을 쏘게 된 이유를 이야기했다.

오덕중이 먼저 말했다.

"준모야, 너는 왜 우리 편에게 총을 쏘았냐?"

"나는 어린 시절 사총사라는 친구들이 있었다. 노래를 잘하는 같은 반 4명으로 이삼영, 안기덕, 김경수, 나 이렇게 친구들인데, 그중 한 명이라도 해병대에 있다면 어쩌나 하고 해병대를 도운 것이다!"

"내 마음과 똑같구나! 내 고향은 황해도 옹진인데 우리 형 오덕상이 피난 갈 때 남한에 가서 해병대가 되겠다고 하여, 나는 북한군에 끌려가면 해병대에 간 형을 돕겠다고 약속을 한 거야!"

"그러면 우리는 계속 해병대를 돕자!"

김준모가 하는 말이다.

"그래, 나는 끝까지 도울 것이다. 그리고 우리 누나 이름은 오경자인데 인민군 여군에 끌려가고, 일주일 후에 나도 인민군에 끌려나왔다. 혹시 전쟁터에서 우리 누나를 만날 수 있을지 모르겠다."

"잘하면 서울에서 만날 수도 있겠고, 잘못하면 못 만날 수도……"

해병대원들이 시가지에 모습을 나타내자, 그처럼 심한 폭격 속에서도 용케 살아남은 시민들은 남녀노소 할 것 없이 모두가 거리로 뛰쳐나왔다.

"야! 미군인 줄 알았는데 우리 국군이다! 국군 만세!" 하면서 열광적으로 환영하며 맞아 주었다. 모두가 너무나 기쁜 나머지 눈물을 흘리며 목이 터져라 소리 질렀다. 그리고 얼마 후에야 해병대란 사실을 알고, "대한민국 해병대 만세!"를 외쳤다.

7인의 해병이 경찰서를 지나다 보니 시체 썩은 냄새가 코를 찔렀고 경찰서 안에는 시체들이 가득 쌓여 있었다. 심지어 노인들과 어린애도 있었다. 한 민족끼리 무슨 큰 원수를 졌다고 이처럼 처참하게 죽여야 한단 말인가! 말문이 막히고 눈물이 줄줄 흘렸다. 이웃집 할머니의 말에 의하면 죽은 사람들은 군, 경찰 가족이나 공무원, 그리고 교회 목사들이라고 말했다. 눈 뜨고는 차마 볼 수 없는 비극적인 현장이었다. 해병들은 말없이 쳐다보다가 고개를 돌렸다.

부중대장실에는 김태민 대위와 김용호 상사, 또 한순옥 하사가 있었다. 김 대위는 잠시 생각하다가 김 상사에게 말했다.

"김 상사, 연락병을 두려고 하는데 누가 적합할까?"

"오덕상 하사가 고향이 옹진인데, 오 하사가 좋을 것 같습니다!"

"고향이 옹진! 한 고향사람을 몰랐네! 지금 가서 불러와!"

"옛."

김 상사는 급히 밖으로 나갔다.

한편 특공 1중대장 조병석 대위는 중대장실에서 북한군 장교를 생포해 심문 중이었다. 조 대위는 책상 위에 걸터앉아 심문하고, 카빈소총은 책상 밑에 놓여 있었다.

심문 중 북한군 장교(대령)는 조 대위에게 말했다.

"물이 먹고 싶은데⋯⋯"

조 대위는 옆에 있는 연락병에게 말했다.

"물 좀 가져와라!"

"옛."

연락병은 중대장의 지시를 받고 밖으로 나갔다.

그때 갑자기 전화벨이 울렸다. 조 대위는 책상 위에 앉아 전화기를 들고 북한군 장교를 등지고 통화를 하고 있었다. 이때 북한군 장교는 책상 밑에 있는 카빈총을 잡으려고 팔을 점점 가까이 하고 있었다. 조 대위는 그것도 모르고 저쪽만 바라보며 통화에 정신이 없었다. 연락병은 저쪽에서 걸어오고, 피 말리는 시간이 흘러갔다.

북한군 장교는 한 발 다가가 카빈총을 잡으려는데, 조 대위가 통화를 하면서 이쪽으로 고개를 돌리려 하자 총을 잡으려는 손을 얼른 거두었다. 그리고 다시 총을 잡는 데 성공했다. 북한군 장교는 조 대위의 등에다 "탕, 탕!" 두 발을 발사했다. 연락병이 중대장실 문에 들어서려는 순간, 총소리가 들리자 총을 들고 중대장실로 뛰어들었다. 바로 그때 북한군은 연락병을 향해 방아쇠를 당겼다. "탕" 하는 동시에 연락병도 북한군에게 총탄 한 발을 날렸다. "탕!" 소리와 함께 두 사람은 그 자리에 쓰러졌다. 그러나 연락병은 정신을 차리고 전화기 앞으로 기어가 전화기를 잡았다.

그 시간, 저쪽 부중대장실에서는 김 상사가 오 하사를 데리고 왔다. 김태민 대위는 오덕상 하사에게 말했다.

"고향이 황해도 옹진이라면서……"

"옛."

"나도 고향이 옹진인데, 고향사람을 만났군! 옹진 어디야?"

"옹진읍입니다."

김 대위는 처남 될 사람, 오 하사는 매형 될 사람과 대화를 나누고 있었지만, 두 사람은 안타깝게도 이것을 알 수가 없었다.

김 대위는 다시 물었다.

"식구들은 피난을 다 나왔냐?"

"저 혼자 나왔습니다."

"외롭겠군! 고향에 있는 식구들은?"

"어머니와 누……"

오 하사가 말하는데 갑자기 전화벨이 울렸다. 김태민 대위가 전화기를 들었는데 숨넘어가는 소리가 들렸다.

"조 대위님이 희생됐습니다. 조 대위님은 북한군 장교를 심문 중, 북한군이 물이 먹고 싶다고 해, 내가 물을 가지러 간 사이 북한군은 책상 밑에 놓은 카빈총으로 조 대위님과 나를 쏘고, 나도 그 장교를 쏘고 쓰러졌습니다!"

"정말이냐? 언제 그랬느냐?"

김 대위는 다시 말을 했지만 저쪽에서는 아무런 대답이 없었다.

"야! 큰일 났다. 조 대위가 북한군 장교를 심문하다가 희생됐단다! 빨리 가보자."

김 대위와 김 상사, 한 하사와 오 하사도 정신없이 달렸다.

사건 현장에 도착해 보니 3명은 쓰러져 있고, 피는 바닥으로 흘러내렸다. 전화기 옆에 쓰러진 연락병은 이미 숨을 거둔 뒤였다.

김 대위는 다급하게 말했다.

"김 상사! 빨리 위생병을 불러!"

"옛."

김 상사가 급하게 밖으로 뛰어나가고, 김 대위는 조 대위를 살펴보았다. 등허리와 가슴에 총 두 발을 맞고 이미 싸늘한 시체로 변해 있었다. 위생병이 달려와 연락병을 보더니 벌써 죽었다고 고개를 흔들었다.

김태민 대위는 떨리는 손으로 제1대대장 강 소령에게 전화를 했다.

"1중대 김태민 대위입니다. 조병석 중대장님이 북한군 장교를 심문 중, 북한군 장교의 총에 맞아 희생됐습니다!"

"아니, 북한군 장교를 심문하다가 총에 맞아 죽다니, 말이 돼?"

"자세히는 알 수 없지만 연락병이 물 가지러 간 사이 조 대위님은 전화를 하다가, 총기 관리 소홀로 그렇게 된 것 같습니다."

"자세한 사항은 나중에 알기로 하고, 서울 탈환을 앞두고 김 대위가 1중대를 맡아 책임져!"

"옛, 알겠습니다."

"그리고 말야, 특공 1중대는 부중대장을 임명해 우선 1중대를 지휘하게 하고, 김 대위는 7인의 해병과 내일 아침 부평으로 진격해!"

"옛."

전화 통화를 마치고 오는데 교회가 불타 없어져, 사람들이 모여 있었다. 그곳에 가보니 교회 안에 불에 탄 많은 시체들이 어지럽게 널려 있었다. 정말 참혹하고 비참한 모습이었다. 김태민은 빨리 서울을 탈환해 이 비참한 일들을 막아야겠다고 생각했다. 김태민 중대장은 1중대 집합장소로 가서 중대원들에게 말했다.

"1시간 전 조병석 중대장님이 희생되었다. 생포한 북한군 장교를 심문 중 경계를 소홀히 한 결과였다. 북한군 장교에게 카빈총을 빼앗겨 조 대위님과 연락병도 희생되고, 북한군 장교도 목숨을 잃은 사건이 발생했다. 다시는 이런 가슴 아픈 일은 없어야 하겠다. 이 시간부터 내가 1중대를 맡게 되었다. 그러나 나는 서울 탈환까지 7인의 해병과 함께할 것이다. 1중대를 지휘할 부중대장으로 이용철 중위를 임명한다. 또 대대장님 명령에 따라 우리는 내일 아침 부평으로 진격한다. 이상."

인천상륙작전 시 인천에는 북한군이 약 2,000명 정도가 있었다. 이들은 장비와 병력 면에서 압도적으로 우수한 미 해병대의 진격에 T-34 탱크로 막았으나, 모든 것이 허사로 돌아가고 말았다. 이들은 도주하면서 약탈과 방화, 학살, 납치 등 비참한 모습을 남겨놓고 후퇴했다. 인천 전투에서 미 해병대는 전사 20명, 부상 170명, 1명의 실종을 내고, 세기적인 대도박에 성공을 거둔 것이다.

경인지구 전투

해병특공대와 특공 1중대는 부평 지역 소탕작전을 담당했다. 부평역에서 패잔병들과 교전이 있었지만, 30여 명의 시체를 남겨둔 채, 소사 쪽으로 도주했다.

16시경 김태민 특공대장은 오덕상 연락병에게 한철민 해병을 데려오라고 지시했다. 잠시 후 해병이 왔다. 특공대장은 연락병에게 다시 지시했다.

"김용호 상사에게 16시 30분 특공대원들 집합시키라 해."

"옛, 알겠습니다."

연락병이 나간 후 특공대장은 한철민 해병에게 앉으라고 했다.

"다름이 아니라 한순옥 하사는 남자 못지않게 용기와 용감성이 대단해! 그러나 여성인 관계로 남자들 틈새에서 애로사항이 많을 거야. 그러니 한철민 해병이 신경을 좀 써줘!"

"옛."

"한 해병 몇 살이지?"

"18세입니다."

"한 하사가 19세이니 마음속으로 누나라 생각하고 옆에서 잘 챙겨주라고!"

"옛, 명령에 따르겠습니다."

16시 30분에 특공대원들은 한 자리에 모였다.

"이 부근 소사 지역은 우거진 숲도 많고, 지형이 좋지 않은 곳이다. 이곳에 인천, 부평 쪽에서 몰려온 패잔병들 약 200여 명이 있다고 한다. 지금부터 적의 눈을 피해 적진지 깊숙이 들어가 수색정찰을 한다. 1조 이삼영 중사와 한순옥 하사 2명은 한 조가 되어 우측으로 정찰을 한다."

이 말이 끝나자 이삼영 중사가 다급하게 말했다.

"특공대장님, 나 설사병 났는데요!"

"그러면 빠지고, 한철민 해병이 나간다. 2조는 김용호 상사를 2조 조장으로 하고, 통신병, 윤창수, 조 해병 4명은 좌측으로 나간다. 실탄은 충분히 가지고, 지금 즉시 출발한다."

한순옥 여 해병과 한철민 상병은 정답게 이야기를 하며 갔다.

"나보다 한 하사님이 계급이 높으니, 한 하사님 누나라고 부를까?"

"군대에서 누나라고 부르면 안 되지. 나이는 몇 살인데?"

"18세. 우리 단둘이 있을 때만 누나라고 부를까?"

"한 해병 마음대로 해!"

"한 하사님 누나! 소변 보고 가지. 내가 총 가지고 있고. 나도 소변 보고 싶어!"

"그래. 좋은 대로 하자."

한 하사는 한 해병에게 총을 맡기고. 저쪽 숲속으로 들어갔다.

"한 하사님 누나, 나는 누나만 따라다닐 거야!"

"조용히 해. 적진 깊숙이 들어왔다."

두 해병은 조심스럽게 사주 경계를 하며 나갔다. 그런데 갑자기 오른

쪽에서 무슨 소리가 들려왔다. 신경은 독사머리처럼 우뚝 솟아올랐다. 두 해병은 손 신호를 하며 소리 나는 쪽으로 접근했다. 제법 높은 낭떠러지 밑에서 북한군 한 명은 냄비에 쌀을 씻고, 또 한 명은 저쪽에서 꾸벅꾸벅 졸고 있었다.

"동무, 빨리 밥 하라우야! 부평에서 쫓기느라고 아침과 점심도 못 먹어서야!"

"잠시만 기다리라요."

두 해병은 낭떠러지 끝까지 기어가서 두 놈을 덮칠 생각이었다. 총은 소리 안 나게 옆에다 놓고, 손 신호로 낭떠러지 밑으로 뛰어내려 덮치기로 했다. 그리고 두 해병은 똑같이 밑으로 목표물을 향해 몸을 날렸다. 한 해병은 북한군을 덮쳐누르고 일어나려는 놈을 그 옆에 쌀 담긴 냄비를 들어 얼굴에 부어버렸다. 그리고 냄비로 얼굴을 두세 번 내리쳤다. 정신을 못 차리는 동안 대검을 옆구리에 힘껏 찔러 넣었다. "푹" 하는 소리를 내며 날쌘 대검이 옆구리를 뚫고 들어가는 느낌이 들었다. 다시 뽑아 더욱 세게 찔러 박았다. 옆구리에선 핏물이 흘러내리며, 적은 금방 축 늘어졌다.

저쪽을 바라보니 한철민은 적에게 목을 눌리고 있었다. 다급한 순간 한순옥은 대검을 쥐고 적을 향해 던졌다. 대검은 총알처럼 날아가 적의 등판에 꽂혔다. 그 순간 적은 "으윽" 하는 신음소리를 내며 옆으로 굴렀다. 순옥은 재빨리 달려가서 대검을 뽑아, 이번에는 적의 심장 깊이 찔렀다. 적은 또다시 "윽" 하는 소리를 지르며 손발을 떨며 죽어갔다.

순옥이 철민을 일으켜 세우며 이상 없냐고 물으니, 철민은 고개를 끄덕했다.

"한 하사님 누나, 나를 살려 줬으니 나도 친누나처럼 잘해줄 거야."

"총을 쏘아 사살하면 간단한데, 총소리를 내면 우리도 죽어!"

"한 하사님 누나, 정말 용감해! 여 장군감이야?"

"날이 어두워진다. 어서 총기를 들고 가자!"

"예, 한 하사님 누나."

김 특공대장은 한순옥 해병이 걱정돼 이삼영 중사를 보냈다. 적 총까지 어깨에 메고 개울을 건너는 순간, 무슨 소리가 들려 순옥은 철민에게 앉으라고 손짓했다. 잠시 후 "버석" 하는 소리를 듣고, 순옥은 소리쳤다.

"손들엇!"

북한군 여군은 하얀 손수건을 흔들며 귀순할 뜻을 밝혔다.

"국방 동무, 내래 귀순임네다!"

"진짜 귀순 맞아?"

"네."

북한군 여군은 하사이며 무척 잘생긴 미인이었다. 순옥은 총을 빼앗고 몸수색을 했지만 아무것도 없었다. 한참을 가다가 순옥은 걸음을 멈췄다.

"한 해병 나 용변보고 올 테니 휴지 있어?"

"예, 한 하사님 누나, 여기 있어요. 천천히 보고 와요!"

그때 마침 이삼영 중사가 왔다.

"저 북한군 여군은 뭐야?"

"귀순했습니다."

"한 하사는 어디 갔어?"

"방금 용변 보러 갔습니다."

이 중사가 북한군 여군을 잠시 쳐다보다가 말했다.

"정말 귀순 맞아?"

"네."

"거짓말하면 바로 총살이다! 손들고 뒤로 돌아!"

북한군 여군은 참 아름다웠다. 여군은 손들고 뒤로 돌았다.

"계급과 나이는?"

"하사며 20세입네다."

"몸 검사 할 테니 가만히 있어. 반항하면 이 권총 보이지!"

이 중사는 협박한 후, 뒤에서부터 엉덩이를 만지고, 그 밑을 더듬고 만족한 웃음을 지었다.

"뒤로 돌아!"

여군의 앞가슴을 가리키며 위협적으로 말했다.

"앞가슴에 수류탄 두 개 감추었지?"

"아, 아닙네다!"

이 중사가 가슴을 만지려고 하니, 여군은 손으로 가슴을 가렸다.

"어어, 명령이다! 손들엇. 명령 불복종이면 총살이다! 눈감아."

이 중사가 가슴을 만지려 할 때 한 하사가 뛰어나오며 소리쳤다.

"이 중사님, 거기 만지면 성추행인가 성폭행인가 걸려 영창 가요!"

"그러면 눈으로 보는 것도 성추행인가?"

"그것은 잘 모르는데요?"

이 중사는 여군의 군복을 잡고, 가슴을 보려고 했다.

"이 중사님, 내가 아까 몸수색을 다 했어요!"

"한 하사, 진작 말하지. 지금은 1950년 9월 달이야. 앞으로 2015년이나 그런 법이 생길까……"

한 하사는 할 말이 없는지 아무 말도 못했다.

"한 하사, 이 여군은 내가 조사할 것이 있으니 빨리 가. 명령이다!"

"예."

이 말을 들은 두 해병은 총을 메고 아무 소리 못 하고 가버렸다.

이 중사는 여군에게 부드럽게 말했다.

"고향과 학교는?"

"고향은 평양이고, 학교는 평양여고를 나왔습네다."

"참, 이름이 뭐지?"

"강영란이레요."

중대장실 앞에 한 하사가 있었다.

"한 하사, 이 여군과 같이 있어. 잠시 중대장님을 만나보고 올게."

이 중사는 중대장실로 들어갔다.

"중대장님, 애로사항이 있어 왔습니다."

"또 웃기는 이야기야?"

"아닙니다. 귀순한 북한군 여군을 데리고 왔습니다. 그런데 미인입니다. 제가 첫눈에 반했습니다. 제가 애인을 삼으려고 하는데, 도와주십시오! 제발 부탁드립니다. 중대장님!"

"농담은 아니겠지?"

"농담할 것이 따로 있지, 평생을 함께 살 중대한 문제인데……"

"나중에 말해줄게. 귀순병 데리고 와."

"옛."

"강영란 씨, 중대장님이 보자는데 따라와요."

김용호 상사가 인솔한 2조는 적진 깊숙이 들어갔다가 아무 일 없이 돌아오던 중, 김 상사는 앞쪽 넓은 솔밭을 바라보며 소변을 보려고 서 있었다. 그러자 세 해병은 약속이라도 한 듯, 엉덩이를 내놓고 대변을 보기 시작했다.

잠시 후 솔밭 속에서 적 수색병 7, 8명이 나타나 이쪽으로 걸어오고 있었다. 김 상사는 급한 나머지 "그대로 사격 개시!" 하고 명령을 내렸다. 갑자기 총성이 울려 퍼졌다.

"탕, 탕탕탕!"

김 상사도 소변보던 그대로, 세 해병도 대변보던 그대로 일어서서 엉덩이를 내놓은 채, 총을 쏠 수밖에 없었다. 적 6명을 사살하고 2명은 솔밭 속으로 도주해 버렸다. 사격이 끝난 후에야 바지를 올리고, 적의 총을 가지고 복귀했다.

김태민 중대장은 귀순한 북한군 여군을 심문했다.

"고향과 이름은?"

"평양이며, 강영란입네다."

"너이의 계급과 학력은?"

"20세 하사며, 고졸입네다."

"귀순 동기는?"

"오빠가 6·25전쟁 1년 전 월남했습네다. 오빠를 찾으려고 귀순했습네다."

"지금 이곳에 병력은 얼마나 있나?"

"250명인데 영등포를 방어하기 위해, 오늘 밤 이동준비 중에 저는 숨어 있다가 귀순했습네다!"

"끝으로 귀순병이라 특별히 생각해 주겠지만, 만약 다른 생각을 하거나 탈출한다면 바로 총살이다!"

"네!"

"나하고 약속한다!"

"네, 네!"

"나가 대기해."

"네."

귀순병이 나오자 이삼영 중사는 급하게 들어갔다.

"이 중사, 보기 드문 미인인데, 나한테 양보하지!"

"중대장님, 그것만은 절대 안 됩니다. 제가 먼저 찍었습니다!"

"될지는 잘 모르지만 된다면 끝까지 책임지겠어?"

"옛, 이 생명 다하도록 목숨을 걸고 지키겠습니다!"

"혹시 안 될 수도 있으니, 너무 기대를 갖지 마라!"

"중대장님, 우리는 귀신 잡는 해병입니다. 해병정신은 적과 싸우면 반드시 이기고, 남이 하지 못하는 일도 나는 할 수 있다는 정신으로 도와주십시오!"

"그러면 최선을 다해볼게. 너무 신경 쓰지 마. 한 하사 불러?"

"옛!"

"한 하사, 북한군 귀순병 말야, 해병대 군복으로 갈아입게 하고, 무기는 지급하지 말고, 당분간은 한 하사가 책임지고 함께 행동해!"

"옛, 명심하겠습니다."

"김 상사보고 특공대원들 집합시키라고 해."

"옛."

김 특공대장은 대원들 앞에서 지시사항을 전달했다.

"귀순병을 심문한 결과 이곳 소사에 있는 적은 영등포를 방어하기 위해 오늘 밤에 이동한다고 한다. 오늘은 이곳에서 쉬고 내일 새벽에 오류동으로 이동한다. 그리고 수색정찰 나갔던 대원들 수고가 많았다. 특히 한순옥 해병이 수고가 많았다. 이상."

9월 19일 05시, 오류동을 향해 출발했다. 선두에는 미 해병대가, 좀 떨어져 김태민 특공 해병이 뒤따랐다.

오류동 주변의 작은 마을에 있던 15세 소년은 이불 속에서 라디오를 듣다가, "지금 한·미 해병대는 오류동을 지나 영등포로 이동한다!"는 뉴스를 들었다. 이 소년은 새벽녘 이 모습을 보려고 밖으로 나왔다. 또 오류동 가까이에 있는 도로에서 조금 떨어진 곳에 외딴집이 하나 있었다. 이곳에 사는 소년도 이불 속에서 라디오를 듣다가 똑같은 뉴스를 듣게 되었다. '지금 한·미 해병대와 미 육군이 오류동을 통과하여 영등포로 간다'는 반가운 소식을 들었다. 이 소년은 너무나 기쁜 나머지 장롱 속에 넣어두었던 태극기를 들고 길 건너 큰 마을로 이 소식을 알리려 밖으로 나왔다. 그때 이 소년의 누나는 잠이 깨어 화장실로 갔다. 때마침 북한군 패잔병 네 명은 외딴집에서 밥이라도 얻어먹기 위해, 살며시 접근하고 있었다. 이내 이 집 소년이 대극기를 휘날리며 나오는 것을 본 패잔병들은 이 소년을 그 자리에서 대검으로 찔러 죽였다. 그리고 외딴집으로 들어가 온 식구를 끌어내 집 뒤의 밭으로 끌고 가서 총으로 "탕, 탕탕, 드르륵……" 하고 처참하게 학살하고 말았다. 그리고 패잔병 네 명은 산을 타고 도주해 버렸다. 다행히 새벽에 화장실에 간 이춘옥(18세)은 가까스로 위기에서 벗어나 살았던 것이다.

이춘옥은 총소리를 듣고 무서워서 화장실에서 벌벌 떨다가, 방으로 들어가 보니, 식구는 한 사람도 없었다. 겁에 질려 떨면서 집 뒤로 가보니 온 식구가 밭에서 처참한 시체로 변해 있었다. 이춘옥은 부모님의 시체를 붙들고 땅을 치며 통곡하고 있었다.

한·미 해병대가 진격하는 모습을 보려고 밖으로 나온 15세 소년은 총소리 난 곳으로 달려가 보았다. 그런데 소년은 일가족이 학살당한 비참한 모습을 보게 되었고, 한 여자가 시체 옆에서 울부짖고 있었다.

소년은 정신이 하나도 없었다. 그때 저쪽 도로에서 차 소리가 들려왔다. 소년은 직감적으로 국군인 것을 알고, 그곳으로 달려가 이 참혹한 모습을 전했다. 이 말을 들은 김태민과 해병들이 사건 현장으로 달려가 보니, 차마 볼 수 없는 비참한 광경이었다. 시체를 담요로라도 덮어야 하는데, 아무것도 없었다.

그때 마침 미 제7사단 병력이 이곳을 지나는 것을 알게 되었다. 김태민은 미군 지휘관에게 사정 이야기를 하고, 담요라도 지원해 달라고 김 상사를 보냈다.

잠시 후 미 제7사단 지휘관들은 차를 세우고 몇 사람이 이곳으로 왔다. 이 참혹한 현장을 본 지휘관들은 혼자 남은 아가씨를 돕기 위해 담요와 C-레이션과 돈도 마련해 주었다. 김태민 중대장은 미군 지휘관들에게 고맙다는 인사를 몇 번이나 했다.

미군들도 도와주는데 이 혼자 남은 아가씨가 너무나 불쌍해 적극적으로 도와주기로 마음먹었다. 우선 식구들의 시체를 들고 담요를 깔아 덮었다. 애들까지 총 6구의 시신이었다.

이 소문을 듣고 길 건너 마을 사람들이 모여들어, 웅성웅성해지기 시작했다. 김 중대장은 서울 탈환이 급해, 모인 마을 사람들에게 협조를 부탁했다.

"마을 어르신 분들께 부탁의 말씀을 드립니다. 이 비참한 일을 도와주셔야 하겠습니다. 이 혼자 남은 처녀를 위해 수고스럽지만 장례를 치러주시면 고맙겠습니다. 우리는 서울 탈환이 급해 떠나야 합니다. 마을 분들께 수고를 부탁드립니다."

김태민은 이춘옥에게 말했다.

"미군들이 준 과자와 돈은 장례식에 쓰고 남은 돈은 가지고 있어요. 또 혼자 외로우니 이 아가씨와 함께 있고, 서울 탈환하고 오겠으니 용기를 잃지 말고 있어요. 나도 이춘옥을 도울 테니 너무 걱정 말아요!"

이 말을 남기고 김태민은 다시 영등포를 향해 출발했다. 영등포로 향하던 중, 해병 연대장의 명령으로 행주 나루터로 오라는 연락을 받았다. 전 병력은 행주 나루터로 향했다.

경인가도를 '파죽지세'로 돌진한 미 해병사단의 선봉대인 미 5연대와 국군 해병연대가 행주 나루터를 도하하여, 서울 서측방을 공격하기 시작했다. 그런데 여기서 참으로 회한한 일이 벌어졌다.

이곳 주변의 부락민들이 낫과 칼, 도끼 등을 들고 북한군 패잔병들 사냥에 나선 것이다. 심지어 12세나 13세 어린 소년들이 있는가 하면, 아주머니들까지 낫을 들고 북한군 패잔병들을 붙잡아 왔던 것이다. 그 수가 200명이나 되었다. 미 해병 부대장과 한국 해병 부대장은 주민들의 협력이 고맙기는 했으나, 이제부터 서울에 돌입할 참이라 이 많은 포로들은 짐이 될 뿐이었다.

그렇다고 해서 잡아온 포로들을 내팽개칠 수는 없는 노릇이었다. 해병대의 신현준 연대장이 기막힌 묘책을 생각해냈다. 포로들을 한 줄로 세워놓고 한 사람씩 당시 크게 유행하고 있던 〈신라의 달밤〉을 부르게 한 것이다.

"아, 신라의 밤이여 불국사의 종소리가 들리어 온다. 지……"

"합격, 합격!"

반 이상이 제대로 불렀는데 이들은 의용군으로 강제로 끌려간 남한 출신이며, 부르지 못한 나머지는 북한군 병사임이 틀림없었다. 60명만 포로로 후송하게 하고, 남한 출신들은 고향으로 보내 주기로 했다.

그런데 석방된 남한 출신자들은 집으로 가라고 해도, 해병대를 따라간다고 했다.

"너희들은 이제 자유의 몸이니, 고향으로 돌아가라!"

"우리들은 죽어도 못 갑니다! 북한군들에게 복수하지 않고서는 그동안의 고통과 원한을 풀 수가 없으니, 우리들도 해병대와 함께 서울로 진격하겠습니다!"

"안 된다. 너희들은 아직 나이도 어리고 그동안 고생도 했으니, 고향에 가서 편히 쉬어라!"

7인의 해병들이 집으로 가라고 해도 해병대를 따라 간단다.

"우리가 앞장서서 북한군들을 모조리 죽여버리겠습니다. 원수를 갚지 않고서는 억울해서 집으로 못 갑니다. 제발 따라가게 해주세요!"

해병대와 같이 공격하겠다고 눈물을 흘리면서 호소했다.

한편 한·미 해병대가 인천상륙작전에 성공해 서울을 향해 진격하고 있었는데, 낙동강에 있는 북한군 병력이 올라오려면 시간이 걸렸다. 그래서 인민군 서울전투사령부는 서울을 막기 위해 모든 인민군 병력을 서울로 총동원 명령을 내렸다.

이에 따라 의정부에 있는 여군부대와 오경자 소대도 서울 서대문으로 이동하라는 명령을 받고 이동을 완료했다. 그러나 시간이 지날수록 영등포와 수색 방면에서 포 소리가 점점 크게 들려왔다.

포 소리가 점점 커짐에 따라 오경자 소대장 역시 걱정이 태산 같았다. 김태민은 피난을 가서 국군이 됐는지, 아니면 피난을 못 가고 자신처럼 인민군으로 낙동강 전선까지 내려갔는지, 은근히 걱정이 되기도 했다. 서로가 이 전쟁을 무사히 극복하고 살아서 다시 만나야 하는데, 오늘도 가슴을 졸이며 태민의 사진을 보고 있지만 눈물이 나도록 그리워진다.

이때 갑자기 문이 열리며 김영숙 하사가 들어왔다.

오경자 소대장은 깜짝 놀라며 얼른 사진을 주머니에 넣었다.

"소대장님, 국방군 해병대가 인천상륙작전에 성공해 지금 수색 쪽으로 온다는 말 정말인가요!"

"나도 그런 말을 들었는데, 곧 이곳으로 올 것 같은데 큰일이군! 남쪽 해병대는 '귀신 잡는 해병대'란 말과 같이 우리가 막을 수는 없을 거야!"

"소대장님! 그러면 빨리 후퇴해야 하는데 어떡하죠?"

"후퇴는 우리 마음대로 못 해!"

해병특공대장 김태민 역시, 서울이 가까워질수록 머리가 복잡해졌다. 오경자가 피난을 갔는지, 인민군에 끌려갔다면 혹시 서울에 있는지 궁금한 생각들은 꼬리에 꼬리를 물고 달려왔다. 문득 여동생 영숙이가 떠올랐다. 고향에서 부모님을 모시고 잘 있는지…… 오늘따라 오경자가 더욱 그리웠다. 그리울 때마다 경자의 사진을 보지만, 허전한 마음과 답답한 심정은 사라지지 않았다. 빨리 진격하여 소식을 확인해 보는 수밖에는 없었다.

서울 시가전 전투

한국 해병대는 미 해병과 함께 9월 25일 서울 서북 및 남서쪽에서, 점차 약화되는 적의 저항을 분쇄하면서 서울 시가지에 돌입하고 있었다. 해병 제1대대는 미 제5해병연대와 함께 연희고지를 지나 북아현동으로 돌입하였고, 제2대대는 능곡과 수색에서 작전을 마치고, 미 제1해병연대와 함께 진격하여 서강당인리 발전소를 경유, 마포로 진격했다.

9월 25일 밤, 퇴각하는 적을 추격하라는 공격명령에 따라 행동을 개시했다. 미군과의 거리는 통상 500~600미터의 간격을 둔 협동작전이었다. 이날 제1대대는 북아현동 쪽으로 돌입하여 진격하던 중, 서대문 쪽에서 적의 완강한 저항에 부딪쳐 고전을 거듭했다.

다음 날인 9월 26일 아침까지도 적은 마포와 신촌 쪽으로 통하는 아현동 사거리에서 격렬하게 저항했다. 서대문 어느 건물 옥상에 기관총을 설치해 사격하던 적을, 미 해병 전차의 도움을 얻어 섬멸했다. 이날 14시경에 해병 1대대는 중림동을 거쳐 서울역으로 진격했다.

특공해병 1중대와 '7인의 해병특공대'는 서대문과 광화군 쪽으로 진격하기로 했다. 김태민 특공대장은 특공해병들 앞에서 시가지 전투 작전 계획을 발표했다.

"먼저 연희고지 전투부터 말하겠다. 연희고지 전투에서 우리 해병특공대원인 윤창수 해병이 전사했다. 윤창수 해병의 고향은 제주도며 해병 4기로 자원입대했다. 정말 가슴 아프고 안타까운 일이다. 다시는 이런 일이 없어야 하겠다."

김태민은 하늘을 쳐다보다가 다시 말했다.

"우리는 서대문으로 진격, 광화문을 거쳐 종로 쪽으로 진격해 목표는 중앙청이다. 우리 1대대 진격지역이 중앙청이다. 우리 지역인 만큼 중앙청에 태극기는 우리가 꽂아야 한다. 그런데 거리마다 바리케이드를 제거하는 데 미 해병대 전차와 항공 지원을 받아야 한다. 시간이 걸릴 것으로 생각하고 20분간 휴식이다."

김태민의 연락병인 오덕상 해병은 휴식시간에 잠시 건물 앞에 앉아서 쉬고 있었다. 그런데 문득 고향에 있는 누나 오경자 생각이 났다. 경자 누나는 나에게 조용히 말했다.

"덕상아, 누나는 9월 27일 결혼 날을 잡았다. 양가의 부모님께는 다음주(6월 25일)에 알릴 생각이다. 이 일은 너 혼자만 알고 있어라!"

이 말을 듣고 며칠 후 6·25전쟁이 일어나 헤어지게 되었다.

전쟁만 없었다면 내일 경자 누나는 결혼을 할 것인데…… 또 두 동생이 생각났다. 피난길에 나는 피난 가서 해병대가 되겠다고 했더니, 덕중 동생은 자신은 인민군에 끌려가 최전선에서 싸운다면 덕상 형을 돕겠다던 말이 다시 들려오는 것만 같았다. 오경자 누나나, 덕중 동생이 가까이 있는데, 더구나 김태민 특공대장이 누나의 애인인 것을 알았다면 얼마나 좋을까! 그러나 신이 아닌 이상 알 수 없었던 것이다.

한편 인민군 하사인 김영숙은 불안한 마음을 달래기 위해, 김태민 오빠를 생각하고 있었다. 피난 간 오빠는 지금 부산에서 교사일까? 아니면 국군일까? 전쟁이 나기 3일 전 김태민 오빠는 9월 27일 결혼식 날을 잡 았다고 조용히 말했다. 전쟁만 없었다면 내일 고향에서 결혼식을 할 것 인데…… 태민 오빠의 생각이 자꾸만 떠오른다. 또 점점 가까이 다가오는 태민 오빠가 오경자 소대장의 애인이라는 것을 알았다면 얼마나 기쁜 일 인가! 그러나 오경자 소대장의 연락병이면서도 알 수가 없었던 것이다. 두 사람의 운명은 어떻게 될 것인가? 서로가 애타게 찾는 두 사람의 만남 은 어떻게 될 것인가? 가슴은 조마조마하고, 손에 땀을 쥐게 하는 시간이 1초 2초 다가오고 있었다.

김태민 특공대장은 다시 모이라고 했다.

"이삼영과 한철민 해병은 서대문 쪽으로 정찰을 나간다. 또 김용호 상사와 한순옥 해병은 빠른 시간에 집에 다녀온다."

"옛, 감사합니다."

김태민은 그동안 격렬한 전투로 오경자 생각을 못 했는데, 시내 중 심가로 접어들면서 경자 생각이 간절했다. 경자의 사진을 보며 생각했다. 우리가 결혼 날을 잡은 날이 9월 27일 내일로 다가왔다. 6·25전쟁만 없 었다면 내일 고향에서 결혼식을 올릴 것인데, '동족상잔의 비극'이 한없 이 원망스러웠다. 지금 고향에 있는지, 아니면 인민군에 끌려나와 어디에 있는지 가슴이 아리도록 그리웠다. 빨리 고향 옹진으로 진격해 경자의 소 식을 알아보기로 했다.

그때 오덕상 연락병이 오는 것을 보고 급히 사진을 감추었다.

"특공 대장님, 중앙청에 태극기를 게양하려면 빨리 가야 하는데?"

"여기서 중앙청은 멀지 않다. 진격 중에 별 문제가 없어야 하는데!"

서대문에 있는 오경자 여군 소대는 아현동에서 요란한 총소리를 듣 고 일단 광화문으로 이동했다. 그곳에서 상부의 지시를 받았다.

"마지막까지 서울 시내에 남아서 국방군에게 타격을 주어 시간을 끌어라! 그리고 마지막 철수병력과 함께 철수를 바란다."

오경자 여군 소대장 역시 태민에 대한 생각에 미칠 것만 같았다. 내일 9월 27일 결혼식 날인데 전쟁으로 인해 무산돼, 가슴 밑바닥에서 속상하고 억울한 마음이 부글부글 끓어올랐다. 주머니에서 사진을 꺼내보며 불안한 마음이 번쩍 스치고 지나갔다. 혹시 태민은 국군으로 지금 서울에 와 있는 것이 아닐까? 그러나 경자는 이내 고개를 흔들었다. 그렇게 될 수도 없고, 또 그렇게 되면 안 된다고 생각했다.

이때 갑자기 연락병인 김영숙 하사가 들어왔다. 경자는 태민의 사진을 얼른 주머니에 넣고, 책을 보는 척했다.

"소내장님, 짐짐 총소리가 가끼이서 들리는데, 어떻게 할 생각입니까?"

"지금은 후퇴할 수가 없어. 지금 철수한다면 비행기 폭격과 우리를 감시하는 '독전대'가 있을 거야. 오늘 밤에 후퇴하자!"

"그러다가 후퇴할 기회를 놓치면 어떻게 하지요?"

"마지막 후퇴하는 병력이 후퇴하라고 알려줄 거야!"

그러나 영숙은 긴장과 불안이 거센 해일처럼 밀려왔다.

9월 20일 밤부터 미아리 고개를 넘어서 자동차와 화물차량들이 쉴 새 없이 북으로 향하고 있다는 소문이 돌았다. 그중에서도 가슴 아픈 이야기는 밤마다 수많은 죄수들을 끌고 가는데, 교회목사, 음악가, 영화배우, 정치인 등 상당한 지위를 가진 사람들이 대부분이라는 것이다.

꼬치 꿰듯 줄에 엮어서 강행군을 시키고, 몸이 불편하거나 마음이 내키지 않아서 지체하는 일이 있으면 욕설을 퍼붓고 채찍으로 갈기며, 미아리 고개를 넘어서 정 말을 듣지 않으면 그 자리에서 총살해 버리고 간다는 것이다.

9월 24일 해질 무렵, 마지막으로 예술인, 학자, 국회의원, 목사, 대학 교수들 등 많은 사람들이 손을 철사 줄로 꽁꽁 묶여서 미아리 고개로 가고 있었다. 많은 가족들이 울부짖는 가운데, 어느 여인은 어린애를 업고 눈물을 흘리며, 미아리 고개를 넘는 남편을 향해 손짓을 하며 슬피 울고 있었다. 이것이 바로 '동족상잔의 비극'이었다. 이때 '미아리 고개' 노래가 슬프고 슬프게 흘러나왔다.

"미아리 눈물고개, 임이 넘던 이별고개. 화약연기 앞을 가려 눈 못 뜨고 헤맬 때, 당신은 철사 줄로 두 손 꽁꽁 묶인 채로, 뒤돌아보고 또 돌아보고, 맨발로 절며 절며 끌려가신 이 고개여, 한 많은 미아리 고개."

김용호 해병은 중림동에 있는 집 대문을 여는 순간, 눈물이 핑 돌았다. 방문 앞에 서서 울음 섞인 목소리로 어머니를 불렀다.

"어머니, 제가 왔어요!"

잠시 후 방문이 열리면서 어머니와 누나가 맨발로 뛰어나왔다.

"용호 아니냐? 대한민국 국군이 되었구나! 국군이 오기를 얼마나 기다렸는데. 어서 방으로 들어가자."

"어머니, 지금 서대문 쪽으로 진격 중 이곳을 지나다 잠시 왔어요. 금방 가야 돼요!"

"그래. 아버지는 잠시 시골로 피신하셨다."

"잘 하셨네요. 서울 탈환하고 오겠습니다."

"그래. 몸조심하고……"

어머니는 눈물을 흘리시며 어서 가라고 손짓했다.

다시 돌아가는데 골목마다 마을 사람들이 나와 태극기를 흔들며 환영해 주었다. 두 해병도 손을 흔들어 주었다.

그런데 도로가에 왔을 때 어느 꼬마가 말했다.

"국군 아저씨. 조금 전에 민간 복장을 한 두 명이 저쪽 창고로 들어갔 어요."

"그래, 알았다."

두 해병은 그곳으로 들어가 두 명을 붙잡았다.

"너희 놈들은 인민군이지? 계급이 뭐냐?"

"하사와 사병입니다."

"도망갈 생각 말고 따라와!"

김용호 상사는 김태민 중대장에게 보고했다.

"창고에 숨은 것을 붙잡아 왔습니다. 계급은 하사와 사병이랍니다."

"수고했다. 잘 감시해!"

"오 해병은 1중대 1소대 소대장과 분대장 오라고 해."

"옛."

김태민은 인민군 하사란 놈을 신문한 결과, 인민군 사병이란 놈은 정치보위부원이란 것을 알았고, 교회 목사님 몇 사람을 붙잡아갔고, 또 특별한 것은 손기정 선수 일장기를 지운 동아일보사 기자를 납치해 일 계급 특진했다는 것을 알았다.

다시 인민군 사병이란 놈을 심문했다.

"네 정보는 다 알고 있으니 솔직히 말해. 소속은?"

"정치보위부원입네다."

"교회 목사님들 몇 사람이나 납치해 갔나?"

"몇 사람뿐입네다!"

"목사님은 하나님 말씀을 전하는 위대한 분이시다. 네놈은 천당에 못가고 지옥에 갈 것이다!"

"천당은 만원이랍니다?"

"너 천당에 가봤어?

"가보지는 못했지만, 사람들이 그랬습니다."

"네놈은 동아일보사 이길용 기자를 강제로 붙잡아갔지?"

"상부의 지시라 할 수 없이 했습니다."

"자세히 이야기해봐!"

"네!"

7월 17일, 동아일보 이길용 기자는 볼일이 있어 밖에 나갔다 집 근처에 도착했다. 그런데 서울 성북동 자택 인근 노상에서 갑자기 북한의 정치보위부원에게 검문을 당하게 되었다.

"손기정 선수 일장기 말소사건을 주도한 이길용 동무가 맞지요?"

"그런데요?"

이길용 기자는 갑자기 무슨 일 때문에 그러나 생각했다.

"조사할 것이 있으니 함께 갑시다!"

"집이 이 근처인데 전할 말도 있고, 잠시 다녀오겠습니다!"

"조사한 후 금방 보내드릴게요!"

이길용 기자는 북한 정치보위부원에 의해 강제로 끌려갔다. 그리고 이것이 마지막이었고, 그 후 아무런 소식도 알 수가 없었다. 김태민은 다 듣고 난 후, 긴 한숨을 토해내며 친절하게 말했다.

"너 이길용 기자 구출할 수 있어?"

"불가능한 일입니다. 서대문 형무소로 갔는데 현재로서는 확인할 수도 없고, 이미 북쪽으로 간지도 모르겠습니다."

"이 새끼야! 하나님 말씀을 전하는 목사님도 끌고 가고, 그것도 모자라 애국자인 이길용 기자까지 납치해 가다니, 용서받을 수 없는 놈아!"

화가 난 김태민은 주먹으로 얼굴을 강타하고, 다시 복부를 차버렸다.

복부를 맞고 저쪽 구석으로 처박힌 놈은 숨도 제대로 못 쉬고 벌벌 떨고 만 있었다.

"이리 와 내 말 들어봐! 전쟁 초기에 피난 안 가고 있던 목사님을 보고 장로님, 권사님, 집사님은 '목사님, 위험하니 피하십시오' 모두가 걱정 하는 말에, 목사님은 '피난 가다가 나 혼자 살겠다고 교회와 양떼를 버리고 떠날 수는 없다. 돌아가서 교회를 지키겠다'고 돌아온 목사님들을 납치하거나 사살해? 날벼락을 맞아 죽을 놈아!" 하면서 다시 얼굴에 주먹을 날렸다. 북한군은 얼굴을 맞고 코피가 줄줄 흘러 내렸다.

"한 해병, 이놈 끌고 나가 잘 감시하라고 하고, 소대장 불러와."

"옛."

곧바로 1소대장과 분대장이 들어왔다.

"인민군 하사는 귀순병으로 처리하고, 저 정치보위부원 놈은 목사님과 동아일보 기자까지 납치해간 용서받을 수 없는 놈이다! 당장 끌고 가서 총살해버려! 그리고 다시 확인 총살해!"

"옛, 명령에 따르겠습니다."

김태민은 이길용 기자에 대한 일들을 좀 더 자세히 살펴보기로 했다.

이길용은 당시 동아일보사 체육기자이자 '일장기 말소사건'으로 해직과 복직을 겪은 대한민국 체육계의 선구자였다.

이길용 기자는 언론인이기 전에 일제에 맞서 3 · 1운동 1주년 봉기를 계획하다가 일본 경찰에 체포돼 옥고를 치르는 등 조국 광복을 위해 활동하신 분이다. 납북 직전까지도 방대한 자료의 조선 체육사를 집필했는데, 끝내 완성하지 못하고 끌려갔다. 6 · 25전쟁 발발 후, 주변에서 신상이 위험할 수 있으니 피신하라고 권고했음에도, 나라와 민족을 위해 노력해 온 사람으로서 떳떳하기에 피할 이유가 없다고 고사했다. 그러던 중

1950년 7월 17일, 비밀리에 감시 활동을 펼치던 북한에 의해 거주지 인근에서 무방비 상태로 정치보위부에 끌려갔고, 그 후 북한의 손아귀에 넘어가 서대문 형무소에 끌려 간 것까지만 확인됐을 뿐이다.

이길용(1900~미상) 기자는 경남 마산에서 태어나 배재학당과 일본 도시샤 대학을 졸업 후 동아일보 체육기자로 활약했으며, 대한민국 스포츠 저널리즘의 선구자로 평가받고 있다. 그는 일제강점기 조국 독립운동에 투신해 옥고를 치렀고, 1936년 베를린 올림픽 마라톤 우승자 손기정 선수의 유니폼에 새겨진 일장기를 삭제한 채 신문에 보도한 '일장기 말소사건'을 주도했다. 이 사건은 항일 투쟁사에 기념비적인 일로 기억되고 있다.

9월 26일 23시 30분경, 광화문 어느 건물에 밥과 떡 그리고 닭고기까지 있었다. 오경자 여군 소대장(김태민 애인)과 연락병 김영숙 하사(김태민 여동생)와 간부들은 음식을 먹고 마지막으로 서울을 떠날 생각을 했다.

소대장 연락병 김영숙 하사가 오 소대장에게 재촉했다.

"소대장님, 빨리 드세요!"

"그래. 빨리 먹고 출발하자!"

오 소대장은 닭다리 하나를 입에 넣으려는데, 갑자기 이상한 생각이 번쩍 떠올랐다.

"김영숙 하사, 오빠 있어?"

"예, 있는데 피난 갔습니다!"

"오빠의 직업은?"

"교사였습니다!"

"교사! 이름은?"

"김……"

이때 갑자기 밖에서 큰소리가 들려왔다.

"후퇴, 후퇴! 국방군이 서울역까지 왔다! 또 서대문까지 귀신 잡는 해병대가 진격했다. 지금 즉시 후퇴! 빨리 빨리 후퇴, 후퇴!"

여군 소대장 오경자의 둘째 동생인 오덕중과 김준모 북한군이 큰소리로 말하고 어둠 속으로 사라졌다.

이 소리를 들은 오경자 소대장은 닭다리를 입에 넣다가, 깜짝 놀라 닭다리를 놓고, 정신없이 밖으로 나와 제각기 어둠 속으로 모습을 감추었다.

9월 27일 01시 30분, 해병특공대는 북한군 여군 소대가 밥을 먹고 후퇴하려던 그 건물에 조심스럽게 접근했다. 그리고 한순옥 여 해병이 건물 안으로 들어갔는데, 방 안에서 향긋한 냄새가 나는 것을 느꼈다. 한 해병은 문을 열면서 총을 들이댔다.

그런데 이게 웬일인가! 맛있는 음식이 차려져 있고 닭고기까지 있었다. 한 해병은 잽싸게 닭다리 두 개를 들고 나와, 오경자 애인이 입에 넣었던 닭다리를 특공대장 입에 물려주고, 또 하나는 자신이 먹으며 방으로 뛰어들었다. 그 사이 전우들은 닭고기를 먹는 자, 철모에다 떡과 닭고기를 담는 자, 양쪽 주머니에 닭고기를 넣는 자 등 정신이 없었다. 이때 밖에서 닭다리를 입에 넣은 특공대장은 큰소리로 외쳤다.

"전원 앞으로 진격, 진격!"

이 명령이 떨어지자 닭다리를 양손에 든 자, 철모 가득히 닭고기와 떡을 담아 든 자들은 밖으로 뛰어나갔다.

한편 해병 2대대 6중대 1소대는 중앙청에 태극기를 게양하기 위해, 대대의 통제를 벗어나 조선일보사와 동아일보사 앞까지 전진했다. 소대장 박정모 소위는 종군기자 박정환으로부터 반가운 소식을 듣게 되었다.

"이승만 대통령께서는 중앙청에 우리 국군이 태극기를 올려 주기를 바라고 있어요. 또 태극기를 올리는 자에게는 상금 3,000만 원이 걸려 있어요!"

박정모 소위는 이 말을 듣고 깜짝 놀라며, 우리 부대지역은 아니지만 기필코 태극기를 올리겠다고 결심했다.

다음 날인 9월 27일 미명 제6중대 1소대는 태극기를 지참하고, 03시에 중앙청을 향해 출발했다.

03시 같은 시간 특공해병은 종로거리에 도착했다. 어제 9월 26일은 음력 8월 추석날이었다. 달빛은 무척이나 밝게 비춰주었다. 김태민은 잠시 달을 쳐다보며 애인 경자 생각을 했다.

김태민은 잠시 기도를 드리고, 대원들에게 지시했다.

"지금부터 시가전이다. 시가전은 주로 건물 안에 숨은 적을 소탕하는 것인데, 3인 1조로 한 사람이 건물 입구를 경계한 다음, 한 사람이 건물 안으로 진입하고, 마지막 한 사람이 엄호 가운데 건물 안을 수색하는 방식이다."

9월 27일 05시 30분, 하늘이 환하게 밝아왔지만 비가 올 것만 같았다. 첫 번째 건물 내부를 수색해 들어갔다. 1번 오덕상 해병이 출입문을 확인했다. 2번 김용호 해병은 저쪽 2층 계단으로 달려갔다. 3번 한 여 해병은 안쪽으로 들어가려는 순간, 이쪽 2층 문에서 사람이 살짝 나타났다가 사라졌다. 여 해병은 2층 계단 문 쪽으로 살며시 접근해, 수류탄 안전핀을 뽑고 2층으로 던졌다. "꽝" 하는 폭발음과 동시에 북한군 여군이 2층 계단 밑으로 굴러 떨어졌는데, 계급은 중사였다. 또 저쪽에서도 김용호 상사가 2층 계단 문으로 수류탄을 던졌다. "꽝!" 하는 폭음 소리와 함께 해병 두 명이 2층으로 뛰어 올라갔다. 여군하사와 사병이 쓰러져 있었고, 바닥에는 피가 흘러내렸다.

두 번째 건물이었다. 우리 쪽 건물 옆쪽에서 갑자기 두 발의 총소리가 새벽 공기를 가르며 울렸다. 그와 동시에 앞 건물 2층 창문에서 북한군 한 명이 "으악!" 하며 바닥으로 떨어지고, 또 한 명은 밑에 쓰러져 있고, 한 명은 저쪽 골목으로 도주해 버렸다.

이때 건물 옆쪽을 바라보니 북한군 2명이 맞은편 북한군 두 명에게 총을 쏴 사살시키고 도주하고 있었다. 바로 오덕상 동생 덕중이었다.

한 해병이 총을 쏘려는 것을 본 특공대장이 급하게 말했다.

"저쪽으로 사격중지! 하늘에서 보낸 두 명의 천사들이다! 우리를 도와주려고."

다음 건물 출입문 쪽으로 여 해병이 내부를 살폈다. 들어가라는 수신호에 두 해병은 저쪽 2층 출입문 쪽을 향해 내부를 살폈다. 여 해병은 안으로 들어서는 특공대장을 조심스럽게 쳐다본다. 그때였다. 갑자기 '탕' 하는 총소리에 특공대장은 "엇!" 하는 놀란 소리를 내며 가슴에 손을 얹고 그 자리에 주저앉았다. 저쪽 2층 계단을 경계하던 두 해병이 성난 사자처럼 2층으로 올라가, 북한군 여군 2명을 즉시 사살했다.

이때 특공대장은 안주머니에 넣었던 작전서류, 수첩을 뚫고 들어간 권총 탄알은 지갑에 박히고, 가슴은 아무런 상처도 없었다. 이것을 본 여 해병도 "후휴"하는 안도의 한숨이 새어나왔다. 특공대장은 지갑에 박힌 총알을 빼내고 지갑을 열어보니, 이게 웬일인가! 오경자 애인의 사진 가슴 부분을 총알이 뚫었던 것이다. 태민은 놀란 얼굴로 생각에 잠긴다. 여 해병도 놀란 얼굴로 특공대장을 쳐다본다. 다시 사진을 주머니에 넣는 순간, 오덕상 연락병이 2층에서 내려오며 물었다.

"대장님 다친 데 없어요?"

"음, 하나님이 도우셨어. 무사해!"

다음 건물로 들어간 특공대원들은 2층 출입문을 확인하려는 순간,

갑자기 2층 안에서 "따따탕!" 따발총 소리가 들리며, 수류탄을 쥐고 있는 북한군 소위가 "으윽"하며 바닥으로 뒹굴었다. 1층에 있는 해병들은 2층에서 들려온 따발총 소리에 놀라 서로 얼굴만 쳐다보았다.

이때 저쪽 2층 문 쪽에서 흰 수건을 흔드는 것을 본 김용호 상사가 "투항이다! 투항!" 하고 큰소리로 외쳤다.

이 소리를 들은 김태민은 벌떡 일어나, "사격 중지! 사격 중지!" 하면서 단거리 선수처럼 달려갔다.

태민은 "손들고 내려와!" 하고 소리 질렀다. 북한군 여군 하사는 손들고 머리를 숙인 채, 2층 계단을 천천히 내려왔다. 그리고 김태민을 쳐다보았다. 그 순간 두 사람의 눈빛이 반짝 빛나며, 잠시 무거운 침묵이 흘러갔다. 잠시 후 여 하사는 김태민을 다시 쳐다본 후, 다급하게 말하며 달려왔다. "오빠, 오빠! 여기서 오빠를……" 하면서 태민을 껴안았다.

김태민 역시 깜짝 놀라며 숨 가쁘게 말했다.

"아니, 영숙아! 네가 왜 이곳에 와 있어? 도대체 어떻게 된 거냐?"

태민도 여동생 영숙을 힘껏 끌어안았다.

동생은 오빠의 얼굴을 만지며 말했다.

"오빠가 피난 간 후, 아버지가 반동분자로 몰려 내가 아버지를 구하기 위해 인민군에 자원입대 했어요!"

태민은 여동생의 얼굴을 손수건으로 닦아주며 말했다.

"항복하기를 정말 잘했다! 너는 이제 살았다. 잘못했다면 너는 우리 특공대원에게 벌집이 됐을 것인데, 기적 같은 일이구나!"

"오빠! 오빠를 서울 한복판에서 만나다니, 더구나 전쟁터에서……"

"하나님이 우리 남매를 만나게 해주셨다. 지금은 전투 중이라 다음에 자세한 이야기를 해보자."

해병들은 갑자기 벌어진 일에 놀라, 멍하니 정신 나간 사람처럼 쳐다보고만 있었다.

특공대장은 이삼영 해병에게 깨끗한 해병대 군복과 철모를 가져오라고 지시했다.

특공대장은 해병들과 2층으로 올라갔다. 북한군 소위는 가슴에 총탄을 맞고 쓰러져 있었고, 수류탄이 옆에 있었다. 북한군 소위가 수류탄을 던지려는 순간, 김태민 여동생 영숙이가 총을 쏘고 투항을 했던 것이다. 그때 이 해병이 군복과 철모를 가져왔다.

태민은 영숙에게 저쪽에 가서 군복을 갈아입으라고 말했다. 벌써 시간은 06시가 되었다.

그때 영숙 동생이 해병대 군복과 철모를 쓰고 나왔다. 김태민은 웃으며 동생에게 말했다.

"북한군 여군이 귀신 잡는 해병이 되었구나! 자, 시간이 없다. 다음 건물로 이동하자."

박정모 소위는 양병수 2등병조(중사)와 최국방견습수병(이병) 등과 함께 건물 옥상으로 올라갔다. 박 소위와 2명의 소대원은 06시 10분 태극기를 12개의 돌기둥 중앙에다 게양하는 데 성공했다. 이로써 중앙청에는 적의 방화로 화염에 휩싸인 채, 90일 만에 다시 태극기가 휘날리게 되었다. 이 공로로 양병수 2등병조는 소대장의 추천으로 '은성훈장'을 수여받았다.

중앙청 지역은 원래 미 제5해병연대와 국군 해병 제1대대의 목표였으나, 박 소위가 중앙청에 도착할 때까지 아직 공격을 하지 않고 있었다.

애타게 찾던 오경자

9월 27일 06시 20분, 갑자기 비가 내리기 시작했다. 7인의 해병은 다음 건물로 들어가서 사주경계를 했다. 김태민은 2층 계단 쪽을 바라보다가, 앉아서 경자 사진을 바라보며 불길한 생각이 들었다. 그리고 지난날의 즐겁던 추억을 떠올려 보았다.

"우리 올 9월 27일 날 결혼하지! 빨리 그날이 왔으면 좋겠네! 언제 그날까지 기다리지……"

그리고 둘은 손을 꼬옥 잡았다. 다시 서로 꼭 껴안고 앞날의 행복을 생각했다.

2층 계단문 쪽에 앉은 오경자 북한군 여군 소위 역시, 둘이 찍은 사진을 보며 지난날의 행복했던 추억을 생각했다. 둘이 나란히 앉아 "우리 9월 27일 결혼하지! 결혼하면 이 세상에서 제일 행복하게 해줄게. 나만 믿어!" 그리고 피난 갈 때 오덕상 동생과 헤어지던 모습이 자꾸만 떠올랐다.

둘은 똑같은 시간에 한 건물 안 1, 2층에서 서로를 그리워하며, 애타게 찾던 두 사람은 잠시 옛 추억을 생각해 보았다.

김태민 여동생 영숙은 철모 끈이 너무 길어 철모를 두 손으로 들고 턱 끈을 조일 생각을 했다. 그때 갑자기 천장 조그만 구멍에서 수류탄이 철모 안으로 '툭' 하고 떨어졌다. 기겁을 한 영숙은 "아악!" 하는 소리와 함께 철모를 밖으로 던져 버리고, 앉아 있는 태민 오빠를 향해 몸을 날려 감싸 안았다. 그런데 문 밖으로 던진 수류탄은 다행히 불발탄으로 폭발하지 않았다.

김태민은 잠시 무슨 생각을 했는지, 천장 구멍을 쳐다보다가 갑자기 벌떡 일어났다. 그리고 오덕상, 이삼영, 한순옥 해병을 앉으라고 손짓했다. 태민은 3인의 해병 어깨에 발을 딛고 일어나, 수류탄 안전핀을 이로 뽑은 후, 천장 조그만 구멍으로 힘차게 밀어 넣었다. 잠시 후 "쾅!"하는 수류탄 폭발음 소리가 천장내부를 흔들며 쌓였던 먼지가 우수수 떨어졌다.

다른 해병들은 1층에서 경계를 하고, 김태민, 오덕상(오경자 동생), 한순옥, 김영숙 4명은 2층으로 뛰어올라갔다. 이쪽 북한군 여군 상사는 피를 흘리며 손발이 파르르 떨리더니 금방 고개가 옆으로 돌아가며 숨이 끊겼다.

네 해병은 저쪽에 누워있는 여군에게 달려갔다. 북한군 여군 소위는 가슴에 수류탄 파편을 맞았는지, 피는 계속 흘러내렸다. 아직은 살아 있는지 손에는 사진 한 장을 들고 있었다. 김태민은 앉아서 사진을 쳐다보았다. 지금까지 애타게 그리워하던 바로 오경자 사진이었다. 태민은 경자를 와락 끌어안고, 그동안 참았던 그리움이 눈물로 변하여 폭포를 이루었다. 오덕상 연락병은 "누나!" 하며 달려들고, 영숙은 "소대장님, 여기 있었군요!" 하며 눈물을 흘렸다.

태민과 경자는 손을 잡으며 "왜 지금 와! 얼마나 그리워했는데……" 말을 맺지 못하고, 경자의 하얀 얼굴에선 두 줄기 눈물이 '주르르' 흘러내렸다.

태민은 애인의 이름을 부르며 통곡하고 있었다.

"경자야, 경자야! 제발 죽지 마! 오늘은 9월 27일은 네 생일날이며, 우리가 결혼하는 날이다!"

태민의 목멘 소리가 무거운 공기를 헤집고 사방으로 흩어졌다.

"때는 이미 늦었어! 좀 더 일찍 올 것이지……"

경자의 가냘픈 소리가 피눈물을 토하며 들려왔다.

"누나, 누나! 죽으면 안 돼! 살아서 나와 함께 고향으로 가야 돼!"

오덕상이 누나의 손을 붙잡고 눈물을 흘리며 슬프게 말했다.

"나는 이미 늦었어. 너는 꼭 살아서 고향에 돌아가 부모님을 잘 모셔라. 부탁한다!"

경자는 덕상 동생의 손을 잡고 마지막 부탁을 하는 것 같았다.

경자는 영숙의 손을 잡고 눈물을 흘리며 말했다.

"김 하사! 고향이 옹진이라고 해. 같은 고향사람이라 연락병으로 두었는데, 진작 오빠의 이름을 알려 줄 것이지……"

"……"

영숙은 아무 말 없이 눈물만 흘리고 있었다.

태민은 경자를 더욱더 끌어안으며, 나직이 말했다.

"경자야, 내가 잘못했다. 내가 너를 죽인 것이다! 용서해 다오! 그리고 우리 못다 한 사랑, 저세상에 가서 이루자! 먼저 하늘나라에 가서 기다려!"

경자의 마지막 음성이 파르르 떨리며 들려왔다.

"태민 씨, 하늘나라에 가서 다시 만나! 그리고 좋은 사람 만나 결혼해! 우리 작은 동생 덕중도 인민군에 끌려 나왔다는데. 만나면 우리 동생 도와줘. 마지막 부탁이야!"

이 말을 끝으로 고개를 옆으로 떨구며 "딸깍!" 하는 소리와 함께 숨을 거두었다.

오덕상은 소리 내어 울며 누나를 불렀다.

"누나, 누나! 죽으면 안 돼, 제발 죽지 마! 내가 연락병으로 매형 될 사람에게 누나의 이름을 못 알려줘서 미안해!"

김태민은 애인의 시신을 자리에 누이며, 성난 얼굴로 동생에게 말했다.

"너는 같은 소대 하사관이며 연락병이면서, 소대장을 끝까지 보살펴야 하는데, 소대장을 이렇게 죽게 만들어! 소대장과 함께 다니다 항복했다면 살았을 것인데, 그러나 모두가 내 잘못이다."

"어젯밤 23시 30분에 광화문에서 야식을 먹고 후퇴하려고 했는데, 갑자기 후퇴하라는 말을 듣고 캄캄한 밤에 서로 떨어지게 됐어요!"

동생은 고개를 숙이고 작은 소리로 말했다.

"두 사람이 모두 양쪽 연락병이면서 한 사람만 알았다면 살 수도 있었는데, 참으로 가슴 아프고 안타까운 일이다."

김태민의 말이 끝나자 건물 안은 울음바다로 변했다.

잠시 후 태민은 주머니에 넣어 다녔던 구멍 난 애인 사진과 경자가 가졌던 사진 두 장을 경자의 주머니에 넣으며 말했다.

"경자야, 네가 다 가지고 가라! 나는 이제 네 사진이 필요 없게 됐다. 미안하다. 잘 가라!"

태민은 주머니에서 손수건을 꺼내 만년필로 글을 썼다.

'미안하다. 잘 가라! 해병 특공 1중대 중대장. 대위 김태민(이 시신은 절대 손대지 말 것).'

글 쓴 손수건은 죽은 애인의 얼굴에 조심스럽게 덮어주었다.

그리고 태민은 마지막으로 무릎을 꿇고 '잘 가라'는 기도를 드렸다. 태민은 잠시 생각하다 말했다.

"이 모두가 동족상잔의 비극이다. 이 6·25의 비극이 우리 두 사람을 갈라놓고, 또 부모 형제를 남북으로 갈라놓았다. 우리는 한 민족끼리 칼로 찌르고, 서로 죽이는 참혹한 비극을 잊어서는 안 된다!"

김태민은 세 해병을 바라본 후, 다시 말했다.

"서울 탈환이 끝나면 오덕상, 이삼영, 한순옥 해병은 오덕상 누나의 시신을 양지바른 따뜻한 곳에 모시도록 부탁한다! 그리고 이 시간부터 모든 슬픔을 접어두고, 다시 중앙청으로 진격할 것이다!"

새벽부터 비가 오더니 이제는 맑게 갠 가을 하늘이었다. 다음 건물로 이동했다. 그런데 북한군 몇 명이 소리쳤다.

"항복합니다! 살려주세요. 우리는 의용군으로 강제로 끌려나온 남한 출신들입니다."

김태민은 급히 말했다.

"사격 중지, 사격 중지! 손들고 나와라!"

북한군 어린 소년병 4명이 손들고 나왔다.

"너희들은 몇 살이며, 고향은?"

"16, 17세이며 고향은 인천, 영등포, 서울, 수원입니다. 저쪽 건물에 인민군 장교 1명과 사병 3명이 있는데, 우리가 앞장서 모두 죽이겠습니다!"

태민은 고개를 끄덕끄덕했다.

북한군 소년병들을 따라 다음 건물로 이동했다. 그들은 먼저 안으로 들어가서 큰소리로 말했다.

"우리는 북한군이다. 빨리 후퇴해야 한다. 북한군 집합!"

이 말을 듣고 2층에서 장교 1명과 사병 3명이 나왔다. 이것을 본 소년병 4명은 일제히 방아쇠를 당겼다. "타당, 탕딱쿵" 총소리와 함께 4명은 피를 흘리며 바닥으로 쓰러졌다.

해병들은 귀신에 홀린 것처럼 정신이 하나도 없었다. 소년병 하나가 김태민 특공대장에게 말했다.

"해병대 장교님, 저 길 건너 건물 안에는 북한군 1개 중대가 있는데, 중대장은 북한군 중위입니다. 비행기로 폭격해 안으로 몰아넣은 후 생포하십시오!"

"그래. 알았다. 너희들은 뒤에 있어라."

"아닙니다. 우리는 죽더라도 원수를 갚겠습니다."

길 건너편 큰 건물에서는 이쪽으로 총탄을 날렸고 또 옥상에서도 맹렬한 기관총 사격이 있었다. 김 특공대장은 3층으로, 김용호 상사는 2층 창문가로 가서 옥상을 향해 총탄을 발사했다. 북한군 소년병 4명은 자기들 마음내로 앞장서 북한군을 향해 사격했다. 저쪽 건물에서 북한군 몇 명이 쓰러지더니, 그쪽에서도 사격을 해와서 북한군 소년병 4명도 쓰러졌다.

이것을 본 한철민 해병이 옥상에 기관총 사수를 사살하기 위해, 저쪽 높은 곳으로 총알처럼 달려 나갔다. 그런데 옥상에서 발사한 기관총 한 발이 한 해병의 무릎을 관통했다. 귀신같이 달리던 한 해병은 그 자리에 쓰러지고 말았다.

이것을 본 '귀신 잡는 해병' 한순옥 여 해병이 용수철에 튕겨져 나가듯, 부상자 앞으로 돌진해 나갔다. 그때 총탄이 비 오듯 날아오고 여 해병은 '묘기 대행진'에 나오는 사람처럼, 성난 사자처럼 돌진해 나갔다. 그리고는 부상자를 들쳐 업고(어깨에 메고) 총알을 피해 달려왔다. 이때 마침 3층 창문가에서 옥상을 정조준한 김태민이 기관총 사수를 명중시켰다. 다시 부사수가 기관총을 잡는 것을 김 상사가 다시 명중시켰다. 건물 주위에서 우박같이 내리꽂히는 적탄 속을 여 해병은 부상병을 업고, 용감하게 달려오고 있었다.

이 모습을 본 이삼영 중사의 눈에서는 불꽃이 이글이글 타올랐다. 이 해병은 포화 속을 비호같이 달려 여 해병을 엄호하며 카빈총을 계속 갈기자 총알이 떨어졌다. 재빨리 옆에 있는 따발총으로 여 해병을 따라가며 총탄을 날렸다. 숨 막히는 시간이 지나 세 해병은 무사히 건물 안으로 몸을 피했다.

저쪽 건물에 있는 적이 물러서지 않고 완강히 버티는 통에, 특공대장은 공군지원을 요청했다. 잠시 후 폭격기 4대가 건물 주위를 불바다로 만들고 사라졌다.

이때를 놓칠세라 해병 특공 1중대는 "와, 와!" 하는 함성과 함께 건물을 포위했다. 그리고 특공대장은 건물 안쪽을 향해 소리쳤다.

"손들고 안 나오면 폭파시킨다. 시간은 15분의 여유를 주겠다!"

잠시 후 북한군 선발대가 총 끝에 흰 기를 매달고 밖으로 나오는 순간, 오덕상 해병이 깜짝 놀라 그 앞으로 달려갔다.

"야, 너 덕중이 아니냐?"

"어, 오덕상 형 아냐?"

형제는 부둥켜안고 눈물을 흘리고 있었다.

두 번째 나오는 북한군을 쳐다본 이삼영 해병도 깜짝 놀랐다.

"혹시 김준모 아니냐?"

"맞아! 너는 이삼영 아니냐?"

둘은 한 몸이 돼 기쁨과 감격의 눈물을 흘렸다.

남북형제, 친구를 기적같이 만난 것을 본 김태민은 달려가면서 말했다.

"네가 오덕중이냐?"

"예."

"반갑다! 오덕중을 여기서 만나다니……"

김태민은 오경자가 마지막으로 부탁한 "우리 동생 오덕중인데, 만나면 우리 동생 도와줘!"라는 말을 생각하니 눈물이 핑 돌았다. 그리고 오덕중을 꼭 안아주었다. "이제는 떨어지지 말고, 형제가 함께 다녀라"라고 위로의 말을 했다.

김태민은 또 이삼영 해병을 보며 반갑게 말했다.

"이 해병, 전쟁 한복판에서 남북 친구를 만났네!"

"예, 중대장님, 이름은 김준모인데, 초등학교 친구예요!"

"잘됐다. 이제는 두 친구가 함께 다녀라!"

"예."

"둘이는 아는 사이냐?"

"예."

"언제부터 알게 됐느냐?"

"인천상륙 때부터 알게 됐습니다."

"그러면 두 사람이 우리를 도와주었냐?"

"예, 인천에서부터 도와주었습니다."

"야! 정말 고맙다. 너희들이 안 도와주었다면 우리는 지금 한 사람도 살아남지 못했을 것이다!"

이 말을 하면서 김태민은 두 사람을 꼭 안고 감격의 눈물을 흘렸다.

"두 사람은 우리를 인천에서부터 연희고지, 또 서울 시가전에서도 도와주었으니, 이 시간부터 해병으로 현지입대 시킨다!"

"감사합니다. 고맙습니다."

잠시 침묵이 흐르는 동안, 오덕중은 덕상 형에게 물었다.

"형, 경자 누나는 나보다 먼저 끌려왔어. 인민군 여군일 텐데 어디 있는지 몰라?"

"이따가 말해줄게!"

"형이 누나 소식을 알아? 지금 어디 있는데?"

오덕상은 한숨을 쉬며 힘없이 말했다.

"지금은 머리가 복잡하다. 좀 조용할 때 말해 줄게."

이때 김태민은 김용호 상사를 불렀다.

"김 상사. 이 두 사람이 인천서부터 우리를 도와준 사람들이야!"

김용호 상사는 믿기 어렵다는 듯 두 사람에게 물었다.

"저는 오덕상 형이 피난 갈 때 해병대가 되겠다는 말을 듣고 돕게 됐습니다."

"나는 초등학교 친구들 중, 사총사가 있는데, 한 사람이라도 해병대원이라면, 하는 생각에 인천서부터 도와주었습니다."

"야! 정말 고맙고 장하다. 또 이곳에서 만나다니……"

"김 상사, 이 두 사람 우리 특공대에 현지입대 시켜!"

"예, 그렇게 조치하겠습니다."

북한군이 귀신 잡는 해병으로

　잠시 후 북한군 소위가 천천히 걸어 나왔다. 그런데 걸어 나오는 모습이 좀 이상했다. 김용호 상사가 권총을 뺏었다.

　김태민 중대장은 김 상사에게 명령했다.

　"김 상사, 저 북한군 소위 몸 수색해봐?"

　"옛."

　말이 끝나자 김 상사는 북한군 소위를 몸수색했다. 그런데 양쪽 양말 속에서 국군 수류탄 2개가 나왔다. 이것을 본 중대장은 화난 얼굴로 옆에 있는 여 해병에게 명령했다.

　"없애버려!"

　"옛!"

　곧이어 "탕탕!" 하는 두 발의 총소리가 들린 뒤 북한군 소위는 피를 흘리며 쓰러졌고, 시체는 특공해병들이 옮겨갔다.

　잠시 후 북한군 여군 소위가 나오고, 마지막으로 북한군 중대장인 중위가 천천히 걸어 나왔다. 김 상사가 두 장교의 권총을 뺏었다. 그런데 이건 또 무슨 운명인가! 해병대 중대장과 북한군 중대장은 서로 바라보더니 금방 껴안고 반가워했다.

해병대 중대장인 김태민이 먼저 말했다.

"이덕재 형 아냐? 형이 왜 이곳에 있어!"

"야! 이곳에서 만나다니 이 무슨 기막힌 운명이냐!"

북한군 중대장도 놀란 얼굴로 다급하게 말했다.

그 순간 영숙이도 북한군 장교에게 다가서며 말했다.

"이덕재 오빠를 이곳에서 만나다니, 또 김향숙 언니도…… 오빠, 아
버지가 총살되기 직전에 이 오빠가 구해 주었어!"

"그래? 형, 고마워!"

"어쨌든 살아서 만나니 반갑다. 영숙이가 북한군에 자원해 어디에
있는지 궁금했는데, 하필이면 서울에서 만나다니……"

북한군 중대장도 영숙의 손을 잡고 반가워했다.

북한군 장교와 여군 소위, 그리고 영숙은 웃으며 이야기꽃을 피웠다.
태민은 피로한 몸을 잠시 벽에 기대고 눈을 감았다. 그런데 갑자기 북한
군 중대장의 어린 시절 모습이 떠올랐다. 아버지가 일제강점기 때 옹진읍
에서 포목점을 하고 있을 때, 이덕재 형이 점원으로 들어왔다. 아버지는
이덕재 형을 고등학교 졸업까지 시켰다. 그때 태민은 중학교 1학년이었
다. 그 후 우리는 시골로 이사했는데, 덕재 형은 인민군에 입대해 장교가
된 것 같았다. 여기까지 생각한 태민은 벌떡 일어나 덕재 형 앞으로 갔다.

"형, 북한을 위해 일했지만 지금부터는 남한을 위해 일해 줘. 부탁
이야!"

태민은 애원하며 북한군 중대장의 손을 잡고 말했다.

"어린 시절 너희 아버님께서 나를 고등학교까지 공부시켰는데, 그
보답으로 지금부터는 남한을 위해 몸과 마음을 바치겠다!"

서로는 새롭게 결심하고, 굳은 악수를 나누었다.

이번에는 북한군 여군 소위에게 말했다.

"누나도 남한을 위해 일해 줘! 해병대 여군 장교나 간호장교로……?"

북한군 여군 소위도 웃으며 고개를 끄덕했다.

태민은 너무나 반가운 나머지 손을 잡고 활짝 웃었다.

김태민은 김용호 상사에게 말했다.

"두 벌 군복과 팔각모, 또 군화도 가져와. 이제는 해병대 장교다."

잠시 후 해병대 군복과 팔각모를 쓴 두 사람을 본 태민은 크게 말했다.

"이제는 북한군이 아니라 귀신 잡는 해병대 장교로 변했네!"

전투 중이라 빨간 명찰과 계급은 없지만, 이제는 믿음직한 대한민국 해병대 장교로 탄생한 것이다.

김태민 중대장은 무기를 숨긴 북한군 10여 명을 앞으로 나오게 했다.

"너희들은 무기를 숨기고도 할 말이 있는가?"

"예, 할 말이 있습니다."

"그래? 앞에 선 병사부터 말해봐라."

16세 정도로 보이는 소년병은 앞을 쳐다보며 힘차게 말했다.

"우리 김일성 수령님께서는 서울까지 땅굴을 파서라도 고통받고 굶주리는 남조선 인민을 기필코 해방시킬 것입네다!"

"다음 병사도 말해봐."

"우리 김일성 장군님은 부산 끝까지 날아가는 왕 대포를 만들 것이며, 원자폭탄보다 몇 배나 강한 초대형 왕 폭탄을 만들어, 남조선을 완전히 해방시키고, 김일성 장군님의 나라를 건설할 것입네다."

"마지막으로 북한군 상사는……"

"이곳에 있는 동무들은 당과 수령님께서 주신 소총을 헌신짝같이 내팽개치고, 비겁하게 국방군에게 투항했으니 반동분자로 처벌을 받아 마땅하오! 더군다나 위대한 우리 인민 해방군이 참패를 당한 것은 전적으로 동무들에게 그 책임이 있단 말이오!"

북한군 상사는 잠시 침묵을 지키다가, 더 큰소리로 말했다.

"우리는 지금 일시적으로 후퇴하지만 곧 인구 많은 중국 군대를 지원받아 남조선을 해방시킬 것입네다. 또 남조선 인민들은 잘 모르지만 남조선에도 우리를 도와줄 해방용사들이 많다는 것입네다. 또 특히 우리 북조선에선 남조선에서 남남갈등을 환영하고 기다리고 있습네다. 우리 김일성 수령님께서는 앞으로 60, 70년 후에는 부산은 물론이고, 일본과 미국까지 날아갈 수 있는 장거리 왕 포알을 만들 것입네다. 이 지상 명령 계획은 김일성 수령님께서 못 이룬다면 아들이나 손자가 지상 목표를 이룰 것입네다. 할 말은 많지만 남조선 인민들에게 비밀이기 때문에 이만하겠습네다."

이 말을 들은 김태민 중대장은 가슴을 치며 분개했다.

"모두가 토마토 속처럼 새빨갛게 빨갱이 사상으로 물들었구나. 너희들도 마찬가지다. 모두가 무서운 놈들이구나! 모두 들어가라."

다음은 남한 출신 의용군으로 강제로 끌려나온 병사들을 선별했다.

"의용군으로 강제로 나온 남한 출신 병사들은 저쪽 줄에 앉아라. 200명 중 150명은 되겠구나."

이때 한 병사가 벌떡 일어나더니 큰소리로 말했다.

"저를 해병대에 입대시켜 주십시오. 나라를 위해 목숨을 바치겠습니다!"

"정말인가?"

"예, 귀신 잡는 해병이 되고 싶습니다."

"좋다! 해병 2등수병(일병)으로 현지입대다."

"예, 감사합니다."

"귀신 잡는 해병은 아무나 될 수 없다. '누구나 해병이 될 수 있다면, 나는 결코 해병대를 선택하지 않았을 것이다!' 그리고 해병은 포로가 되거나 항복하는 것을 절대 허용하지 않는다. 만약 포로가 될 경우 목숨을 걸고 탈출하라! 탈출이 불가능하다면 명예와 전통의 해병정신으로 자결하라! 또 해병은 후퇴란 없다. 단, 작전상 후퇴는 있을 수 있다. 해병은 싸우면 반드시 이겨야 한다. 그래야 선배로서 후배들에게 해병 혼을 심어 줄 수가 있다. 또 우리 해병은 '충성', '명예', '도전' 정신을 선배로서 모범을 보임으로 후배들에게 그 정신과 전통을 이이나기야 한다. 한번 해병은 영원한 해병이다!"

"안보는 눈에 보이지 않으니 소홀히 하기가 쉽다. 그러나 한번 잃으면 돌이킬 수 없다는 것을 염두에 두고, 기억해야 될 것이다. 우리가 안보를 소홀히 한 결과, 낙동강까지 밀려 나라의 운명이 '풍전등화'까지 가지 않았던가! 북한군 상사가 말했듯이 절대로 '남남갈등'은 없어야 하겠다. 특히 온 국민은 남녀노소 모두가 한마음 한뜻으로 단결만이 북한의 도발을 막고, 우리가 살아갈 수 있는 길이다."

"앞으로 60, 70년 후에는 북한은 장거리 미사일과 핵폭탄도 만들 수 있을 것이다. 우리도 거기에 대비해 지금부터 국방력을 키우고, 북한에 맞서 대비를 해야 한다. 그러나 이러한 일이 벌어지기 전에 우리가 먼저 백두산 꼭대기에 태극기를 꽂아, 남북통일을 이루어야 한다. 그런 면에서 목숨을 국가에 바쳐 죽음으로 해병대가 될 병사는 앞으로 나와라."

남한 출신 150명 전원이 해병대가 되겠다고 몰려나왔다. 김태민 중대장은 눈물을 흘리며 다시 말했다.

"남한 출신 150명 전원이 해병대가 되겠다고 희망하니, 정말 고맙고 장하다. 150명 전원은 이 시간부터 '귀신 잡는 해병' 현지 입대를 결정하며 환영하는 바이다. 국가와 내 가족을 위해 목숨을 바치겠다는 그 정신력이 바로 투철한 해병정신이다! 오늘날 이 위기 상황에 젊은이들의 반공정신과 국가를 위한 안보정신을 처음 알게 되었다. 이 빛나는 해병정신이 가슴을 뭉클하게 만들며, 뜨거운 눈물이 나온다. 국민들도 안심하고 환영할 것이다. 끝으로 해병정신과 뜨거운 전우애로 똘똘 뭉친 '귀신 잡는 해병'이 되기를 부탁한다!"

김태민 중대장은 오덕상 해병에게 부중대장을 이곳으로 오라고 지시했다. 그리고 중대장은 투항한 북한군이 있는 곳으로 갔다.

"이곳에 있는 병사들은 전원 포로수용소로 갈 것이다. 그리 알고 대기하라."

김 중대장은 부중대장에게 다음과 같이 지시했다.

"나는 1, 2소대와 중앙청으로 갈 테니 부중대장은 이곳에 남아서 3, 5소대와 함께, 저쪽 50명은 투항한 북한군이니 포로수용소로 보내고, 이쪽 150명은 남한출신으로 전원 해병대 입대를 희망하니 현지입대 시킬 것."

"예, 알겠습니다."

김 중대장은 7인의 해병특공대와 통신병을 선두로, 그 뒤에는 1, 2소대가 따르게 하고 중앙청으로 진격했다. 지금도 동대문 쪽에서는 포 소리와 소총 소리가 요란하게 들려왔다.

서울 중심가로 접어들면서 곳곳에 흩어진 스탈린의 초상화와 김일성의 초상화들이 발에 짓밟혀 보기 싫게 길바닥에 널려 있었다. 또 많은 패잔병들이 저항을 포기하고 투항해 왔다. 대개는 16, 17세의 어린 소년들이었고, 가끔 나이든 고참병도 있었다.

더욱 가슴 아픈 일들은 엄마를 잃은 아기의 울부짖는 소리와 자식을 잃은 부모의 슬픔, 또 집 떠난 주인은 돌아왔으나 집은 흔적조차 없이 타버려 땅을 치며 통곡하는 모습들, 세상은 온통 폐허와 탄식 소리뿐이다. 하지만 서울 시민들은 손에 손에 태극기를 들고 우리 해병대의 입성을 환영해 주었고, "대한민국 만세!"를 힘차게 불렀다.

해병특공대가 중앙청에 돌입한 것은 9월 27일 15시 20분, 미 해병대와 함께 중앙청에 도착했던 것이다. 중앙청에는 이날 06시 10분에 다른 해병요원이 태극기를 꽂아 힘차게 펄럭이고 있었다. 중앙청 구역은 우리 구역이었지만 태극기 게양은 실패하고 말았다. 서운한 일이긴 하지만 그래도 미 해병이 아닌 한국 해병대가 중앙청에 태극기를 올려 무척 반갑고 다행한 일이다.

국군 해병대는 25일 이후 적 1,000여 명의 사살과 500여 명의 포로를 포획하는 전과를 올렸으며, 크고 작은 다량의 장비를 노획했다.

9월 28일은 완전히 서울을 탈환했다. 적 치하 90일 만에 거리에는 태극기가 힘차게 펄럭이고 있었다. 거리에는 온통 태극기의 물결로 뒤덮였다. 기쁨과 감격의 환호성이 있는가 하면, 한편에서는 참혹한 현장들이 가슴을 아프게 하고 통곡소리가 들려오기도 했다.

28일 아침, 7인의 해병특공대와 해병 1중대는 청량리 근처 중랑교를 수색하던 중 북한의 만행을 보고 치를 떨었다. 적들이 후퇴하면서 도로 양 옆으로 마치 정렬이라도 한 듯, 머리가 도로 중앙 쪽으로 향하게 가지런히 뉘어 있는 수많은 시체를 본 것이다. 그 시체들의 정렬은 약 1km 이상 이어져 있었다. 더 끔찍한 것은 도로 중앙을 향해 누워 있는 머리가 한결같이 자동차 바퀴 같은 것에 깔려서 모두 으스러져 있었다는 사실이다.

참으로 눈뜨고는 차마 볼 수 없는 비참한 광경이었다. 모두가 민간인 복장이었다. 아마도 그들이 말하는 반동분자들을 이곳에 실어다가 처형하고, 신원을 알 수 없게 하기 위해 일부러 깔아뭉개 버린 듯했다. 그들은 같은 겨레끼리 그토록 잔인하게 죽여야만 했단 말인가? 우리 해병들은 이 처참한 현장을 본 후, 모두 분노하며 눈물을 흘리며 서울 탈환에 성공했던 것이다.

인천으로부터 서울에 이르는 동안, 가장 격렬한 전투를 치른 미 해병 사단은 전사 415명, 부상 2,029명, 실종 6명으로 가장 많은 손실을 보았으며, 그다음은 한국 해병대가 전사 97명, 부상 300명, 실종 16명이었다. 이에 버금가는 손실을 입은 부대는 미 제7사단 제32연대로서 전사 66명, 부상 272명, 실종 47명이었다. 한국군과 유엔군의 총손실은 약 4,000명이 넘는 것으로 집계되었다.

한편 아군의 전과는 미 제10군단 보고에 의하면 사살자 총수는 14,000명이고, 포로가 7,000명이었다. 그러나 미 해병사단의 13,666명 사살과 미 제32연대의 3,000명의 사살자를 합치면 16,666명에 달한다. 또 적 전차는 최소한 50여 대가 파손됐다고 한다.

김태민은 7인의 해병 앞에서 지시사항을 전달했다.

"앞으로 며칠간 일정을 발표한다. 북진은 10월 1일이며 이동은 개성을 거쳐 옹진 우리 마을에서 1박 후, 다시 평양으로 북진한다. 병력은 7인의 특공대와 특공 1중대이며, 군복은 동복이며 명찰만 있고 군복 앞과 뒤는 아무런 표시가 없다. 그러나 7인의 해병은 선두에서 이동할 것이다. 김용호 상사는 1중대와 의논해 10월 1일 북진 중 필요한 보급품을 준비한다. 실탄, 앰뷸런스, 군의관과 위생병, 또 식량, 피복 등 북진 준비에 만전을 기할 것, 이상."

고향으로 북진

김태민은 북진하던 중 갑자기 중공군들에게 포위당했다. 한순옥과 단둘이 포위망을 벗어났지만, 순옥은 그만 총탄에 맞아 숨을 거두고 말았나. 태민은 순옥을 붙잡고 통곡하며 울었다.

"오경자도 죽었는데, 너만이라도 살아야 한다. 정신 차려, 정신!"

마침 순옥은 새벽 운동을 하려고 밖으로 나와 김태민이 잠자는 방 옆으로 갔는데, 안에서 이상한 소리가 들려왔다. 순옥은 놀라 안으로 뛰어 들어갔다. 태민은 땀을 흘리며 "죽으면 안 된다"고 소리 질렀다. 순옥은 무서운 꿈을 꾸고 있는 것을 알고 흔들어 깨웠다.

"중대장님, 무서운 꿈을 꾼 모양이군요?"

김태민은 "어!" 하고 소리 지르며 안도의 한숨을 내쉬었다.

순옥은 태민의 얼굴에 땀을 닦아 주었다.

이때 태민은 순옥을 와락 끌어안았다.

"너만은 무슨 일이 있으면 안 된다. 내가 평생 지켜 줄 것이다!"

태민은 순옥을 더욱 꼭 안았고, 순옥도 태민을 꼭 안았다.

"무서운 꿈을 꾸었어. 순옥아, 내가 너를 지켜준다. 걱정 말아!"

한편, 9월 30일 05시경, 김태민의 아버지는 꿈속에서 하나님의 음성을 듣게 되었다.

"국군이 북진할 것이지만 곧바로 중공군의 참전으로 또다시 후퇴할 것이니, 피난 갈 것이 아니라 온 식구는 남쪽으로 이사를 가거라. 시간이 급하다! 빨리……"

김태민의 아버지는 꿈속에서 하나님 음성을 듣고 깜짝 놀라 깨었다. 중공군이 밀고 내려와 다시 후퇴하다니, 그리고 피난이 아닌 남쪽으로 이사하라고 명령하셨다. 전쟁이 오래 계속될 것만 같았다.

9월 30일 아침, 내일 10월 1일은 고향으로 북진하는 날이다. 태민은 김용호 상사에게는 잠시 집에 다녀오라고 하고, 이삼영 중사에게는 해병대 군복 두 벌을 가지고 오류동에 가서 두 아가씨를 데리고 오라고 했다. 또 오덕상과 한순옥에게는 내일 출발을 위해 모든 장비를 재확인하라고 하고, 김준모, 오덕중에게는 북한군 시체에서 깨끗한 군복을 가져오라고 했다.

저녁 시간은 김용호와 여동생 영숙을 불러 함께 이야기를 해보라고 하고, 이삼영과 귀순병 강영란도 서로가 마음을 터놓고 이야기를 해보라고 했다. 김태민은 다시 오덕상을 불러 고향에 자신에게 둘째 여동생이 있으니 소개시켜 준다고 하고, 이춘옥에게는 당분간 자신의 집에서 안정을 취하고, 좋은 사람이 있으면 소개해 준다고 했다.

10월 1일 아침, 고향으로 북진 길에 오르기 전이었다. 선두차는 지프에 탱크잡이 3.5인치 로켓포에 사수는 김용호 상사가 타고, 뒷좌석에는 김태민 중대장과 한순옥 여 해병이 승차했다. 그 뒤 트럭에는 7인의 해병과 여군이 타고, 여군의 책임을 맡은 이덕재와 김향숙 해병 장교가 승차했다. 또 그 뒤 차량들은 특공해병 1중대가 따르고, 맨 뒤에는 앰뷸런스가 따랐다.

08시 미아리를 향해 달렸다. 그런데 미아리 고개를 넘기 전 길 옆 교회 안에서 찬송가 소리가 들려왔다.

"너 근심 걱정 말아라. 주 너를 지키리. 주 날개 밑 거하라. 주 너를 지키리……"

김태민은 잠시 차를 세우고 교회 안으로 들어갔다. 13세 정도 돼 보이는 소녀가 두 손을 모으고 기도를 드렸다.

"하나님 아버지, 우리 아버지는 목사님입니다. 2, 3일 전 북한군에 끌려 북쪽으로 갔습니다. 하나님, 우리 아버지를 구출해 주십시오! 우리 아버지는 학생시절 수영 선수였습니다. 운동하던 강인한 정신력으로 탈출하여 집으로 돌아오게 도와주세요. 주 하나님, 꼭 우리 아버지를 구해 주십시오! 예수님 이름으로 기도합니다. 아멘."

기도가 끝나자 김 중대장은 소녀가 있는 곳으로 갔다. 소녀는 눈물을 흘리며 바라보았다.

"너희 아버지는 하나님의 종 목사님이라, 하나님께서 구원해 주신단다!"

"정말 돌아오실까요?"

"그럼, 꼭 돌아오실 것이다. 아무 걱정 말아라!"

김 중대장은 소녀의 등을 살며시 쓰다듬어주고 밖으로 나왔다.

차는 아무 일 없었다는 듯 한참을 달리던 중, 길옆에 한 남성이 쓰러져 있는 것을 발견했다. 중대장은 급히 차를 세우고 그곳으로 달려갔다. 그리고 그 사람에게 정신 차리라고 흔들었다. 죽은 듯이 있던 사람은 갑자기 눈을 뜨며 겨우 말했다.

"물 좀 주세요!"

김 중대장은 물을 주고 말했다.

"혹시 북한군에게 끌려가다가 탈출했어요?"

그 사나이는 고개를 끄덕이며 겨우 말했다. 며칠 전 약 250여 명이 넘는 사람들이 미아리 고개를 넘어, 몇십 리를 걸어갔다. 인민군들도 지쳤는지 산등성이에 주저앉으면서, "잠깐 쉴 테니 달아날 생각하면 쏴 죽일 거야! 소피 보라우야?" 하면서 포승줄을 풀어주었다.

그는 소변을 보고 싶다고 말하면서 몸을 일으키는 순간, 산 아래 깊은 낭떠러지 강으로 몸을 날려 뛰어내렸다. 쏟아지는 총알을 피하면서 물속으로 헤엄쳐 그곳을 벗어나 걸어오다가 정신을 잃었다고 했다. 학생시절에 수영선수였기 때문에 살았고, 하나님이 목회를 계속하라고, 살려주셨다고 말했다.

"목사님이시군요! 미아리 고개 밑에……"

"예."

"오다가 따님의 기도소리를 들었습니다. 하나님이 살려주신 것입니다!"

"끌려가면서 하나님께 계속 기도했습니다!"

"야, 빨리 빵과 물 가져오고, 앰뷸런스 오라고 해! 오 해병이 차로 집까지 모셔 드려라!"

"옛."

"이삼영 해병은 부중대장에게 잠시 휴식하라고 전달해."

"옛."

얼마 후 오덕상 해병이 돌아와 다시 출발했다. 밤길을 몇 시간 가다가 22시경 산골짜기로 들어가 차를 세웠다. 그리고 김용호, 이삼영에게 잠자리 옆에서 여군들을 잘 돌보아 주라고 하고, 각 소대장에게 경계를 철저히 시킨 후 전원 차에서 잠자도록 지시했다.

02시경 중대장과 한순옥은 여군들이 자는 차 안을 둘러보았다. 이덕재 형은 애인 김향숙과 손을 잡고 잠을 자고, 이삼영과 강영란은 꼭 안고 잠을 자고, 김용호는 영숙과 춘옥을 감싸고 잠자고 있었다. 이것을 본 김 중대장은 저절로 웃음이 나오는 것을 억지로 참았다.

김태민 중대장과 한순옥 여 해병도 지프차에 올라앉아, 태민은 순옥을 꼭 안아주며 말했다.

"순옥아, 사랑해! 내가 너를 끝까지 책임질게!"

"나도 중대장님을 사랑해요! 전쟁터지만 정말 행복해요."

순옥은 떨리는 음성으로 속삭였다.

"그래. 내 가슴에 안겨 한숨 자라."

"중대장님, 감사해요! 너무 감격해 눈물이 나와요!"

"한번 해병은 영원한 해병처럼, 우리도 영원한 부부다."

"중대장님, 고마워요. 우리 결혼하면 행복하게 살아요!"

둘은 서로 손을 꼭 잡고 잠이 들었다.

다음 날 아침, 남은 주먹밥으로 아침을 때우고 다시 출발했다. 한참을 가다 보니 넓은 평야가 나타났다. 운동장처럼 넓은 들판에는 잔디가 곱게 깔려 있었다. 김 중대장은 해병들에게 차에서 내려, 잠시 휴식을 취하라고 지시했다. 그런데 잠시 후 폭격기 4대가 나타나더니, 주변을 빙빙 돌다가 우리 옆 들판에 폭탄을 투하하고 남쪽으로 사라졌다. 폭탄이 요란한 소리를 내며 폭발하는 순간, 이삼영은 급한 나머지 영란을 감싸준다는 것이, 춘옥 아가씨 배 위에서 감싸고 있었다. 정신을 차린 강영란이 화를 내며 말했다.

"아니, 나는 죽으라고 놔두고 딴 여자를……"

그때서야 알게 된 이삼영은 미안한지 영란을 꼬옥 안아주었다.

잠시 후 헬기 2대가 오더니 갑자기 헬기에서 조그만 상자가 떨어졌다. 연락병 오덕상이 달려가 상자를 중대장에게 전했다. 중대장이 확인한 결과 '국군이면 태극기를 흔들어라!'는 글씨가 써 있었다. 중대장은 급하게 외쳤다.

"태극기를 흔들어라! 태극기를!"

이 말이 끝나자 헬기에선 무엇인가 떨어지기 시작했다.

깜짝 놀란 중대장은 다시 다급하게 외쳤다.

"폭탄이다, 폭탄! 엎드리라, 엎드려!"

이번에는 한순옥은 중대장을 감쌌고, 강영란은 이삼영 배 위에 올라가 감싸고 있었다. 기다려 봐도 폭탄은 폭발하지 않았다. 연락병 오 해병이 달려가 확인해보니, 미군의 C-레이션 상자였다. 오 해병은 소리치며 오라고 손짓했다. 그때서야 바라보던 해병들은 "와, 와!" 하며 달려가 C-레이션 상자를 한 아름씩 안고 왔다.

아침식사도 제대로 못한 해병들은 좋아서 어쩔 줄을 몰랐다. 미군의 C-레이션은 인천상륙작전부터 먹기 시작해, 통조림 따는 법도 익숙해져 서로가 맛있게 먹었다. 그리고 남은 것은 차에 실었다. 며칠간 식사 문제는 걱정 안 해도 될 것 같았다.

어느 마을을 지나는데 청년들이 30세가량의 두 남자를 땅에 꿇어 앉혀놓고, 몽둥이로 집단 폭력을 가하고 있었다. 공산군 치하에서 부락민들을 괴롭혔다는 것이다. 두 사람은 맞아서 반죽음 상태였다. 김태민 중대장은 청년들에게 두 남자의 처리를 맡겨달라고 한 뒤, 부하들에게 연행하도록 지시했다. 그리고 이 청년들에게 C-레이션 몇 상자를 주라고 했다.

청년들은 고맙다고 인사했다. 부락이 보이지 않는 위치까지 그들을 끌고 온 다음, 무작정 데리고 갈 수도 없고 이제는 결정을 내려야겠다고 생각했다. 중대장은 그들을 끌고 산으로 올라갔다. 김용호, 오덕상, 한순옥 해병도 따라갔다.

중대장은 그들에게 말했다.

"왜 마을 사람들을 못 살게 굴었냐?"

"북한군의 강요에 의해서 할 수 없이 했습니다."

두 사람은 이미 죽음을 각오했는지 얼굴은 창백했으나 말은 제대로 했다.

중대장은 권총을 들이대며 "죽고 사는 것은 팔자소관이라 하더라도, 너의 판단착오는 전적으로 너의 책임이니 처벌을 받아야 한다"고 말하자 그들은 차마 볼 수 없는 공포에 질린 얼굴이었다. 그의 머리 위를 겨냥해 방아쇠를 당겼다.

"탕, 탕."

고요한 계곡은 총성으로 뒤덮였다. 그들은 자신이 총에 맞은 줄 알았는지, 총성과 함께 쓰러졌다. 혹시 쇼크로 인해 정말 죽은 게 아닌가 해서 일으켜 세웠다. 중대장은 조용히 그들에게 말했다.

"이전의 너희들은 이미 죽었다. 이제부터는 새로운 너희들이 탄생한 것이니 대한민국 국민으로 새로운 삶을 살길 바란다!"고 말했다.

"기회를 주신다면 조국을 위해 몸과 마음을 바치다 죽겠습니다!"

중대장은 마지막으로 다시 말했다.

"교회 목사님을 찾아가 너희 잘못을 다 말씀드리고, 목사님께 기도를 해달라고 해라. 그러면 너희 마음이 한결 가벼워질 것이다!"

"예, 잘 알겠습니다!"

그리고 우리는 그곳을 떠났다.

김 중대장은 특공대원들 앞에서 작전지시를 내렸다.

"오늘 밤에 후퇴하는 인민군을 생포할 계획이다. 생포 후 목 졸라 질식시킨 후 군복과 무기를 탈취한다. 1조는 나와 함께 행동한다. 나는 인민군 상사로, 김용호는 중사로 위장해 신속하게 처치한다. 인민군 복장으로 위장한 후 출발한다."

몇 시간을 달려 22시경, 또다시 산을 넘게 되었다. 언덕을 오르다가 언덕 밑에서 휴식하기로 생각했다. 김 중대장은 언덕 밑에서 15분간 휴식을 하도록 명령을 내렸다.

한순옥 여 해병은 여자이기 때문에 좀 멀리 언덕 위로 올라가서 소변을 보려고 했다. 그런데 저쪽 밑에서 불빛 네 개가 이쪽으로 다가왔다. 한 해병은 소변을 보다 말고 바지를 올리면서 언덕 아래로 달려와 중대장에게 보고했다.

"중대장님 저 밑에서 불빛 네 개가 다가와요!"

"인민군이다. 비상이다! 통신병 적이 나타났다고 차를 숲속에 숨기라고 연락해. 우리도 150m 후퇴해 차를 숨기고 대기하라!"

후퇴하다가 검문소를 발견했다.

"검문소에서 1조는 선두차를 검문하고, 2조는 뒤차를 검문한다. 2조는 그곳에서 매복해 있다가 차가 도착하면 바로 기습하라!"

중대장은 인민군 상사로 위장하고, 2명은 운전병을 맡았다. 중사로 위장한 김용호와 3, 4명은 다음 차를 검문했다.

잠시 후 불빛 네 개가 이쪽으로 다가왔다. 등허리에선 식은땀이 흐르고 숨 막히는 시간이 1초 2초 흘러갔다.

김태민은 다시 조용히 말했다.

"나하고 이삼영은 이쪽을, 오덕상과 한순옥은 운전병을 생포한다!"

마침내 차가 검문소로 오는 순간, 4명은 숲속에서 뛰어나갔다.

인민군 상사로 위장한 김태민은 침착하게 북한말로 말했다.

"수고합네다. 잠시 검문을 하겠습네다!"

"하사관 동무, 무슨 검문이야?"

인민군 대위는 화난 얼굴로 말했다.

"어데로 이동하는 겁네까?"

"하사관 동무, 건방지게 군관도 몰라봐!" 하면서 권총을 잡으려 했다.

"끌어내!"

이 말과 동시에 이삼영은 인민군 대위의 권총을 빼앗고 턱을 강타한 다음, 복을 소웠다. 저쪽에선 오덕상과 한순옥이 운전병의 무기를 뺏고, 몸수색을 하고 있었다. 뒤차에서도 인민군 상사를 제압하고 운전병을 수색하고 있었다. 눈 깜짝할 사이에 '귀신 잡는 해병'들은 일을 완벽하게 처리했다.

인민군 시체는 대위 1명, 소위 1명, 상사 1명, 하사 1명, 사병 3명이었다. 특히 앞차는 지프차였고 뒤차는 트럭인데 쌀, 군복, 조기 말린 것이 가득했다. 식량을 싣고 북쪽으로 도주하다가 우리에게 붙잡힌 것이다.

산 하나를 넘으니 마을이 나타났다. 우리는 이 마을에서 잠을 자게 되었다. 오늘은 모처럼 따뜻한 방에서 잠을 자게 되었다. 김태민은 야간 순찰을 돌기 위해 차에서 자기로 했다.

김용호, 이삼영 해병은 중대장에게 말했다.

"중대장님, 우리가 순찰을 돌 테니, 중대장님은 따뜻한 방에서 쉬시지요?"

"아니다, 나는 아무 불편 없으니 너희들이나 따뜻한 방에서 자라."

또 한순옥 여 해병도 말했다.

"중대장님이 차에서 자니 저도 차에서 자겠습니다."

"한 해병은 여성들과 따뜻한 방에서 자도록 하라!"

"아닙니다. 중대장님과 함께 있는 것이 더 좋습니다!"

결국은 차에서 자며 함께 순찰을 돌기로 했다. 차에서 자다가 02시에 함께 순찰을 돌고 왔다.

순옥은 차 안에서 중대장을 끌어안으며 다정하게 말했다.

"중대장님, 우리 결혼은 언제 하나요?"

"결혼? 전쟁이 끝나야지."

"그때까지 언제 기다리지……"

"그러면 전쟁 중에 어린애를 낳아 전쟁터에 끌고 다니려고!"

"어린애를 안 낳는 방법도 있을 것인데…… 중대장님, 우리 죽지 말고 살아서, 전쟁이 끝나면 꼭 결혼해요!"

"그거야 당연하지!"

이튿날 새벽 김태민 중대장은 이동계획을 세웠다. 황해도 옹진 고향 마을까지 가려면 시간이 없어, 오늘은 전원 철야이동을 시작했다. 철야이동 결과 황해도 옹진에 도착했다.

김태민 중대장은 부중대장과 각 소대장들에게 지시했다.

"인민군들이 우리 마을 사람들을 학교 교실에 가두고 후퇴할지 모르니 빨리 가야 한다!"

"한시 바삐 학교에 도착해 인민군들을 몰살시킵시다!"

부중대장이 말했다.

특공대와 1중대는 차를 타고 고향 마을 학교로 향했다.

소년 소녀들이 북한군 사냥

　드디어 소년 소녀들이 기다리는 그날이 왔다. 10월 5일 오늘 아침은 좀 이상한 기분이 들었다. 마을 머슴 최씨와 인민군들이 마을에 나타나고, 인민군 10여 명은 앞 언덕길로 올라갔다. 한참 있으니 빨갱이 앞잡이인 최씨와 인민군들은 집집마다 다니며, 오늘 밤은 학교에서 큰 집회가 있다며 남자들은 꼭 참석하라고 당부했다.

　철만은 지금까지 준비한 것을 실천할 때가 왔다고 생각했다. 국군이 서울을 탈환하고 북진하니, 인민군들은 오늘 밤에 사람들을 이끌고 북쪽으로 갈 것이 확실했다.

　10월 5일 20시, 행동개시가 시작되었다. 철만은 몇몇 건장한 소년들에게 술과 닭고기, 파전 등을 가지고 학교 길 성황당 고개에서 숨어있으라고 했다. 또 남녀 20명은 성황당 고개에서 500m 지점에서 숨어있으라고 지시했다.

　날이 어두워지기 시작하자 빨갱이인 최씨와 인민군들이 마을 사람들을 교회 앞마당에 모이게 했다. 눈치 빠른 2명의 소년들이 교회 주변에서 자세히 살피고 있었다. 또 1, 2팀에서 힘쓸 만한 소년들 6명과 철만 누나 등 8명이 성황당 고개에서 숨어 있었다.

한편 김태민 중대장은 두 갈림길에서 차를 정지시켰다. 그리고 부중대장과 각 소대장, 특공해병들을 집합시켰다.

"1소대는 차를 타고 저쪽 길 강동면 쪽으로 이동한다. 목적지는 강동면 초등학교다. 가다가 모르면 마을 사람들에게 물어볼 것, 혹시 인민군들이 주민들을 이북으로 끌고 갈지 모르니 총소리는 내지 말고 대검으로만 처치한다. 총지휘는 부중대장이 할 것이며, 이삼영, 김준모 해병도 함께 갈 것. 작전이 끝나면 이곳 송림초등학교로 올 것. 지금 즉시 출발하라."

"이곳에 남은 2, 3, 5소대는 나와 함께 행동한다. 지금부터 준비한 북한군 복장으로 위장한다. 나는 북한군 대위로, 김용호는 중위로, 한순옥은 여군 소위로, 오덕상과 덕중은 북한군 중·상사로 위장한다. 또 2소대 20명은 북한군 군복으로 위장하고 학교 운동장 울타리에 숨어 있다가 "나와라!" 하는 명령과 동시에 뛰어 나와. 진짜 북한군을 덮쳐누르고 대검으로 처치한다."

21시경, 교회 주변에서 망보던 2명이 달려와 말했다.

"철만 형, 지금 마을 사람들 150명과 인민군 10명이 출발했다. 조금 있으면 이쪽으로 올 거야!"

"수고했다. 저쪽 숲속에 가서 숨어 있어라."

인민군 선두 병사와 마을 사람들이 지나간 후, 철만과 5명은 벌떡 일어나 음식을 갖고 달려갔다.

강철만은 용기를 내 인민군 병사에게 말했다.

"동무들, 수고가 많소! 우리는 저 마을에 사는데, 인민군 동무들을 돕기 위해 술과 닭고기를 준비했어요. 한잔씩 하시지요?"

인민군 중에서 지휘자로 보이는 한 명이 말을 받았다.

"고맙소. 소년 동무. 출출한 김에 한잔 해볼까!"

철만은 재빠르게 술을 한 잔 따라주고 닭다리 한 개를 들고 있었다.

인민군은 술 한 잔을 마시고, 닭다리를 먹으면서 말했다.

"소년 동무들, 고맙소! 술맛이 끝내주는고만. 저기 있는 동무들도 날래 와서 한잔 하라우야!"

옆에 있는 5명의 소년들이 인민군들에게 술 한 잔을 따라주고 닭고기를 입에 넣어주었다. 인민군들은 소년들을 쳐다보며 꿀맛이라고 엄지손가락을 추켜세웠다.

인민군 지휘자인 중사가 명령했다.

"동무들, 그곳에서 잠시 쉬라우야! 인민군 동무들은 한잔씩 하고. 날래날래 가기오."

소년 5명과 철만은 계속 술을 따르고 닭고기를 입에 넣어주었다.

"야! 사람 죽여준다. 술맛이 꿀맛이야!"

인민군들은 감탄을 하며 술을 받아먹었다.

철만은 인민군 중사를 쳐다보며 말했다.

"위대하신 인민군 동무들! 동무들 수고에 보답하는 뜻에서 음식을 준비했으니 많이많이 먹어요!"

"술을 너무 많이 먹으면 이동하는 데 지장이 많은데……"

철만은 한 중사의 말을 잽싸게 받았다.

"이 술은 우리 아버지가 약으로 드시려고 만든 술이라 몸에도 좋고 정력제로도 최고입니다!"

그리고는 철만은 술을 계속 따라 주었다. 인민군 중사는 혀 꼬부라진 소리로 말했다.

"동무들, 날래날래 가라우야! 도망가면 모두 쏴 버리가서야" 하면서 마을 사람들을 이끌고 갔지만, 곧 쓰러질 것만 같았다.

철만은 숨어 있던 5명과 누나를 나오라고 했다. 그리고 천천히 인민군 뒤를 따라갔다.

인민군 중사는 주민들의 맨 뒤에서 걷다가 길가에 쓰러지고 말았다. 이것을 본 철만은 몽둥이로 중사의 어깨를 내리쳤다. 인민군 중사는 "윽" 하며 권총을 빼는 것을 철만은 다시 골통을 박살냈다. 철만은 그동안 형의 원수를 갚기 위해 피나는 노력을 했다.

잠시 후 인민군 한 명은 쥐약을 먹은 개처럼 바닥으로 뒹굴었다. 철만은 총을 옆 소년에게 주고, 대검을 빼어 누나에게 주며 말했다.

"누나, 강철수 형님은 옹진 17연대 중대장인데, 6월 25일 05시 38선을 넘는 적을 막기 위해,\ 대대장과 철수 형은 앞서 가다가 인민군 포에 맞아 시체도 못 찾았대! 오빠의 원수를 갚아!"

이 말을 들은 누나는 대검을 받아 들고는 인민군의 배를 힘껏 찔렀다. 다시 옆구리 두 군데에 대검을 찔러 넣었다. 옆구리에서 뽑은 대검 칼날에서는 달빛을 받은 붉은 핏물이 뚝뚝 떨어졌다. 철만은 소년들에게 인민군을 끌고 가 처박아 넣으라고 말했다.

잠시 후 연락병이 철만 앞으로 달려왔다.

"철만 형, 지금 저쪽에서 국군이 옵니다!"

"국군이 온다고?"

철만은 깜짝 놀라 뒤를 돌아보니 정말 환한 불빛이 다가왔다. 그리고 해병 중위와 이삼영 중사가 이쪽으로 걸어왔다. 철만은 너무나 반갑고 기쁜 나머지 뛰어가서 말했다.

"인민군 10명이 주민들을 끌고 가는데, 우리가 술을 먹여 2명은 우리가 죽이고, 8명 남았는데 그대로 가서 잡으면 됩니다!"

부중대장은 철만을 쳐다보며 말했다.

"수고했다. 소년들이 참 용감하군!"

소대장과 이삼영, 김준모 해병이 달려가서 술 취한 인민군들을 금방 처치한 뒤 무기를 들고 왔다.

부중대장은 철만에게 말했다.

"우리가 급히 송림초등학교에 가야 하는데, 소년이 길 안내를……"

"예, 하지요."

부중대장과 강철만은 학교로 달렸다.

한편, 김태식(김태민 동생)이 사는 마을에서도 인민군과 내무서원들이 다니며 학교에서 큰 집회가 있으니 꼭 참석하라고 이름을 적어갔다. 태식 이와 걸수는 이상하게도 학교에 가고 싶었다. 혹시 국군이 온다면 알려 수고 싶었다. 각 마을에서 200여 명이 모였는데, 인민군들은 20명이었다. 둘은 뒤를 따라 가보기로 했다.

잠시 후 걸수가 신바람이 나서 말했다.

"태식아, 학교 뒷산에 올라가 보자. 차 불빛이 보이면 분명히 국군이 다! 네가 달리기를 잘하니 국군이면 알려주라!"

"그래. 일단 산으로 올라가 보자!"

캄캄한 밤이었지만 그래도 달빛이 있어 조금은 환했다. 둘은 한참 동안 사방을 살펴보았다. 그런데 저쪽에서 희미한 불빛이 이쪽으로 오고 있었다. 그것도 몇 개의 불빛이었다. 깜짝 놀라며 걸수가 말했다.

"앗! 국군이다! 태식아 빨리 가서 알려라!"

"그래!"

태식은 기분이 좋아 산 아래로 내달렸다. 차와의 거리는 점점 좁혀졌다. 태식이 차 바로 앞까지 오자 달려오던 작은 차는 그 자리에 섰다. 그런데 태식이가 보니 이게 웬일인가? 그 차에는 생각지도 않았던 인민군 장교가 타고 있었다. 태식은 실망했다. 밤하늘이 더욱 캄캄해지는 것만 같았다. 태식은 천천히 차 있는 곳으로 갔다. 태민 형의 인민군 장교 복장이 태식이 눈에 들어왔다. 그 순간 다리는 얼어붙었고, 무슨 말을 해야 할지 몰랐다. 이때 인민군 장교는 급하게 차에서 뛰어내리더니, 깜짝 놀라며 말했다.

"야! 너 김태식 아니냐? 네가 이곳에 어떻게 왔지!"

"태민 형이 인민군 장교가 되다니, 나는 정말 실망했어!"

태식은 반갑지 않은 태도로 말했다.

"태식아, 작전상 인민군 군복을 입었는데, 사실은 국군이다!"

이 말을 들은 태식은 반갑게 형 앞으로 달려갔다.

"태민 형님, 잘 왔어요! 지금 학교 운동장에 많은 사람들과 인민군이 있어요!"

김태민은 다급하게 물었다.

"인민군은 몇 명이나 있니?"

"인민군은 20명이 있고, 마을 사람들은 200명 정도야!"

"정말 잘 왔다! 태식아."

이번에는 인민군으로 지원한 영숙이 누나가 해병대 군복에 팔각모를 쓰고 왔다.

"태식아, 아!"

"누나, 정말 귀신이 곡할 노릇이네! 태민 형은 인민군 복장에, 인민군으로 간 누나는 국군 복장에, 도대체 어떻게 된 일이야?"

남매는 서로 꼭 안고 눈물을 흘렸다.

김태민은 드디어 명령을 내렸다.

"인민군 군복을 입은 병사들은 앞차로 오고, 부중대장은 1개 소대로 차량을 경비하라. 나머지 소대는 학교를 포위한다. 조금 더 가서 다시 명령을 내리겠다. 출발."

학교가 저만치 보였다.

"차에서 모두 내리고, 인민군 복장을 한 해병은 먼저 학교 울타리에 매복하라! 또 나머지 해병들은 주변을 포위하라!"

중대장의 명령이 떨어지자, 고양이가 먹이를 발견하고 발톱을 감추고 살며시 먹이 쪽으로 접근하듯, 해병들은 비호같이 접근해 포위했다.

김태민 중대장은 인민군 대위로 작전 개시를 알렸다.

먼저 인민군 대위로 위장한 김태민이 운동장에 나섰고, 그 뒤로 김용호 상사가 인민군 중위로, 다음은 한순옥이 여군 소위로, 오덕상과 덕중은 인민군 중·상사로, 모두 씩씩하고 당당하게 운동장으로 들어갔다.

이때 인민군 대위로 위장한 김태민이 큰소리로 외쳤다.

"야, 계급이 높은 동무가 누구냐?"

저쪽에서 총지휘를 하고 있는 인민군 상사가 정신없이 달려왔다.

"저입네다!"

"이곳에 인민군 동무가 몇이나 있나?"

"옛, 20명이 있습네다."

"나머지 동무들은 벌써 후퇴한 거야? 그리고 왜 이래 모인 사람이 적어. 이래 가지고 남남갈등 일으키겠어? 학교 선생, 면서기, 군경 가족과 정치인들을 많이 납치해 남남갈등을 최고로 일으키라고 한 김일성 수령님의 말씀을 벌써 잊었어? 이 간나이 새끼야!" 하면서 발길로 차버리니 저쪽에 가서 처박혔다. 가짜 인민군 대위인 김태민은 권총을 빼들고, 곧 쏠 것 같은 기세로 말했다.

"이리 날래 오라우야, 이 간나이 새끼야! 위대하신 수령님의 명령 불복종으로 당장 총살감이다. 한 줄로 집합시켜!"

"예 옛. 동무들 날래 이리 와서 서라고."

인민군 20명은 금방 달려와 한 줄로 섰다.

"동무들, 총을 놓고 그 자리에 엎드려! 모두 눈 감고 내 말 듣는다. 우리는 해주에서 위대하신 김일성 수령님의 명령을 받고 온 인민군 총사령부 정보국에 있는 군관 동무들이다. 모인 집회 인원이 너무 저조해! 그래서 우리 인민군 총사령부에서 나온 동무들이 다시 마을로 가서 많은 사람들을 데려올 것이다. 모두 이리 나와라!"

인민군 군복으로 위장한 해병 20명이 뛰어나와 뒤에 서 있었다.

"5분간 눈감고 반성한다. 눈 뜨는 자는 바로 총살이다!"

잠시 후 인민군 대위로 위장한 김태민이 덮치라는 수신호를 보냈다. 그 순간 해병대는 인민군에게 번개같이 달려들어 귀신같이 해치웠다. 눈깜짝할 사이에 20명의 적들은 널브러져 피를 흘리며 죽어갔다.

김태민은 모인 사람들 앞으로 갔다.

"저는 김태민입니다. 피난 가서 국군이 돼 고향에 돌아왔습니다. 우리는 대한민국 국군, 귀신 잡는 해병대입니다. 9월 15일 인천상륙작전에 성공해 서울을 탈환 후 개성으로 북진해 고향으로 왔습니다. 우리는 다시 평양으로 북진할 것입니다. 이제 국군이 돌아왔으니 안심하고 집으로 돌아가십시오!"

뜨거운 박수소리가 밤하늘의 공기를 흔들었다.

김태민은 동생 태식에게 말했다.

"아직 처리할 문제가 있어 부모님께 내일 아침에 간다고 말씀드려라."

"예, 알겠습니다."

김 중대장은 전 해병대원에게 전달했다.

"내일 새벽에 인민군들이 이곳에 올지도 모른다. 철저한 대비태세로 일부 병력만 경계에 임하고, 나머지 인원은 교실에서 쉴 것."

집으로 간 태식과 걸수는 어머니를 붙잡고 말했다.

"아버지, 어머니, 태민 형이 용감한 국군 장교가 되어 돌아왔고, 인민군으로 간 영숙 누나도 함께 오고요!"

이 말을 들은 부모님들은 너무나 기쁜 나머지 정신이 하나도 없었다. 그때 인민군으로 간 영숙은 국군 복장으로 나타났다.

"어머니, 영숙이에요!"

"아니, 인민군으로 간 네가 어떻게 국군 옷을 입고……"

어머니와 영숙은 서로 부둥켜안고 감격과 기쁨의 눈물을 흘렸다.

김태민 중대장은 새벽에 인민군과 교전을 예상했지만, 아무런 일도 일어나지 않았다. 잠시 후 태극기를 단 지프차가 선두에 달리고, 그 뒤를 따라 사기가 오른 해병들은 '나가자 해병대'를 부르며 마을로 달려가고 있었다.

"우리들은 대한의 바다의 용사, 충무공 순국정신 가슴에 안고, 태극기 휘날리며 국토 통일에 힘차게 진군하는 단군의 자손, 나가자 서북으로 푸른 바다로. 조국건설 위하여 대한 해병대."

다음은 '팔각모 사나이'를 멋지게 불렀다.

"팔각모 얼룩무늬 바다의 사나이, 검푸른 파도 타고 우리는 간다. 내 조국 이 땅을 함께 지키며, 불바다 헤쳐 간다. 우리는 해병. 팔각모 팔각모 팔각모 사나이, 우리는 멋쟁이 팔각모 사나이."

해병대 고향 방문

　새벽녘 이 노래를 들은 마을마다 태극기를 흔들며 기쁨과 감격의 눈물을 흘렸다. 마을 입구와 김태식의 집 앞에는 벌써 '국군 해병대 고향 방문 환영'이란 글자가 붙어있었다.

　무엇보다 태식 부모님이 가장 좋아하셨다. 인민군에 자원입대했던 딸 영숙이가 무사히 돌아왔고, 아들 태민은 국군 장교가 돼 돌아왔으니 온 마을의 경사였다. 더구나 태식 아버지를 살려준 북한군 중위는 뜻밖에 국군이 됐으니, 태식 부모님의 기쁨은 말할 수가 없었다. 태식은 태민 형에게 말했다. 윤미자 선생은 학교에서 '여성동맹위원장'을 했지만, 사람도 죽이지 않았고 나쁜 일도 안 했는데 살려달라고 간청했다. 김태민은 동생의 말을 듣고 그 집으로 갔다. 태민은 윤미자 선생에게 지난 일은 다 용서해 줄 테니, 앞으로는 대한민국을 위해 충성하겠다는 약속을 받았다.

　조금 늦은 아침식사가 시작되었다. 국군을 환영하기 위해 밤을 새우며 떡을 했고, 돼지와 닭을 잡았다. 온 마을 사람들과 해병들은 태식이네 집 마당과 옆에서 오랜만에 맛있는 음식으로 포식을 했다. 그리고 국군 환영식이 있었다.

　먼저 김태민 중대장이 말했다.

"마을 어르신들 반갑습니다. 이렇게 군인이 돼 고향에 찾아오니 감 개무량합니다. 적 치하 90일 동안 인민군들에게 시달리고, 고생을 많이 하셨습니다. 이제는 국군이 돌아왔으니 안심하셔도 되겠습니다. 북진을 위해 우리는 다시 평양으로 진격합니다. 어르신들 건강하십시오!"

다음은 전 인민군 중위의 인사가 있었다.

"제가 처음 이곳에 와서 여러분들을 도와주지도 못하고 떠났는데, 지금은 국군이 되어 이곳에 다시 오게 됐습니다. 김태식 아버님께 도움을 많이 받았는데, 그 보답도 못하고 떠났습니다. 이제는 대한민국 국군으로 이 생명 다하도록 충성하겠습니다. 마을 어르신들 건강하시고 오래오래 사십시오!"

이 말이 끝나자 우레와 같은 박수가 터져 나왔다.

어느덧 12시가 되었다. 갑자기 저쪽에서 비행기 소리가 들리며 헬리콥터 한 대가 마을 주변을 돌았다. 그리고 저쪽으로 가서 또 돌더니, 다시 이쪽으로 와서 빙빙 돌았다. 사람들은 혹시 폭탄이 떨어지지나 않을까 걱정하고 있었다. 그러나 철만은 좋은 일이 있을 것 같은 생각이 들었다. 그때 헬리콥터에서 조그만 상자 같은 것이 떨어졌다. 철만은 달려가 주웠다. 그곳에는 강철만 소년이 있다면 손을 흔들라고 적혀 있었다. 철만은 바로 그 자리에서 손을 흔들었다. 이것을 본 헬기에서 무엇인가 떨어지기 시작했다. 철만은 쳐다보고 있었고, 다른 사람들은 폭탄이 떨어지는 것으로 알고 피하기까지 했다.

맨 나중에 빨간색 상자가 떨어졌는데, 철만은 달려가서 그것을 들고 왔다. 그리고 떨어진 상자들은 미군이 준 선물 같았다. 철만은 사람들을 불러 김태식의 집 마당으로 옮기라고 했다. 잠시 후 철만은 빨간색 상자를 열어보니 그 안에는 편지 한 장이 들어 있었다. 그 내용은 다음과 같았다.

"강철만 소년! 목숨을 걸고 나를 구출해 주었으니 무엇으로 보답해야 할지 모르겠네. 그날 나를 구해주지 않았다면 나는 공산군에게 끌려가서 죽었거나 아니면 포로가 돼 비참한 생활을 했을 것을 생각하면 치가 떨리고 생각하기도 싫어. 내 생명의 은인인데 한국에 있는 동안 최선을 다해 도와줄 생각이다. 그날 목숨을 걸고 공산군 5명이나 죽인 용감한 소년을 나는 평생 잊지 않을 것이야. 그래서 만날 수 없을 거라고 생각하고 간단히 편지를 쓰고 C-레이션을 선물로 보내네. 미 공군 대위. 제임스."

헬기는 다시 빙빙 돌다가 넓은 잔디밭에 앉았다. 그리고 미군 3명이 이쪽으로 걸어왔다. 철만은 영어를 몰라 김태민 중대장과 함께 갔다. 중대장은 김준모, 오덕중 해병을 데리고 가서 헬기를 경비하라고 하고, 미군 세 사람을 만났다.

미 공군 제임스와 함께 온 미군은 헬기 조종사였고, 한 사람은 미 종군 기자라고 소개했다. 미 종군 기자는 북한군 5명을 죽이고 제임스 대위를 구출한 내용을 취재하려 왔다고 했다. 미 공군 대위를 구출한 용감한 소년의 이야기를 미국 신문과 잡지에 낸단다. 또 큰 화제는 영화로 만들겠다는 미국의 유명한 영화감독이 나타났다는 것이다. 철만은 이 말을 듣고 하늘에 감사를 드렸다.

종군 기자는 철만과 미 공군 대위와 사진을 찍었는데, 곧바로 사진이 나와 모두가 놀랐다. 김태민은 사진 몇 장을 찍어 달라고 부탁했다. 첫번에 김태민과 한순옥이 찍었는데 잘 나와 모두가 둘이서 사진을 찍었다. 끝으로 김태민은 종군기자에게 강철만이 미 조종사를 구출한 내용을 통역했다.

헬기 조종사는 철만을 집까지 헬기로 태워다 준다고 했다. 김태민은 잠시 기다리라고 하고, 강철만과 이춘옥은 함께 방으로 들어갔다. 김태민은 두 사람에게 말했다.

"두 사람은 처음이지만 장래를 약속하고, 만약 국군이 후퇴한다면 연평도나 대전까지만 피난 가 있어. 다시 서울을 탈환하면 오류동으로 가서 이춘옥을 찾으면 다시 만날 수 있어. 또 철만은 군대에 간다면 해병대로 꼭 와. 해병대에선 철만과 같이 용감하고 용기 있는 사람이 필요해! 그리고 해병대 신병훈련이 끝나면 나를 찾아 우리 부대로 와! 둘이는 헤어지면서 서로가 꼭 안아줘!"

철만은 춘옥에게 말했다.

"미군이 나에게 선물한 과자는 어린이들에게 한 상자씩 나누어 줘요."

"예, 알겠습니다."

철만과 춘옥은 몇 상자를 가지고 헬기로 갔다. 철만은 헬기에 오르고 헬기는 바람을 일으키며 하늘로 솟아올랐다. 헬기에선 철만이, 밑에선 춘옥이가 서로 손을 흔들다가 헬기는 저쪽으로 사라졌다.

헬기가 떠난 후, 김태민과 한순옥, 김용호와 김영숙, 오덕상과 김현숙, 이삼영과 강영란, 이덕재와 김향숙, 이춘옥도 마을 앞동산으로 갔다.

김태민은 원을 그리며 앉으라고 하고, 조용히 말했다.

"이 자리에 있는 5쌍은 전쟁이 끝나면 결혼할 것이며, 결혼식은 합동결혼식을 생각하고 있다. 또 우리가 북진하다 후퇴한다면 제1장소는 대전역 출입문 유리면에 메모해 부착하면 서로가 소식을 알게 되고, 다시 서울을 탈환 후에 만나는 제2장소는 오류동 이춘옥 아가씨 집으로 정한다. 꼭 기억해 두기 바란다."

"다음은 중대장의 특별 명령이니 꼭 명심할 것. 우리는 이 시간부터 한 몸이 된 부부나 마찬가지다. 조금 전 말과 같이 우리는 전쟁이 끝나야 결혼한다. 또 중대장의 특별한 명령이다. 전쟁이 끝나기 전까지는 남녀

간의 불미스러운 일은 없어야 하겠다. 모든 육체적 욕망은 해병정신으로 극복하라! 그것이 바로 귀신 잡는 해병 정신이다. 앞으로도 해병대는 적에게는 공포와 전율을 주고, 국민에게는 더욱 선하고 정직한 군대가 될 것이다. 그러면 30분간 자유시간을 주겠다. 좋은 추억을 남기기 바란다."

제각기 조용한 숲속을 찾아갔고, 김태민과 한순옥 그리고 이춘옥은 그 자리에 앉았다.

김태민이 먼저 말했다.

"이춘옥은 특별히 내 동생보다 더 신경 써줄 테니, 아무 걱정 말아. 그리고 한 가지 묻겠는데, 만약에 다시 후퇴한다면 우리 집은 추워지기 전에 춘옥이네 집 근처로 이사를 가려는데, 춘옥이 생각은 어때?"

"예, 좋아요!"

"그러면 이사 가는 것으로 결정하고, 춘옥은 강철만 마음에 들어?"

"예."

"시간이 있다면 서로가 이야기할 시간을 줄 텐데, 헬기를 타고 집에 간다기에 시간이 없었어. 영숙이와 함께 찾아가 봐."

"예, 가보겠습니다."

김용호와 영숙은 말이 없다가 영숙이가 먼저 말했다.

"지난 9월 27일 서울 시가전 마지막 전투 때, 내가 조금만 신경 썼다면 오경자 소대장을 살릴 수도 있었는데, 지금도 그 생각을 하면 가슴이 아파! 오빠는 그 상처를 평생 동안 잊지 못할 거야!"

이 말을 들은 김용호도 한숨을 쉬며 말했다.

"양쪽 두 사람이 연락병이면서 이것을 몰랐다니 정말 가슴 아프고 안타까운 일이야. 내가 진작 오덕상 해병에게 집안 사정을 알아봤다면 이런 비극은 없었을 것인데…… 오덕상 해병 역시 평생을 잊지 못할 거야!"

영숙은 눈물 맺힌 슬픈 얼굴로 다시 말했다.

"내가 항복한 후 '오경자 소대장과 헤어졌는데 지금은 어디 있는지 몰라.' 오빠에게 이 말 한마디만 했다면 기적적으로 살 수도 있었는데, 왜 그때 그런 생각을 못했는지 몰라!"

"이제는 다 지나간 일이야. 후회해본들 가슴만 아파."

"우리는 그런 가슴 아픈 비극이 없도록 서로가 노력해야 돼!"

저녁식사 후 태민은 부모님 방으로 들어갔다.

"아버지, 중요한 문제인데 말씀드릴 것이 있습니다."

"그래. 말해라."

"며칠 전 새벽에 꿈을 꾸었는데 우리가 북진하다가 중국 군대에 밀려 다시 후퇴하는 꿈을 꾸었습니다!"

"나 역시 며칠 전 새벽에 꿈속에서 하나님 음성을 들었다. 다시 후퇴할 것이니 아주 이사를 하라는 음성을 들었다!"

김태민 아버지도 긴 한숨을 내쉬며 말했다.

김태민은 아버지와 의논한 끝에 추워지기 전에 그곳으로 이사를 결정했다.

김태민은 영숙에게 말했다.

"이사할 때 꼭 윤미자 선생과 함께 가라. 국군이 다시 후퇴한다면 마을 청년들이 윤미자를 죽일지도 몰라!"

"오빠, 알았어, 걱정 마!"

이튿날 새벽이 되자, 해병들은 다시 북진할 준비를 했다. 아침식사를 한 후, 해병들은 북진을 위해 마을을 떠났다. 마을 사람들의 뜨거운 환송을 받으며, 각자의 애인에게 무사히 돌아오라는 말을 들으며, '귀신 잡는 해병대'에는 '해병대 곤조가'가 우렁차게 메아리쳤다.

흘러가는 물결 그늘 아래 편지를 띄우고
흘러가는 물결 그늘 아래 춤을 춥니다
오늘은 어디 가서 깽판을 놓고
내일은 어디 가서 신세를 지나
우리는 해병대 R-O-K-M-C
때리고 부시고 마시고 조져라
헤이 빠-빠리빠 헤이 빠-빠리빠

북진

　북진하는 해병대는 마을을 지날 때마다 주민들의 환영을 받으며 북으로 달렸다. 오후에는 38선인 해주에 도착했다. 해주 시내에서도 시민들의 환영이 대단했디. 38선을 100m 남겨놓은 지점에서 전원은 하차해 중대장의 작전지시를 들었다.

　"우리는 꿈에도 그리던 38선을 넘게 되었다. 북한 지역으로 북진하면서 북한군 낙오병들의 습격을 받을 수 있다. 주의할 것은 산을 넘을 때나 지형이 험한 곳은 특공해병이 차에서 내려 사주 경계를 하며 이동할 것이다. 우리는 사리원을 거쳐 평양으로 북진한다."

　"38선에서 잠시 기도를 하겠다. 하나님 아버지, 우리 해병대가 38선을 넘게 되었습니다. 남북통일이 되어 38선을 없애주시고, 남북동포가 이 38선을 자유롭게 왕래할 수 있게 축복해 주십시오. 또 하나님 능력의 지팡이로 이 원한의 38선을 치사 허리를 묶은 철책을 영원히 없애 주십시오! 우리가 북진하는 가운데 있사오니 하나님께서 함께하시어 발걸음마다 지켜주시고, 축복해 주시기를 예수님의 이름으로 기도합니다. 아멘."

　우리 해병대는 저녁때쯤 재령에 도착했다. 그곳에서 밤을 지내고 새벽에 다시 사리원을 향해 출발했다.

한편 국군은 해병대보다 먼저 재령에 도착해 도주하는 북한군 패잔병을 색출했다. 패잔병들은 이미 북한 군복을 벗어 던지고 민간 복장을 하고 있었지만 한눈에 알아볼 수 있었다. 그러나 북한군 패잔병에 관한 관리문제 때문에, 휴대한 무기만 압수하고 고향으로 돌아가도록 조치했다. 그러나 그들은 돌아서자마자 이러한 동족에 대한 인도적 배려에도 불구하고 배신을 하고 말았다.

이튿날 밤, 돌려보낸 북한군이 아군을 공격하여 격퇴는 시켰지만, 이 전투에서 여러 병사가 부상을 입었다. 부상병을 후송하기 위해 날이 밝기를 기다려야 했는데, 부상당한 병사들이 그만 북한군의 포로가 되고 말았다. 그리고 눈앞에서 그야말로 잔혹하고 비참한 광경이 펼쳐졌다. 아무리 전쟁터라지만 북한군들은 인간으로서는 도저히 할 수 없는 끔찍한 만행을 저지른 것이다. 북한군들은 포로가 된 국군 부상병들을 팬티 한 장 입히지 않고, 새끼줄로 생선을 엮듯이 한 줄로 묶어서 산골짝 계곡 강가로 끌고 가고 있었다.

마침 그 시간 새벽에 해병들은 그곳을 지나게 됐는데, 선발대로 이삼영과 김준모 해병이 고개를 오르고 있었다. 북한군들은 국군 부상병 포로들을 계곡 강가로 끌고 간 뒤 일렬로 세워놓고 돌멩이로 돌아가며 때려죽였다. 이 광경을 목격한 전우들의 분노는 과연 어떠했겠는가! 국군 부상병들은 그 비참한 최후의 순간에도 결코 굴하지 않고, "대한민국 만세! 대한민국 만세!"를 외치며 장렬하게 죽었다.

해병대 선발대로 고개에 도달한 두 해병은 "대한민국 만세!" 소리를 듣고 깜짝 놀라 고개 위에 올라가 소리 난 쪽을 바라보았다. 계곡 강가 옆에서 북한군이 국군인 듯한 5, 6명을 알몸으로 만들어 돌로 때리고 있었다. 두 해병은 급한 나머지 그쪽을 향해 총탄 두 발을 날렸다.

"탕, 탕!"

이 소리를 들은 적 7, 8명이 계곡으로 도주하는 것을 보고, 다시 두 발을 발사해 적 두 명이 그 자리에 쓰러졌다.

뒤에 따르던 5명의 특공대도 총탄을 날리며 쫓아가 모두 사살해 버렸다. 김태민 중대장이 급히 그 현장으로 달려갔는데, 차마 눈 뜨고는 볼 수 없는 비참한 광경이었다. 국군 부상병 6명은 알몸으로 피를 흘리고 있었고, 3명은 이미 죽어 있었다. 그 나머지 부상병들도 살아는 있었지만 온 몸에선 피가 흘러 강가 모래밭을 붉게 물들이고 있었다.

시체 한 구는 '성기'가 잘려있었고, 그 잘린 성기는 배 위에 놓여 있었다. 성기 잘린 시체는 그대로 둘 수 없어 두 해병이 시체를 옮기려고 했다. 한 여 해병이 이상히 여겨 앉아서 시체 허리 쪽을 봤는데, 그곳에는 수류탄이 놓여 있었다. 한 해병은 급히 소리쳤다.

"잠깐! 밑에 수류탄이 있다! 수류탄이!"

깜짝 놀란 중대장이 허리 밑을 자세히 보니, 안전핀이 제거된 수류탄이 있었다. 누군가 시체를 옮기려고 조금만 움직이면 수류탄은 금방 폭발하게 되어 있었다. 김태민은 다급하게 말했다.

"시체에 손대지 마라! 수류탄이 폭발한다!"

의논 끝에 로프로 시체의 팔을 묶어 저쪽에서 잡아당겼다. "쾅" 소리가 나며 수류탄이 폭발해 시체들은 사방으로 살점이 날아갔다.

본 부대에선 새벽에 부상병들을 후송하려고 했지만, 부상병들은 감쪽같이 사라져 버렸다. 수색대로 부상병을 찾던 중 수류탄 폭발음을 듣고 비참한 현장으로 달려왔던 것이다. 달려온 수색대원들도 목격한 현장을 보고 치를 떨며 분개했다.

잠시 후 정신을 차린 수색대 지휘관인 국군 소위는 김태민 해병대 대위에게 고맙다는 인사를 한 후 부상자를 운반해 갔다. 이 광경을 목격한 해병들은 끓어오르는 분노를 참을 수 없었는지, 멍하니 먼 산을 바라보며 '분노의 눈물, 해병의 눈물'을 흘리고 있었다.

김태민 중대장은 전 해병을 집합시켰다.

"조금 전에 본 비참한 현장은 인간으로서는 도저히 할 수 없는 일이며, 악독한 북한군에 대한 분노를 금할 수 없다. 앞으로 우리도 북진 중에 이처럼 비참한 일을 당할 수도 있다. 그래서 이 시간부터 북진 이동은 1, 2소대는 내가 맡고, 3, 5소대는 부중대장이 맡는다. 우리 1팀은 선발대 2명, 그 뒤로 5명, 100m 뒤에 1, 2소대가 따른다. 2팀은 부중대장의 명령에 움직인다. 우리는 '통영상륙작전'에서 세운 '귀신 잡는 해병대'의 명예와 전통을 살려 모든 작전에 최선을 다하자!"

10월 중순경 밤, 평양 탈환작전을 위해 북진을 계속하던 영국군 27여단이 마침내 사리원을 점령하는 데 성공했다. 그 사실을 모른 채 재령에서 도망쳐 온 북한군과 영국군이 한데 어울려 서로 축하를 하게 되었다. 어떤 북한군은 "동무, 동무" 하면서 영국군과 어깨동무를 했고, 어떤 북한군 병사는 너무나 기쁜 나머지 군모의 별을 떼어서 영국군에게 기념품으로 주기도 했다. 또 담배를 나누며 인사를 했고, 더구나 영국군은 술까지 가져와 밤새는 줄도 모르고 축하연을 벌였다.

이렇게 된 연유는 북한군은 영국군을 지원 나온 소련군으로 착각했고, 영국군은 북한군을 미 24사단과 함께 북상한 한국군으로 오인했기 때문이었다. 사실 영국군 복장이 미군과는 다르게 소련군과 흡사했기 때문에 착각할 만도 했다. 밤새도록 서로가 축하를 했고, 북한군은 영국군이 준 술을 먹고 피곤했던 나머지, 한쪽 구석에서 잠을 자기도 했다.

새벽녘 이 시간 공교롭게도 해병대는 평양을 향해 북진 중이었다. 날이 밝을 무렵, 선발대 이삼영과 김준모 해병이 조심스럽게 이곳을 지나게 되었다. 그런데 길가에서 조금 떨어진 건물에서 이상한 소리가 들려오고, 떠드는 소리가 들려왔다.

선발대 두 해병은 깜짝 놀라 그 자리에 급히 앉았다.

"준모야, 너는 잘 지켜보고 있어. 나는 급히 중대장에게 알릴게!"

"그래. 알았다."

이삼영 해병은 뒤에 오는 중대장에게 급히 알렸다.

"중대장님, 저쪽 건물에서 이상한 소리가 들려와요!"

"그래. 1, 2소대장과 부중대장에게 급히 오라고 해!"

"옛."

김태민 중대장은 연락병에게 지시한 후, 이 해병과 그곳으로 갔다. 정말 이상한 소리가 들려오고, 한편에서는 노랫소리가 들려왔다. 그 사이 1, 2소대장과 부중대장이 달려왔다.

김 중대장은 급히 작전지시를 내렸다.

"부중대장은 3, 5소대를 앞뒤 도로 옆에 매복시킨다. 또 1, 2소대장은 저 건물 부근에 포위 매복하고, 북한군이 도주 시 즉시 사살한다!"

김 중대장은 특공해병과 함께 건물 근처에 매복했다. 날이 환하게 밝아오기 시작했다. 이때 영국군 박격포 반장인 '헤아리' 중위는 적 병사들의 말 속에 가끔 "러시아, 러시아" 하는 소리를 듣고 이상한 생각이 들었다. 그 순간 한국군은 M1 소총을 가졌는데, 이들은 M1 소총보다 더 긴 소총(아식총)을 가지고 있는 것을 보고 뭔가 잘못됐구나 하는 생각이 들었다. 그 옆에 병사를 보니 따발총을 지니고 있었다. 영국군 중위는 큰소리로 외쳤다.

"한국군이 아니고 적이다, 적! 착검실시!"

영국군이 방어태세를 갖췄을 때는 이미 서로를 알아챈 나머지, 쌍방 간에 육탄전이 벌어지고 총소리가 나고, 희극이 비극으로 돌변했다. 술에 취해 어리둥절한 북한군은 밖으로 도주하기 시작했다. 그러나 숨어서 때를 기다리던 해병들의 총에선 불을 뿜었다.

"탕탕! 탕탕탕!"

적들은 총에 맞아 '추풍낙엽'처럼 쓰러졌다.

김태민 중대장이 건물 안으로 들어가 영국군 중대장과 인사를 나누고 주변을 돌아보니 북한군 시체들이 바닥에 나뒹굴고 있었다. 육탄전과 총격전에서 150명의 적이 사살되고, 영국군은 신기하게도 단 1명의 병사만이 전사했을 뿐이었다.

38선 돌파작전은 1950년 10월 1일, 국군 제3사단이 첫 38선을 돌파한 이후부터 국군 제1사단(사단장 백선엽 준장)과 미 제1기병사단이 서부전선으로 진격하고, 국군 제7사단 제8연대가 중부전선으로 진격하여 평양을 공격해 10월 20일, 평양을 완전히 탈환했다.

10월 22일에는 제6사단 제1대가 이미 개천까지 기동했으며, 제2연대와 제3대대는 개천 남쪽 2km 지점까지 기동하여 작전 섬멸과 사주 경계에 임하고 있었다. 이날 사단 주력의 진격 상황을 직접 전두지휘하기 위해 순천까지 나와 있던 사단장 김종오 준장은 사단 정보 참모 유양수 소령으로부터 순천 북쪽에 있는 터널 속에 미군 포로가 학살돼 있는 것을 발견했다고 보고를 받았다. 사단장은 즉시 미군 고문관을 대동하고 현장으로 달려갔는데, 미군 포로 200여 명이 학살되어 있었다. 시간적으로 얼마 되지 않았기 때문에 아직 목숨이 붙어 있어서 그 신음소리가 들리기도 했다. '불운한 포로들을 이렇게 죽일 수 있을까?' 하는 생각이 들 만큼 끔찍한 광경이었다. 뼈만 앙상하게 남은 포로들이 겹겹이 포개져 죽어 있었다.

이러한 생지옥 속에서도 천행으로 겨우 살아남은 생존자 20여 명을 발견하여, 급히 구급차로 후방 병원으로 후송했다. 이 비참한 현장을 목격하고 신의 가호를 받을 수 없는 공산도배의 만행에는 전율마저 느껴지지 않을 수 없었다.

제6사단은 어느 사단보다도 빨리 청천강 계곡을 급진하여, 10월 23일 밤에는 이미 희천에 돌입했다. 다시 서쪽으로 그 예봉을 돌려 그중에서도 제7연대가 가장 선두에서 진격했다. 그리고 그 최종 목표인 초산까지는 불과 80km 정도 남겨 놓고 있었다. 계속 진격한 결과 초산 남쪽 6km 지점에서 수미상의 적으로부터 기관총 사격을 받았으나 81mm 박격포 사격으로 제압한 다음, 진격해 제1대대는 인기척이 없는 초산시가를 통과했다.

초산을 지나 계속해서 6km를 더 전진한 국군 제6사단 제7연대 제1대대 1중대의 첨병소대가 압록강까지 도달해 이곳에 '태극기'를 꽂았다. 시간은 10월 26일 14시 15분이었다. 병사들이 압록강 물을 넣은 유리병에는 '압록수. 1950년 10월 26일 국군 제6사단 제7연대 초산 돌입 기념'이라고 적혀 있었다. 이제 7연대 제1대대는 압록강 최초 도달의 영광을 누린 부대였다. 장병들은 서로 얼싸안고 일제히 "대한민국 만세!"를 외치면서 가슴에 벅찬 기쁨과 감격의 눈물을 흘렸다. 이들은 '풍찬노숙'의 인고의 시간을 견뎌낸 개가였다. 장병들은 병참보급이 여의치 않아 주로 주먹밥과 고추장에 단무지를 곁들인 것으로 때우는 등 식사도 제대로 하지 못했다.

이뿐만이 아니라 10월인데도 기온이 영하로 떨어져 날씨가 추웠다. 그러나 민가를 피해 야지 위에서 옥수수단을 풀어놓고 군장도 풀지 않고,

모포 한 장만을 덮고 새우잠을 잤다. 그러면서도 사기를 잃지 않고 북진에 매진했던 장병들이기에, 그들이 흘린 눈물은 더욱 감격스러웠고 값진 것이었다.

제2연대는 10월 25일 온정리에서 벽동(온정리 서북방 75km)을 목표로 진격을 개시했다. 그리고 온정리 서북방 15km로 진격하던 중, 선두대대인 제3대대가 동림산(1,165m) 기슭에서 중공군(제40군, 제118사단, 제119사단, 제120사단)과 조우하여 피아간에 치열한 교전이 벌어졌다. 이 총포성이 산야를 흔들고 꽹과리와 피리소리가 들짐승을 놀라게 했다.

이들은 북한군일 것으로 예상했으나 곧 중공군으로 밝혀지고 첫 전투를 했던 것이다. 선두인 제3대대가 분산되자 예비인 제2대대가 투입됐으나 동일한 상황이었다. 이날 오후 포로가 된 중공군 병사는 이렇게 진술했다.

"우리는 10월 17일부터 이곳에서 대기하고 있었다. 또 지금 만포진에는 수만 명의 중공군이 집결해 있다."

제2연대는 10월 26일 중공군에게 온정리를 피탈당하고 퇴로가 차단되어 붕괴된 채 태평 방향으로 철수했다.

정부와 유엔군 사령부는 10월 30일, 평양 시청(평양시 인민위원회)에서 이승만 대통령이 참석한 가운데, 평양 입성 환영 행사를 개최했다. 이곳에서 김태민 중대장과 특공 1중대는 경비를 담당했다. 이 자리에서 이승만 대통령은 감격적인 어조로 다음과 같이 연설했다.

"나의 사랑하는 동포 여러분! 만고풍상을 다 겪고 39년 만에 처음으로 대동강을 건너 평양성에 들어와서, 사모하는 동포 여러분을 만날 적에 나의 마음속에 있는 감상을 목이 막혀서 말하기가 정말 어렵습니다. 40년 동안 왜정 밑에서 어떻게 지옥생활을 했던가를 생각하면 눈물이 가득합니다…… 우리가 지금부터 신세계, 신국가를 만들어 신생활을 하겠다는 결심을 남북 동포가 다 같이 가져야 하겠습니다. 우리는 싸워서 피를 흘리고 자유 독립을 세운 것이니, 통일된 백성의 기상과 의도를 잊지 말고, 또 남이니 북이니 하는 파상심을 다 버립시다. 그리고 오직 생사를 공동 하겠다는 결심을 가지고 공산당이 발붙일 곳 없이 해서 우리의 자유를 침해치 못하도록 해야 할 것입니다. 이북동포 여러분! 나와 같이 결심합시다. 공산당이 어디서 들어오든지, 소련이건 중공이건 들어오려면 들어오너라! 우리는 죽기로 싸워서 물리치며, 이 땅에서는 발붙이고 살지 못할 것을 세계에 선언합니다."

김태민 중대장은 해병 1중대와 함께 평양에서 개천으로, 또다시 영변까지 북진했다. 국군 6사단이 초산까지 진격했다는 소식을 듣고, 다시 희천까지 진격했다. 더 이상 북진은 위험해 이곳에서 정보를 입수한 후, 다시 북진을 생각해 보기로 했다.

김 중대장은 이삼영, 김준모 두 해병을 수색병으로 보냈다. 2명은 2km 북쪽으로 이동해 산 아래에서 매복하고 있었다. 매복한 지 1시간 후 인민군이 아닌 중공군 2명을 생포해왔다. 1명은 장교이며 1명은 하사였다.

김태민 중대장은 심문을 시작했고, 그 옆에는 김용호 상사와 중국어 통역병이 있었다.

"중공군은 언제 압록강을 건너왔나?"

"10월 15일 압록강을 건너왔고, 또 지금도 계속 올 것입니다."

"압록강을 건너온 병력은 얼마나 되는가?"

"한 20만 명에서 30만 명은 될 것입니다."

"왜 남의 나라를 침범했는가?"

"침범한 것이 아니라 도와주려고 왔습니다."

간단한 심문을 마친 후, 그들이 소원이 있다고 하여 들어보았다. 중공군 장교는 중대장을 똑바로 바라본 후, 천천히 말했다.

"사실은 내가 여기를 떠나면 우리 소속부대와 멀어지니, 제발 우리 부대와 연락을 해서 몇 달 동안 밀린 봉급을 받게 해주세요! 몇 달 밀린 봉급을 받게 되면, 한 달 치 월급은 공짜로 주겠습니다!" 하면서 중공군 장교는 만년필 한 개를 중대장에게 내밀었다.

이 말을 들은 중대장은 "중공군 때려치우고, 희극 배우나 하라!" 하면서 허리를 잡고 웃었고, 전쟁터에서 중공군의 그 느긋함에 놀랐다.

이튿날 7인의 해병특공대는 통신병과 중국어 통역병 등 9명이 6km 떨어진 민가로 수색정찰을 나갔다. 마을을 돌아 산 밑에 있는 어느 집 근처에 갔는데, 갑자기 이상한 소리가 들려왔다. 김태민은 사주 경계를 지시하고, 중대장은 김용호, 한순옥, 통역병과 같이 문 가까이 접근했다. 그런데 중공군의 이상한 말소리가 들려왔다. 중대장은 김 상사에게 지시했다. 김 상사는 문을 열며 "손 들엇!" 하고 말했다. 놀란 중공군은 손을 들었다.

방 안에는 총 4명이 있는데 2명이 부상병이고, 1명은 하사관과 또 한 명은 지휘관 같았다. 지휘관인 듯한 중공군은 중국어로 된 성경책을 보고 있었다. 통역병을 통해 자세한 것을 알아보았다.

며칠 전에 한국군과 전투 중 2명이 부상을 당했는데 걷지를 못해, 이곳에 와 있다고 했다. 부상자 2명은 사병이며 부상자를 도와주고 있던 1명은 중사이며, 지휘관은 중대장이란다. 중공군 중대장은 부하가 부상으로 걷지를 못해, 두고 후퇴할 수도 없어 함께 있다는 것이다. 그리고 약이 없어 치료를 못 하고 있다며, 중공군 중대장은 눈물을 흘리며 말했다.

김태민 중대장은 부하를 위해 중대장이 후퇴도 안 하고 있다는 말을 듣고, 많은 감동을 받아 적이지만 도와주겠다는 결심이 생겼다.

통역병에게 말했다.

"중대장 이름을 알고 싶다!"

"마을에선 왕 서방이라고 하며, 군대에선 왕 중대장이라 한다."

왕 중대장은 우리 부대 이름을 물었다.

"귀신 잡는 해병이라고 말해줘!"

"귀신 잡는 해병! 귀신 잡는 해병!"

왕 중대장은 용감하다고 말했다.

김 중대장은 다시 물었다.

"이 책은 중국어로 된 성경 같은데, 교회는 다니는지?"

"나는 교회에 다닌다. 왜 그러느냐?"

"나도 교회에 다닌다!"

김태민과 왕 중대장은 너무나 반가운 나머지 서로가 꼭 안았다.

"부하의 부상으로 중대장이 후퇴도 안하고 함께 있는 것을 보고 나는 감명을 받았소. 우리는 적이지만 서로 교인이니 치료를 해주겠소!"

"귀신 잡는 해병대 중대장님 정말 감사합니다. 이 은혜를……"

왕 중대장은 눈물을 흘리며 말했다.

김태민은 통신병에게 지시했다. 이곳에 부상병이 있으니, C-레이션도 빨리 가져오라고 했다.

왕 중대장도 너무나 고맙다며 중공군의 비밀 작전을 털어놓았다.

"며칠 안으로 이곳을 떠나야 합니다. 잘못하다가는 중공군의 포로가 됩니다. 우리 중공군은 1월 초까지 서울 탈환이 목적입니다!"

김태민은 가슴이 철렁 내려앉았다.

이때 급하게 앰뷸런스가 도착했다. C-레이션도 주고 치료도 해주고,

내일 다시 온다고 했다.

다음 날은 약과 C-레이션도 많이 가지고 갔다. 왕 중대장은 오지 말라고 해도 왔다며, 포로가 된다며 걱정을 했다.

마지막으로 헤어지면서 서로는 눈물을 흘렸다.

다시 서울을 내준다면 전쟁은 장기화될 것을 생각하니, 한숨은 저절로 나오고 앞이 캄캄해지는 것만 같았다.

김태민은 차를 타고 오면서 앞일을 생각하니, 불길한 예감이 들었다. 안주머니에서 작은 성경책을 내어 펼쳤다. '여호수아 1장 9절 말씀'이 눈에 화살촉같이 꽂혔다.

"내가 네게 명령한 것이 아니냐. 강하고 담대하라. 두려워하지 말며 놀라지 말라. 네가 어디로 가든지 네 하나님 여호와가 너와 함께하느니라 하시니라."

후퇴

김태민 중대장은 급히 돌아와 사주경계를 철저히 시킨 후 부중대장과 각 소대장을 집합시키라고 지시한 다음, 먼저 해병 중위인 이덕재 형과 의논을 했다.

"덕재 형, 큰일 났어! 중공군들이 몰려온다는데, 우리는 또다시 후퇴할지도 몰라!"

"아니, 조금만 더 진격하면 남북통일이 될 텐데, 이 무슨 날벼락이란 말이냐? 한국군과 유엔군도 많은데……"

"한국군과 유엔군이 합친다면 약 30만 명 잡고, 인구 많은 중공군은 계속 압록강을 건너와 40만, 또 80만 명으로 밀고 오려나 봐!"

"다시 중공군들이 밀고 내려온다면 전쟁은 장기화되고, 남북통일은 어렵겠는데……"

이덕재 역시 한숨을 쉬며 안타까워했다.

"나도 그것이 걱정이야, 잘못하다가는 우리도 중공군에게 포위돼! 그래서 남쪽으로 좀 철수한 후 1중대와 의무반은 함흥 쪽으로 보내고, 우리 특공대 7명은 남아서 초산까지 올라간 6사단을 도우며 38선으로 철수하려고 해. 형은 1중대와 함께 이동하지?"

"아냐, 태민을 두고 나 혼자 갈 수는 없고, 나도 태민과 함께 후퇴하면서 국군을 도울 거야!"

"형, 그렇다면 고맙고, 김향숙 누나는 1중대와 함께 가라고 하지. 그것이 더 안전해."

"그렇게 하고, 우리는 함께 후퇴하다가 살든 죽든 같이 행동하자!"

"형, 고마워!"

김 중대장은 부중대장과 각 소대장이 모인 곳으로 갔다. 그리고 해병들의 얼굴을 똑똑히 바라본 후, 긴장된 음성으로 말했다.

"지금 중대장이 말하는 내용은 1급 비밀이다. 본인만 알고 타 부대나 다른 사람에게는 일체 비밀로 한다. 지금 중공군이 압록강을 건너와 한곳에 집결해 있다. 우리는 또다시 후퇴할지 모른다. 곧 중공군의 공격이 있을 것이니, 부중대장은 1중대와 의무반을 총지휘하며 함흥방면으로 이동한다. 그곳 한국 해병대와 함께 행동하며, 철수는 해상철수가 예상된다. 우리 7인의 해병은 국군을 도우며 38선으로 후퇴할 생각이다. 부중대장은 이북 출신 4명과 중국어 통역병 1명 총 5명의 용감한 해병을 선발하라. 철수는 2일 후에 할 것이며, 철수 준비를 완료할 것."

1중대는 일단 개천까지 후퇴했다. 중대장은 지시사항을 전달했다.

"1중대와 의무반은 지금 즉시 함흥방면으로 이동해 그쪽 해병대 지시에 따르라. 7인의 해병특공대는 38선으로 후퇴해 연평도로 갈 것이다. 몸 건강히 철수해 다음에 다시 만나자."

이덕재는 애인 김향숙을 바라보며 나직이 말했다.

"향숙아, 몸 건강히 있다가 우리 다시 만나자."

"이덕재 씨, 제발 아무 일 없기를 바라!"

"그래. 걱정 마!"

두 사람은 꼭 껴안고 있다가 손을 잡으며, 향숙이 얼굴에선 눈물이 흘러내렸다.

"덕재 씨, 꼭 살아서 우리 결혼해!"

"그래. 걱정 말고 자기나 몸조심해!"

이덕재 역시 눈시울이 뜨거워지는지 고개를 숙이고, 이 말밖에 할 수가 없었다.

김태민 중대장도 김향숙 여 해병 소위와 잠시 이야기를 나누었다.

"김향숙 누나, 우리는 이덕재 형과 38선으로 후퇴하여 연평도로 갈 거야. 그러니 아무 걱정 마라. 그리고 서울을 재탈환되면 오류동에 있는 이춘옥 집으로 찾아와. 그곳에 오면 우리의 소식을 알 거야!"

"우리 죽지 말고 꼭 살아서 그곳에서 다시 만나!"

김향숙 역시 눈물을 흘리며 말했다.

김태민 중대장은 부중대장과 각 소대장, 그리고 단 한 명뿐인 김향숙 여 해병 소위와 작별인사를 한 후, 1중대는 함흥 쪽으로 이동했다.

김태민은 앞으로 이덕재 형과 특공해병 13명은 한국군을 도우며, 38선으로 후퇴할 것을 굳게 결심했다.

1950년 12월 3일, 함흥에 사령부를 설치한 한국 해병대는 미 제10군단의 예비로 일선에 이르는 주 보급로와 군단의 후방지역을 방어하던 미 제3사단으로부터 작전을 통제받고 있었다. 이 무렵 한국 해병대는 함흥 교두부의 남쪽을 방어하고, 미 제3사단 예하의 제7연대의 이동을 엄호하는 임무를 부여받고 있었다.

미 제7연대는 함흥 서북쪽 25km 지점의 흑수리 부근에서 내륙으로부터 동진해 지경-흑수리 간 도로를 위협하던 중공군과 교전을 전개하고 있었다. 이에 해병대 사령관 신현준 준장은 교전 중인 미 제7연대를 1개 대대로 증원하는 한편, 1개 대대는 함흥 서남쪽 10km 지점의 지경에 배치하여 지경-흑수리 간 남쪽 기동로를 방어하기로 계획하고, 다음과 같은 작전 명령을 하달했다.

"부대는 미 제7연대를 증원하고, 미 제3사단과 합동으로 지경-흑수리 간의 남쪽 기동로를 방어하려 한다. 제2대대는 지경으로 이동하여 부여된 지역을 방어하라. 제5대대는 흑수리로 이동하여 미 제7연대장의 지휘를 받으라. 사령부는 지경 초등학교에 위치한다."

이 무렵 원산지역은 3,000여 명의 북한군이 덕원으로 침입해 원산을 위협하는 한편, 마식령을 넘은 중공군도 합세함으로써 전황은 더욱 긴박했다. 12월 7일 원산을 위협하던 적은 덕원의 외곽고지를 점령하고 원산 시가지에 대한 공격을 개시했다. 마식령을 넘은 중공군이 원산 동측으로 접근하자, 원산 시내에는 적 게릴라까지 출몰했다.

이와 같이 상황이 급변하자, 원산 북쪽 일원을 방어하던 한국 해병 제3대대는 미 제3사단장의 철수 명령에 따라 원산 부두로 이동해 대기하고 있던 LST 845함 편으로 16시 30분에 부산을 향해 출항했다. 그러나 갈마반도의 비행장을 방어하는 업무를 수행하던 한국 해병 제1대대는 원산 남쪽 방어진에서 철수해 비행장을 중심으로 한 방어진지를 점령함으로써 원산지역의 최종 방어부대가 되었다. 야간을 통해 원산 서북쪽으로 침입한 적이 12월 8일 10시경 원산을 완전히 장악하자, 비행장을 방어하고 있던 제1대대는 아군의 이륙을 엄호하면서 비행장 시설의 반출 작업을 지원했다. 그리고 마지막 아군이 떠난 16시에 명사십리 해안으로 집결해 20시 30분에 LST 898함 편으로 원산만을 출항했다.

비극의 흥남 철수

    장진호 고원지대에 있는 마을의 집들을 중공군에게 빼앗긴 주민들은 흥남으로 피난을 갔다. 미 해병사단이 하갈우리에서 남쪽으로 이동하자 수천 명의 주민들은 뒤를 따랐다.

    피난민 수송에 있어서 당초 미군 측에서는 피난민 수를 25,000명 정도로 추산했으나, 함경남북도의 거의 전 지역에서 자유를 찾아 밀려드는 피난민들은 50,000명 선으로 늘어났다가 다시 100,000명으로 늘어났다.

    영하 20~30도를 오르내리는 강추위 속에서, 미 제10군단장 아몬드 장군은 걱정이 많았다. 철수용으로 사용될 배는 129척을 지원받았으나 모든 피난민 철수는 절대 불가능한 일이었다.

    피난민이 날이 갈수록 많아짐에 따라, 아몬드 군단장은 피난민 해상 철수는 불가능하다고 말했다. 이 소식을 들은 김백일 장군과 현봉학 박사는 아몬드 장군을 찾아가 간청해 보기로 했다.

    아몬드 장군은 배가 모자라 고민하고 있었다. 이때 김백일 장군과 현봉학 박사가 찾아가, 김백일 장군이 말했다.

    "군단장님, 우리가 타고 갈 배에 피난민들을 태워주세요! 우리 한국군은 중공군과 싸우며 걸어갈 테니, 제발 이북 동포 피난민들은 모두 태위 주세요!"하고 부탁했고, 통역관 현봉학 박사도 아몬드 장군에게 눈물을 흘리며 애원했다. 그러나 아몬드 장군은 말 없이 고개만 흔들었다.

이 소문을 들은 함흥 시내 장로교회와 다른 교회에서도 교인들은 하나님께 매달리며 눈물로 기도했다.

"우리를 남쪽으로 가게 해달라고……"

현봉학 박사는 함흥 시내에 있는 교회에 다니며, 교인들에게 기적이 일어나도록 눈물로 기도하라고 말했다. 그리고 자신도 교인들과 함께 간절히 기도했다. 그런데 며칠이 지나 정말 하나님의 기적이 나타났다. 며칠 사이에 한국과 일본에서 배가 도착했다. 일본에선 더 많은 배를 보내 주었다.

이 소식을 들은 현 박사는 너무나 기쁜 나머지 함흥 시내에 있는 교회에 다니며 알렸다. "하나님이 우리를 구원해 주셨다! 빨리 흥남부두로 가라!"고 외쳤다. 이 소문은 금방 알려져 피난민들은 흥남부두로 구름같이 몰려들었다.

함흥 시내에서 기차나 자동차를 타고 온 수천, 수만 명의 북한동포 주민들은 부두에 몰려들기 시작했다. 군인 10만 5천 명, 피난민 10만 명, 모두 20만 5천 명, 거기다가 부두에는 바이올린만 들고 온 사내, 재봉틀 머리만 이고 온 여자, 또 퍼덕대는 닭 한 마리를 끌어안고 온 계집아이, 더구나 강아지와 고양이까지 안고 온 사내아이도 있었다.

12월 19일부터 선박들은 공식적인 수용 인원을 훨씬 초과한 인원의 피난민들을 태우기 시작했다. 약 10만 명으로 추산되는 피난민들은 서로 먼저 배를 타려고 몸부림쳤는데, 그야말로 아비규환 그 자체였다. 배에 오르려다가 부둣가의 차가운 바닷속으로 떨어지는 처참한 광경은 눈물 없이는 차마 볼 수 없었다. "아악!" 하는 비명소리와 함께 여기저기서 바닷속으로 "풍더덩" 하고 사라졌다. 남은 가족들은 "아악!" 비명을 지르며 떨어진 바닷속을 쳐다보다가, 피난민들 속에 떠밀려 바닷속으로 "풍덩" 하고 떨어졌다. 그리고 많은 인파 속에 자기 식구 이름을 부르는 애절한 목소리가 여기저기서 들려왔다. 설상가상으로 눈보라까지 거세게 몰아쳤다.

동족 간의 싸움에 흥남부두는 새로운 비극을 만들어 가고 있었다. 세차게 불어 닥치는 해풍과 눈보라는 피난민들의 가슴속을 더욱더 싸늘하게 파고들었다. 엄마를 잃은 아이는 얼굴이 사과처럼 빨갛게 얼고, 콧물과 눈물이 범벅이 돼 지쳐 주저앉아 발버둥치고 있었다. 어떤 엄마는 자식의 이름을 불러댔는데 완전히 미친 사람 같았다. 법도, 질서도, 인정도, 양심도 찾아볼 수 없는 비극의 현장이 바로 이 흥남부두였다.

이런 혼란의 와중에 한 노부모와 젊은 아들의 생이별 장면을 후퇴하는 군인들이 보았다. 아들은 노부모를 붙잡고 "같이 피난 가야 한다!"고 울부짖고, 노부모는 "우리는 이제 늙어 오래 살 수 없으니, 고향에서 여생을 마치겠다. 그러니 너만이라도 자유의 땅 남한으로 가서 건강하게 잘 살아라!" 하는 말을 하며 우는 것이었다.

아들은 눈물을 줄줄 흘리며 아버지의 손을 붙잡고 애원했다.

"아버지, 어머니, 가다가 죽더라도 남한으로 함께 갑시다! 만약 남북이 가로막혀 우리가 서로 헤어져 이산가족이 된다면 나 혼자 어떻게 살란 말입니까? 어머니, 아버지!"

청춘을 불사르며 생사를 넘나드는 전쟁터를 종횡무진 누비고 다니던 국군들의 눈에서도 굵은 눈물방울이 뚝뚝 떨어지고 있었다. 그것은 어쩌면 앞으로 있을 이산의 한 맺힌 피눈물이었으리라! 가슴이 미어지듯 흘러내리는 사나이들의 눈물은 '동족상잔의 비극' 속에서 쏟아지는 절규였다.

12월 19일부터 22일 사이에 약 8만 5천여 명의 북한 동포 피난민들은 배에 태울 수 있었다. 그러나 배가 없어 나머지 피난민들은 태울 수 없어, 수많은 동포를 두고 떠나야 하는 우리 국군 장병들의 가슴은 찢어질 듯 아팠다.

12월 22일 군단장 김백일 소장은 참모를 대동하고, 아수라장이 된 흥남부두를 순시했다. 그런데 흥남역 광장에 이르렀을 때였다. 60여 명 가량의 앳된 소녀들이 손에 십자가를 들고, 찬송가를 부르고 있었다. 찬송가는 439장이었다.

"십자가로 가까이 나를 이끄시고 거기 흘린 보혈로 정케 하옵소서. 십자가 십자가 무한 영광일세. 요단강을 건넌 후 영원안식 얻네. 십자가에 가까이 내가 떨고 섰네……"

찬송가의 합창소리가 울먹이는 목소리로 변했고, 이윽고 한 소녀가 김 장군 일행 앞으로 다가와서, 눈물을 흘리며 애원하는 것이었다.

"우리들을 데려다 주세요! 이남에 못 가면 우리들은 모두 죽습니다!"

이 말을 들은 김 장군은 소녀의 손을 잡으며 말했다.

"그래. 데려가기로 약속한다. 걱정 마라!"

"감사합니다! 정말 감사합니다!"

소녀는 눈물을 손등으로 닦으며 말했다.

"몇 명이냐?"

"60명입니다!"

"60명은 내일 이곳에서 군복으로 갈아입고 배에 오른다. 해병대 군복 60벌을 준비하라!"

김백일 장군은 참모들에게 지시했다.

이튿날인 12월 23일 오전, 해병대 군복에 팔각모를 쓴 소녀 60명은 승선을 기다리고 있었다. 이때 해병대 여군 김향숙 소위는 빨간 명찰에 팔각모를 쓰고, 허리에는 권총을 차고, 소녀들이 있는 장소로 갔다. 그리고 김 소위는 60명의 소녀들을 확인한 후, 앞에서 인솔하여 부둣가로 갔다. 그곳에는 많은 피난민들이 줄을 서서 승선하는 군인들을 부러운 듯 바라보고 있었다.

승선을 기다리고 있던 60명의 소녀들은 군복과 팔각 해병모를 썼지만, 총도 없고 더구나 신발을 운동화나 고무신을 신고 있었다. 이것을 본 피난민들은 깜짝 놀라 우리 딸도 남쪽으로 가면 좋겠다는 생각을 하기 시작했다. 눈치 빠른 어느 부인은 딸을 보낼 묘책을 생각해 냈다. 그때 마침 옆에 12세 정도의 남자 애가 헌병 철모를 쓰고 있었다.

"야, 네가 헌병이냐? 헌병도 아니면서 건방지게 헌병 모자는 왜 쓰고 있니?" 하면서 부인은 헌병 철모를 뺏어 20세 된 자기 딸에게 씌우고, 손을 잡고 해병대 여군 소위에게 달려갔다.

"해병대 소위님, 우리 딸도 남한으로 데려가 주세요! 꼭 부탁드립니다!"

이 말이 끝나자 미 해병대 승선이 끝나고, 국군 해병 1중대가 승선할 차례가 됐다. 그러나 해병대 여군 김향숙 소위는 해병대 1중대를 정지시키고, 해병대 복장을 한 소녀 60명을 승선대열로 안내했다. 그리고 헌병 철모를 쓴 아가씨를 아무 말 없이 승선대열 가운데 줄로 밀어 넣었다. 이것을 본 피난민들은 우리 딸도 데리고 가라고 딸을 앞세우고 달려왔다.

"우리 딸도 데리고 가주세요!"

애원하며 손짓했다.

소녀들이 끝나고 해병 1중대가 승선하기 시작했다. 이때를 놓칠세라 소녀들의 승선이 딸을 앞세우고 "우리 딸이라도 데려가 주세요. 군인 양반!" 하면서 눈물을 흘리고 있었다. 이 애절한 모습을 본 해병대 고참 하사들은 자신의 상의 군복을 처녀에게 걸쳐주고 철모까지 씌우고 처녀의 손을 잡고 끌고 갔다. 처녀들은 눈물을 흘리며 어머니를 목메어 부르며, 군인들 속으로 사라졌다. 이렇게 소녀들은 부모님과 작별 인사도 제대로 못한 채, 눈물을 흘리며 처음 본 남자의 손에 이끌려서 배를 타게 되었다.

(그러한 애원을 들어주고 그 피난민 처녀들과 결혼한 사람들도 있었던 것으로 전해지고 있다.)

해병 1중대 병력이 승선하고 다음으로 한국 육군이 승선하게 되었다. 승선하는 군인들 옆에서 많은 사람들은 딸을 앞세우고, "제발 내 딸만이라도 남쪽으로 데려가 주세요! 꼭 부탁입니다!" 눈물을 흘리며 애원하는 목소리를 듣고, 고참 하사관들 중 여러 사람이 그러한 애원을 들어주었다.

이제는 국군의 승선도 끝날 무렵, 저쪽에서 열을 지어 미군들이 승선장으로 들어서고 있었다. 이때 모녀가 국군 뒤를 따라가며 어머니는 눈물을 흘리며 애원했다.

"우리 딸을 제발 살려주세요! 우리 딸만이라도 남한으로 데려다 주세요!"

이것을 본 맨 뒤에서 따라가던 국군 일등병이 할 수 없이 뒤돌아 그 처녀에게 상의를 벗어 입혀 주었는데, 또 다른 어머니도 딸의 손을 잡고 달려오며 손짓했다.

"군인 양반, 이왕이면 우리 딸도 함께 데려가 주세요!"

두 처녀를 본 일등병은 잠시 망설이다가 나중에 온 처녀에게는 자신의 철모를 씌우고, 두 처녀의 손을 잡고 부대 대열로 달려갔다. 그 순간의 감격적인 모습을 본 피난민들은 모두 내 일처럼, 우레와 같은 박수로 고맙다는 인사를 대신했다.

눈보라가 휘날리는 바람 찬 흥남부두에는 마지막 병력이 승선하고 있었다. 미 제3사단 일부 병력이 마지막으로 승선하는데, 조금 전과는 달리 피난민들 중 자기 딸을 데리고 가라는 말을 하는 사람은 한 사람도 없었다. 귀한 딸을 미군한테는 맡길 수 없다는 듯, 모든 피난민들은 조용히 바라보고만 있었다. 어떤 미군은 발에 동상이 걸렸는지, 전우들의 부축을 받아 절뚝절뚝 힘들게 걷고 있었다.

미 제3사단 병력이 마지막으로 승선이 끝난 12월 23일, 마지막 수송선이 부두를 떠나려는 순간, 남아있던 피난민들은 목숨을 걸고 수송선 LST의 앞 쇠문에 필사적으로 매달렸다. 그 순간 쇠문에 끼인 사람, 쇠문에서 떨어져 바다로 떨어지는 사람! 비통과 통곡이 뒤섞인 처참한 장면이었다. '비극의 흥남 철수!' 이것이 바로 '동족상잔의 비극!'이었다.

배가 떠나자 발을 동동 구르는 사람들, 떠나는 배를 보면서 손짓하며 악을 쓰는 사람, 보따리를 바다에 던지며 통곡하고 울부짓는 사람들이 가득한 그곳은 마치 생지옥 같았다.

이때 현봉학 박사는 포니 대령의 말이 번개처럼 떠올랐다.

"하나님께 눈물로 기도하면 하나님께서는 응답해 주실 것입니다. 실망하지 말고 교인들과 눈물로 기도하십시오! 분명히 기적이 나타날 것입니다!"

현 박사는 이 말에 용기를 얻어 교인들을 한곳에 모이라고 하고, 눈물로 기도하기 시작했다.

"하나님 아버지, 도와주시옵소서. 이곳에 배를 못 탄 피난민들이 아직도 몇만 명이 있습니다. 특별히 하나님을 믿는 자들이 많습니다. 하나님 아버지, 하나님을 믿는 자들이 하나님을 모르는 불신자들에게 죽어야

만 합니까? 주여, 다시 한 번 기적을 나타내어 마지막 배를 보내 주시기를 간절히 기도합니다. 주여 믿습니다. 이 기도에 응답해 주시옵소서. 이 모든 말씀 예수님의 이름으로 기도합니다. 아멘."

기도가 끝나자 현 박사는 많은 사람들 앞에서, "주여, 주여. 주여!" 세 번 크게 외치고 "각자 기도합시다"라고 말했다.

이 말이 끝나자 많은 사람들이 하늘에 손을 올리고, 구해달라고 눈물을 흘리며 기도했다. 그 추운 가운데서도 하나님께 매달리며 기도했다. 기도가 아니라 온통 울음의 바다로 변했다. 그런데 얼마나 시간이 지났을까? 15시경 또다시 기적이 나타났다.

저쪽에서 한 사람이 달려오더니 현 박사에게 말했다.

"현 박사님, 저기 배가 옵니다! 배가 와요!"

이 말을 들은 사람들은 그쪽을 쳐다보며, "하나님 감사합니다! 감사합니다!" 환호성을 질렀다.

12월 23일 오후, 피난민 구조를 위한 마지막 배는 7,600톤급 화물선 '메러디스 빅토리'호 1척밖에 남지 않았다. 레너드 라루 선장의 고민은 깊어졌다. 정원은 60명인데 승무원 48명이 타고 있었다. 화물 25만 톤을 다 내려놔도 2,500명이 탈 수 없는데, 부두에는 아직도 수많은 피난민들이 구원의 손길을 기다리고 있었다.

현봉학 박사는 한 사람이라도 더 태워야 한다고 설득했고, 선장은 마침내 결심을 했다.

"모든 화물을 바다에 던지고, 피난민도 몸만 태워라! 특히 남자들은 앉지 못하고 모두 서서 가야 한다!"

최대 인원 1만 4,000명을 태웠다. 기적 중의 대기적이었다. '메러디스 빅토리'호에는 문재인 대통령의 부모님도 타고 있었다. 그의 선친은 북한 치하에서 흥남시청의 농업 계장을 지냈다. 황해 중 배 안에서 또다시 기적이 일어났다. 신생아 5명이 태어났는데, 미군들은 아기 이름을 '김치 1, 2, 3, 4, 5'라고 지었다. 아기들은 배 안에서 3일 동안 아무것도 먹지 못했지만, 1명도 죽지 않았다.

37세의 '레너드 라루' 선장은 '빅토리아'호에 1만 4,000명을 태우는 것은 불가능에 가까운 일이었지만 기적적으로 이루어낼 수 있었다. 3일간의 항해 끝에 1만 4,005명은 마침내 부산항에 도착했는데, 이곳 부산은 피난민으로 대만원이라 다른 곳으로 가라고 했다. 라루 선장은 할 수 없이 거제도 장승포항에 무사히 도착했다. 라루 선장은 이 모든 기적이 하나님의 은혜라고 고백했다. 선장은 이후 수도원에 들어가 평생을 수사로 봉사하며 살았다.

비극의 흥남 철수기간(12.14~12.24) 중 193척의 대소함정과 수송선에 의해 수송된 인원은 병력이 약 11만 명, 민간인(피난민)이 약 10만 명에 달했다. 또 1만 7,000대의 차량 및 장비 외에 약 3만 톤의 화물을 수송할 수 있었다. 그러나 보급품을 탑재할 선박이 부족해, 흥남항에는 400여 톤의 다이너마이트와 227여 톤의 폭탄, 그리고 200여 드럼의 휘발유가 남아 있었는데, 끝내 적재하지 못한 채 폐기되었다.

마지막 선박이 해안을 떠나자 제90기동 부대의 도일 제독은 미 해군 수중폭파팀(UDT)과 미 제10 공병대대에게 제90.03 통제반 소속의 배고함의 지원을 받았다. 흥남부두의 모든 시설과 해안에 남아 있는 탄약을 적군이 사용할 수 없도록 폭파하라고 지시했다.

한편 남으로 철수하려던 많은 피난민들은 배가 없어 피난을 포기하고, 눈보라를 헤치고 다시 집으로 돌아가고 있었다. 이때 중공군들은 적 방어 병력이 철수한 것을 알고, 밀물처럼 밀려오고 있었다. 이것을 본 비행기에서는 흥남부두로 접근해 오는 중공군들을 막기 위해, 폭격이 시작되었다.

"쿵쾅, 쾅쾅!"

천지를 뒤흔드는 폭발음은 산천을 흔들었고, 검붉은 불기둥이 여기저기서 치솟아 올랐다. 중공군들이 흥남부두 근처까지 왔는지, 함정에서도 더욱 세차게 불을 뿜었다.

집으로 가던 피난민들은 중공군의 포사격으로 길거리에서 그대로 쓰러졌다. 포탄에 맞은 사람의 팔다리가 길옆 논바닥에 떨어지고, 창자가 밖으로 흘러나왔으며, 갑자기 아수라장으로 변한 현장은 비참한 모습이었다. 이 가운데 일가족이 다 죽고 남은 어린 여자애는 어머니 등에서 기어 나와 남자애와 함께 울고 있었다.

이때 흥남부두를 마지막으로 정찰하던 헬기가 이 모습을 본 모양이었다. 헬기 한 대는 빙 돌더니 널따란 공터가 있는 장소에 앉았다. 그리고 헬기 문 옆에 있던 한 미군은 기관총으로 저쪽에서 몰려오는 중공군들에게 불을 뿜었다. 헬기 조종사는 두 어린애가 울고 있는 장소로 급히 달려갔다. 그곳에 도착한 조종사가 3세인 듯한 여자애를 안고, 7, 8세 된 남자애 손을 잡고, 헬기 쪽으로 달려가려는 순간이었다.

갑자기 헬기가 "펑" 하는 소리와 함께 산산조각으로 부서져 검붉은 연기에 휩싸이고, 기관총 사수는 폭발음과 함께 하늘로 치솟더니 저쪽 논으로 날아갔다. 이 모습을 본 조종사는 잠시 망설이다 흥남 부둣가로 달려갔다. 여자애는 안고 남자애는 손을 잡고 단거리 선수처럼 달려갔다. 작은 고개를 넘으니 부둣가가 저만치 보였다.

이때 폭파팀은 폭파장치 설치를 끝내고 작은 배를 타고 본 함정으로 가려는데, 옆 대원이 급하게 소리쳤다.

"저기 미군이 뛰어온다! 빨리 배를 대라!"

급하게 배를 타자 폭파대원 10여 명은 일제히 몸을 날려 방파제 둑으로 올라섰다. 그리고 1명은 잽싸게 저쪽으로 달려가고, 나머지 대원들은 그 주변에서 사격자세를 취했다. 있는 힘을 다해 달려간 폭파대원은 어린애를 받아 안고 방파제 쪽으로 달려오고, 또한 미군도 남자애의 손을 잡고 이쪽으로 달려오는 급박한 상황이었다. 중공군들은 고개를 넘어 두 미군을 향해 일제히 총을 난사했다. 방파제 쪽에서도 중공군 쪽으로 총탄을 날렸고, 중공군 몇 명이 언덕 위에서 두 미군을 향해 사격하니, 총알은 두 미군의 앞과 옆으로 떨어졌다. 어린애를 안고 달리는 미군이 돌아서 권총으로 중공군 1명을 명중시키고, 또 어린이를 잡은 미군이 권총으로 위협사격을 하며, 방파제 쪽과 거리는 점점 좁혀졌다.

이때 비행기와 함정에서도 요란한 소리를 내며 폭격과 함포사격을 했다. 폭격을 맞은 중공군의 몸뚱이는 하늘로 치솟아 올랐다가 사방으로 흩어져 금방 시체로 변했다.

그때 중공군 병사 한 명이 언덕 위에서 이쪽을 향해 공격신호로 나팔을 부니, 중공군들은 개미떼처럼 언덕을 넘어 '인해전술'로 밀려오기 시작했다. 방파제 쪽에서 폭파대원들도 그쪽으로 총탄을 사정없이 날렸고, 비행기와 함포사격으로 막아보았지만 중공군들은 계속적으로 밀어닥치는 숨막히는 순간이었다. 이때 어린애를 안고 달리던 미군이 중공군의 총에 다리를 맞고 쓰러지면서, 권총으로 중공군 나팔수 병사를 명중시켰다.

이것을 본 방파제 쪽에서 사격하던 2명이 재빨리 달려가 한 병사는 어린애를 대신 안고, 또 한 병사는 부상당한 미군을 부축해 이쪽으로 달려오고 있었다. 비행기는 성난 독수리처럼 폭격과 기총소사로 중공군을 사격했지만, 중공군들은 얼마나 많은지 계속적으로 밀려오고 있었다. 이번에는 함정에서 함포사격으로 막아냈다.

가까스로 방파제까지 도착한 미군들은 급히 배에 올라 함정으로 향했다. 중공군들은 방파제 주변까지 접근해 배를 향해 사격했다. 총알은 배 앞뒤로 떨어졌다.

눈보라가 세차게 몰아치는 흥남부두에는 그야말로 마지막 철수작전으로 치열한 교전이 계속되었다. 함정에서 기관총을 난사하는 가운데, 드디어 미군들은 함정에 올랐다. 그리고 곧바로 설치해둔 폭파장치를 폭파시켰는데, 흥남부두는 검붉은 불기둥이 하늘 높이 치솟아 오르며, 12월 24일 '크리스마스이브'의 흥남 해안선은 불바다로 변했다.

흥남항에 남아있던 모든 장비와 탄약, 그리고 미군의 보급품들은 모두 폭파되고, '마운트 맥킨리'함에 승선한 미 육군 10군단장 알몬드 소장과 미 해군 제90 기동부대장 도일 제독 일행이 16시 32분 흥남항을 떠남으로써, '비극의 흥남철수'는 성공적으로 마무리되었다.

이때 '굳세어라 금순아' 노래가 슬프고 또 슬프게 들려왔다.

"눈보라가 휘날리는 바람 찬 흥남부두에

목을 놓아 불러봤다 찾아를 봤다.

금순아 어디로 가고 길을 잃고 헤매었더냐.

피눈물을 흘리면서 일사 이후 나 홀로 왔다."

포위망을 뚫고 탈출

　한편 11월 29일경, 우리 해병대 일행은 후퇴하던 중 어느 동굴을 발견했다. 13명은 우선 동굴 속으로 들어갔다. 안으로 들어가니 어둡기는 하지만 제법 넓은 공간이 있었다. 이곳에서 잠시 38선까지 탈출하는 방법을 생각해 보기로 했다.

　김태민이 먼저 말했다.

　"덕재 형, 국군을 도우며 후퇴한다는 것이, 이제는 우리가 걱정이야!"

　"초산까지 진격했던 국군 6사단을 도와준다는 것이 우리가 포위될 위기에 빠졌어. 좀 더 일찍 후퇴할 것인데……"

　이덕재 역시 걱정스러운 표정으로 말했다.

　"차라리 1중대와 함께 해상으로 탈출할 것인데 잘못했어."

　"지금쯤은 38선까지 중공군과 인민군들이 쫙 깔렸을 거야. 이제는 포위망을 뚫고 38선까지 탈출해야 우리가 살아!"

　이덕재도 한숨을 길게 내쉬며 말했다.

　"덕재 형, 우리 13명이 함께 탈출하다 붙잡히면 모두 포위돼. 그러니 두 팀으로 나누어 후퇴하는 것이 좋을 것 같은데?"

　"그러면 먼저 목적지를 정하고 탈출 계획을 세우자."

"형, 우리 1팀 7명은 연평도로 목적지를 정할 거야. 형은?"

"우리 2팀 6명은 연천으로 정할 거야. 그쪽에서 근무한 일이 있어."

"형, 우리는 서해안 쪽으로, 2팀은 연천으로 탈출했다가 다시 만나. 우리 1차 만나는 장소는 연평도, 2차는 오류동 이춘옥 집으로 하지?"

"그래. 그렇게 하고 다시 만나자!"

김태민 중대장은 2팀 해병 5명을 불렀다.

"이덕재 중위는 인민군 중대장으로 서울 탈환 때 우리 편이 되었다. 우리 해병 본대를 만나면 중대장이 될 것이다. 지금부터 이덕재 중위를 중대장으로 생각하고, 38선까지 잘 모시기를 부탁한다!"

"옛, 꼭 명심하겠습니다!"

김 중대장은 이들과 일일이 악수를 나누었다.

"덕재 형, 먼저 출발해! 우리는 조금 있다가 출발할 테니, 꼭 다시 만나, 형! 몸조심하고……"

"그래. 다시 연평도에서 만나자!"

서로 굳게 악수를 하며 헤어졌다.

김태민은 남은 6명을 바라보며 말했다.

"우리의 목적지는 서해안 연평도. 목숨을 걸고라도 우리 7명은 꼭 연평도로 가야 한다. 2팀도 연평도에서 만나기로 했다. 모두 계급장과 명찰을 떼고 지금부터 탈출이다. 북한군이나 중공군 1명을 생포해 함께 동행할 것이다. 그리고 탈출 시 총소리는 절대 금지, 대검으로만 소리 없이 처치한다."

출발 전 잠시 기도를 드리겠다.

"하나님 아버지, 우리 1팀 7명이 38선까지 가려면 어려운 일도 많을 것입니다. 목적지까지 가는 동안 하나님께서 함께하셔서 무사히 연평도에 도착하게 도와주시옵소서. 2팀도 눈동자같이 사랑하사 목적지에 무사히 도착해 다시 만날 수 있게 축복해 주시기를 예수님의 이름으로 기도합니다. 아멘."

7명은 조심스럽게 밖으로 나갔다. 김태민은 이삼영과 김준모에게 선발대로 나서라고 지시했다. 잠시 쉬었다가 출발하기로 했다. 밤이 되면서 날씨가 춥고 눈발이 날렸다. 남쪽으로 가는 길을 따라 20m 거리에서 산을 타고 이동했다. 한참을 가다 보니 높은 고개가 있고 두 갈래 길이 있었다. 그곳에 도착하니 벌써 선발대 2명은 조선족 중공군 1명을 붙잡아놓고, 우리를 기다리고 있었다.

"중대장님, 조선족 중공군 1명을 붙잡았습니다."

이심영 해병이 보고했다.

"수고했다."

김태민은 중공군을 간단히 심문한 결과 새로운 것을 알게 되었다.

조선족 중공군인데 다른 부대로 가는 연락병이었다. 지금쯤은 38선까지 중공군과 인민군이 갔을 것이라 하며, 총은 없고 곤봉 같은 수류탄 3개가 있었다. 조선족 중공군이라 통역병으로 쓸 것을 생각하고 다시 물었다.

"목숨은 살려줄 테니 우리 명령에 따르겠느냐?"

"예. 무엇이든지 다 하겠습니다!"

"우리는 남쪽으로 가니 우리와 함께 가자!"

"목숨만 살려준다면 가겠습니다."

그의 고향은 단둥이고 봉천통신학교를 졸업하고 통신병이 되었다고 한다. 소지품은 양 어깨에 멘 주머니 같은 것이 두 개인데, 하나는 옥수수 삶은 것과 또 하나는 콩을 삶아 볶은 것이었다. 중공군은 주머니 두 개를 땅에 내려놓고, 함께 먹자는 것이었다. 우리는 배고픈 김에 옥수수와 콩 볶은 것을 다 먹었다.

우리 일행은 밤낮 며칠을 산을 타고 남쪽으로 왔지만 먹을 것이 없어 큰 걱정이었다. 추위와 배고픔이란 이루 말할 수가 없었다. 산을 넘으니 농촌 마을이 나타났다. 우리는 잠시 쉬고 가기로 했다.

이때 갑자기 중공군이 말했다.

"배고파 죽겠습니다. 마을로 가서 먹을 것을 얻어 오겠습니다."

"안 된다. 중공군이나 인민군에 신고하면 우리는 모두 죽는다!"

김태민은 명령조로 말했다.

이때 김준모 해병이 말했다.

"중대장님, 제가 마을에 내려가 먹을 것을 얻어 오겠습니다!"

"위험하다. 중공군이나 인민군에게 붙잡히면 포로가 된다!"

"굶고 계속 걸을 수는 없지 않습니까? 허락해 주세요!"

김준모 친구인 이삼영 해병이 급하게 말했다.

"중대장님, 준모는 마음만 먹으면 꼭 해내는 성격입니다. 한번 믿어 봅시다!"

"위험하지 않을까?"

"중대장님, 30분 안으로 안 오면 출발하세요. 저는 다른 길로 가겠습니다!"

"무슨 일이 생기면 해병정신으로 탈출해서 연평도에서 꼭 만나자."

"예, 기필코 연평도로 가겠습니다."

중대장은 김준모 해병의 손을 잡고 잠시 기도를 드렸다.

준모는 30호 정도 되는 작은 마을, 산 밑 집으로 찾아갔다. 식구라고 는 노인 내외뿐이었다. 준모는 할아버지에게 사정사정하여 수수밥 두 그

룻과 고구마 반 자루를 얻었다. 준모의 눈에서는 눈물이 왈칵 솟았다. 얼굴도 모르는 사람에게 위험을 무릅쓰고 먹을 것을 준 노인이 너무나 고마웠다. 준모는 고맙다는 인사를 몇 번이나 하고 노인이 준 것을 들고 마당을 거쳐 밖으로 나왔다.

밖으로 나오자 뜻밖에 인민군 장교와 여군이 갑자기 나타났다. 마을 주민 중 누군가가 신고를 한 것 같았다.

"손들엇!"

인민군 장교가 큰소리로 말했다. 그런데 여군은 준모를 똑바로 쳐다보며 눈짓을 했다. 준모는 이상히 생각하며 손을 들고 다시 쳐다보았다. 여군은 다시 눈으로 무슨 신호를 보내는 것만 같았다. 정말 이상한 일이었다. 잠시 후 인민군 장교는 끈으로 준모의 손을 묶으려고 대들었다. 그 순간 여군은 따발총으로 인민군 장교의 어깨를 사정없이 내려쳤다. 여군의 신호가 이것이었구나! 번쩍 떠오르며, 준모는 번개같이 달려들어 인민군 장교의 목을 손으로 누르면서 숲속으로 끌고 갔다. 여군 역시 도와주었다. 완전히 죽은 것을 확인하고, 인민군 장교 복장으로 갈아입었다. 그리고 인민군 장교 시체는 숲속에 처박아 놓았다.

여군과 숲속에 앉아 잠시 이야기를 나누었다.

"나는 국군 해병이오! 왜 나를 구해 주었소?"

"나는 벌써부터 남조선으로 탈출계획을 세우고 기회를 노리다 오늘 실행했습니다. 함께 갑시다!"

여군은 눈빛을 빛내며 작은 소리로 말했다.

"정말이요? 생명의 은인인데 동행합시다!"

"감사합니다. 잘 부탁합니다."

준모는 시계를 보며 말했다.

"우리 일행이 있는데, 30분이 넘으면 먼저 출발하라고 말했으니, 우리 둘이는 따로 탈출합시다!"

김태민은 30분이 넘었는데 준모가 오지 않아 걱정하고 있었다.

"중대장님, 30분이 넘으면 먼저 출발하라고 했어요. 자기는 다른 곳으로 탈출해 연평도로 가겠다고 했습니다."

"그래? 그러면 우리는 어서 출발하자."

인민군 여군은 조용한 음성으로 말했다.

"저 고개를 넘으면 인민군 초소가 있고, 좀 더 가면 중공군 지역이에요. 인민군 초소에서 보초병을 처치해야 통과할 수 있어요."

"그러면 보초병을 먼저 처치합시다. 여군이 먼저 앞장서시오! 나는 뒤에 따라 가리다."

"좋습니다. 실수 없이 확실히 처치합시다!"

인민군 여군은 앞장서 걸어갔다. 준모는 조금 뒤에 따라갔다. 여군 하사는 경비초소로 곧장 들어가 보초병과 무슨 말을 하다가, 인민군 장교로 위장한 준모가 들어가니 보초병은 거수경례를 했다. 슬쩍 보초병을 확인하고 준모는 재빨리 두 손으로 보초병의 목을 쥐고 힘을 가했다. 여군 하사는 총 개머리판으로 머리를 힘껏 내려쳤다. 보초병은 힘없이 그 자리에 쓰러졌다.

잠시 후 보초병 한 명이 화장실에 다녀오는지 초소로 걸어왔다. 준모는 문 뒤에 숨어 있다가 귀신도 모르게 처치했다. 준모와 여군은 배낭 두 개에 필요한 물건들을 넣고, 숲속으로 숨어들었다. 저 고개 너머에는 노인의 말대로 중공군이 득실득실할 것이다. 둘의 험난한 탈출이 시작되었다.

해가 기울고 날이 어두워지기 시작했다. 여군과 함께 조심조심 발걸음을 옮겼다. 중공군들이 거미줄처럼 진을 치고 불을 피우고 있었다.

인민군 여군은 잠시 자기소개를 했다. 고향은 신의주이며 20세의 인민군 하사로, 이름은 이명숙이라고 했다. 이야기를 나눈 후 김준모는 어떻게 하든지 함께 탈출할 것을 결심했다.

새벽이 되었다. 아침으로 노인이 준 음식을 먹었다. 우리는 다시 숨을 죽이고 장애물을 이용해 앞으로 나갔다. 한참을 가다 보니 산이 끝나고 넓은 들판이 나타났다. 낮에는 한 발짝도 움직일 수 없었다. 넓은 들판을 지나려면 밤을 이용하고, 둘은 교대로 잠을 자기로 했다.

먼저 명숙을 자라고 하고 준모는 망을 보았다. 그런데 갑자기 이상한 생각이 독사머리처럼 솟구쳤다. 옆에 누워 자는 명숙을 보니, 군복 속으로 오뚝 솟아오른 젖가슴은 살짝만 건드려도 금방 "펑" 하고 터질 것만 같았다. 그리고 꼭 껴안고 싶은 충동까지 생겼다. 그러나 한편으로는 무사히 탈출해 연평도까지 가려면 걱정이 밀려왔다.

김준모가 빠진 7명은 밤낮으로 험한 산길을 걸었다. 춥고 배고픔으로 지쳐 거의 탈진 상태에 이르렀을 때, 저 산 밑에 민가가 눈에 들어왔다. 그 순간 세 해병은 적진에 갇혀있다는 처지를 생각할 겨를도 없이, 자석에 끌려가는 쇠붙이처럼 위험을 무릅쓰고 농가로 접근해 갔다. 김용호, 이삼영, 오덕상 3명의 해병은 도둑고양이처럼 숨을 죽이면서, 어느 집 부엌으로 살며시 접근했다. 때마침 할머니가 밥을 푸고 있었다. 이것을 본 이삼영은 "아이고, 밥 밥!" 하면서 부엌으로 뛰어 들어갔다. 오랜만에 밥을 보는 순간 이성을 잃었던 것이다. 나머지 2명도 밥솥에 손을 넣고, 한 주먹 움켜쥐었다.

불의의 기습을 당한 할머니는 "아악!" 소리를 지르며 방 안으로 뛰어

들어갔다. 방 안에는 여러 명의 중공군이 있었다. 쌀을 가지고 자기 부대의 밥을 지으러 온 중공군들이 할머니가 밥 짓는 동안 잠깐 잠을 자고 있다가 할머니의 다급한 비명에 놀라 무작정 밖으로 뛰어 나왔다.

부엌에 들어간 세 해병도 밥통을 들고 뛰어나왔다. 너무나 갑자기 생긴 상황에 서로가 놀라 총도 겨눌 겨를도 없이, 중공군은 정신없이 자기 부대 방향으로 뛰었고, 밥통을 든 해병들은 산 위를 향해 뛰었다. 우리 해병들은 위기일발의 급박한 상황에서도 생명만큼이나 귀중한 밥통만큼은 놓치지 않고 들고 뛰었다. 늘 중공군에 쫓겨야 했던 우리는 밥통 쟁탈전에서나마 승리하게 된 것을 기뻐하면서, 오랜만에 옥수수 잡곡밥이었지만 배를 즐겁게 할 수 있었다.

김태민 일행은 목숨을 걸고 밤낮으로 남쪽으로 온 결과, 평양을 지나 사리원에 도착했다. 그곳에서 다시 산길로 남쪽으로 가던 중, 중공군에 붙들리고 말았다. 포로가 된 7명은 무기를 뺏기고, 불안한 마음으로 탈출을 생각해 보았다.

잠시 후 중공군 소대장이 중대장을 데리고 왔다. 그런데 '하늘이 무너져도 솟아날 구멍이 있다'란 속담처럼 기적 같은 일이 일어났다. 북진 중 어느 마을에서 중공군 부상자를 치료해 주었는데, 그때 함께 있던 왕 중대장을 이곳에서 만나게 되었다. 서로 얼굴이 마주친 순간 두 사람은 달려와 서로 부둥켜안고 기쁨과 감격의 눈물을 흘렸다.

"왕 중대장!"

"귀신 잡는 해병 중대장!"

두 사람은 많은 말이 필요 없었다. 전번에는 부상당한 중공군을 치료해 주었는데, 이번에는 그 보답을 받게 되었다. 그 보답으로 식당에서 중국 음식을 배가 터지도록 먹었다. 그리고 그날 밤은 중공군 부대 내 장교

숙소에서 오랜만에 편안한 잠을 잤다.

이튿날 아침에도 맛있는 중국 음식으로 식사를 하고, 김태민은 왕 중대장에게 털모자 7개와 중공군 군복 두 벌을 얻었다. 바람막이로 털모자는 하나씩 쓰고, 중공군 동계 복장은 따뜻해, 한순옥 여 해병과 막내인 오덕중 해병에게 입으라고 주었다. 또 왕 중대장은 가면서 먹으라고 미숫가루를 두 자루나 주었다.

또 특별히 왕 중대장과 몇몇 부하들은 남쪽으로 가는 길을 안내까지 했다. 왕 중대장은 한순옥 여 해병 앞으로 가면서 말했다. "우리 중국 쌀람이 한국 쌀람 여자 많이많이 좋아해!" 하면서 한 해병의 총을 부하에게 맡기고, 한 해병을 억지로 업지를 않는가! 그리고 좋아서 싱글벙글 웃으며 입고 가고, 그의 부하들은 부러운 듯 쳐다보며 걸어갔다.

한참 가다가 왕 중대장의 마지막 초소인지 정지 명령을 내리고, 그곳에서 잠시 쉬게 되었다. 왕 중대장은 주머니에서 수첩을 꺼내더니 그곳에다 무엇인지 쓰고, 옆에다 사인을 했다. 그 쪽지를 뜯어 김태민에게 주었다. 그 종이에 쓴 내용을 중공군 조선족 병사에게 물었다.

"이 한국 군인들은 적이지만 우리 중공군이 부상을 당했을 때, 치료해주고 먹을 것을 준 고마운 사람들이다. 그 은혜의 보답으로 이분들이 중공군 부대를 찾아왔을 때는 잘 먹이고, 잘 재워서 남쪽으로 보내주기를 부탁한다!"

그리고 끝에는 왕 중대장의 소속과 이름에 사인이 있다고 말했다.

김태민은 중공군 왕 중대장에게 고맙다는 인사를 하고 굳은 악수를 했다. 또 중공군 조선족 통역병사는 왕 중대장에게 태민의 말을 전해주겠다는 말과 함께 다음에 또 만나면 서로가 총을 쏘지 말고 도와줄 수 있다면 도와주기로 약속했다.

김태민은 잠시 걸음을 멈추고, 서로 손을 잡고 하나님께 감사의 기도를 드렸다. 남쪽으로 가는 동안 중공군 부대를 만나면 찾아가기로 했다. 무엇을 바라고 중공군 부상병을 치료해 준 것도 아닌데, 몇 배의 도움을 받게 되었다. 중공군들은 남에게 도움을 받으면 꼭 보답해 주라는 특별 교육을 받은 후, 국경선을 건너온다는 것이다. 김태민은 이 모두가 하나님의 도우심과 은혜라고 생각했다.

산 너머 남쪽으로 가고 있을 때, 어디선가 서툰 발음으로 "아버지, 같이 가자! 같이 가자!" 하는 소리가 들려왔다. 황급히 돌아보았더니, 옆구리에 심한 총상을 입은 미군 상사가 숲속에서 신음을 하고 있었다. 아는 한국말이라고는 '아버지, 같이 가자'뿐인 것 같았다. 그러나 그가 애원하는 뜻이 무엇인지 아는데, 차마 모르는 척할 수도 없었다. 김태민은 급하게 말했다.

"이삼영과 오덕상 해병이 부축하고 가자!"

"옛."

이 말을 들은 두 해병은 다친 미군 상사를 양쪽에서 부축하고 걸었다. 김태민은 우선 급한 것은 응급처치라도 해야 하는데, 별다른 생각이 떠오르지 않았다. 먼저 미군의 부상 상태를 살펴보기로 했다. 김태민은 미군 병사 가까이 가서 상처 난 곳을 자세히 보려고 하는데, 갑자기 옆구리 부위에서 "물컹" 하고 내장이 쏟아지면서 뜨거운 피가 주룩주룩하고 흘러내렸다. 그 자리에 눕혀놓고 김태민은 가슴을 흔들어 보았지만, 거친 호흡소리만 들렸다. 태민은 해병들에게 땅을 파라고 지시했다. 해병들은 야전삽으로 땅을 파는데 언 땅은 좀처럼 파지지 않았다. 미군 상사의 거친 숨소리가 점점 작아지더니, 끝내 눈을 감고 말았다. 남의 나라를 도와주려고 왔다가 적지에서 죽다니 눈물이 흘러내렸다. 이 장면을 부모님이

본다면 얼마나 가슴 아파 할까!

　해병들은 뜨거운 눈물을 흘리며 미군 상사의 시체를 땅에 묻었다. 그리고 그 병사의 M1소총을 거꾸로 꽂아놓고 철모를 씌워놓고, 해병들은 머리를 숙인 가운데 김태민은 조용히 기도했다.

　"인류의 평화를 위해 이역만리 한국 전선에서 산화한 미국의 젊은이들이여! 길이 평화의 깃발 아래, 유엔의 깃발 아래 고이 잠드소서!

　산을 넘고 며칠을 남쪽으로 이동했다. 계속해서 이동하던 중 중공군 부대를 발견하고 정문으로 갔다. 김태민은 왕 중대장이 써준 쪽지를 정문 경비병에게 보였다. 경비병은 다시 경비 반장에게 보였다. 경비 반장인 중공군 상사는 쪽지를 본 후, 고개를 끄덕이며 악수를 청했다. 그리고 부대 인으로 들어가더니, 중대장과 조선족 한 명이 함께 왔다. 그들은 환하게 웃으며 김태민 일행과 악수를 나누었다.

　곧바로 식당으로 들어갔다. 조선족 중공군 통역병의 "환영한다!"는 말과 함께 맛있는 중국 음식이 나왔다. 모두 배불리 맛있게 먹었다. 식사가 끝나자 중공군 중대장의 말을 중공군 통역병이 전해줬다.

　"오늘 밤은 이곳에서 자면 좋겠지만, 시간이 없어 밤에도 빨리 남쪽으로 이동하시오! 우리 중공군은 서울 탈환을 계획하고, 중공군 3차 총공세가 1월 1일부터 시작됩니다. 그러니 빨리 서울 이남으로 철수하시오! 먹을 것을 줄 테니 이것을 먹으며 오늘 밤으로 38선을 넘으시오. 이것은 1급 비밀이며, 이곳은 상림이란 곳이오. 38선까지 28km(70리) 남았습니다. 그럼 꼭 성공을 빌겠소!"

　중공군 중대장과 악수를 하고, 먹을 것을 두 자루나 받았다. 김태민은 고맙기도 했지만, 또다시 서울을 내주게 된다는 비극적인 말을 듣고 통탄을 금할 수가 없었다. 중공군 대위는 우리 민족의 비극인 '1·4 후퇴'

를 '예고'했던 것이다. 그날 밤은 모두 슬픔에 잠겨 철야 이동을 결심하고, 우리 일행은 남쪽으로 부지런히 걸었다.

김태민 일행은 철야 이동으로 산을 넘고 또 넘어 새벽이 밝아왔다. 산골짜기를 따라 내려오는데, 저 밑에 농촌 마을이 잡힐 듯 보였다. 김태민은 거의 38선 근처까지 왔을 거라고 생각하고, 기도를 드렸다.

"하나님 아버지, 이곳까지 오는 동안 한 달이 걸렸고, 눈보라 치는 동안도 잘 보호해 주시니 감사를 드립니다. 이제 기다리던 38선이 가까운 것으로 알고 있습니다. 이 38선만 넘으면 자유의 땅입니다. 우리 7인의 해병들 다치지 않고 끝까지 지켜주시기를 예수님의 이름으로 기도합니다. 아멘."

기도를 마치고 좀 더 내려오는데, 갑자기 앞에서 "누구냐? 손들엇!" 하면서 10여 명의 인민군들이 총을 겨누었다.

김태민은 손을 들고 앞이 캄캄해지면서, 38선까지 와서 죽는구나 생각하니 기막힌 신세가 되었다. 인민군 10여 명이 총을 겨누고 포위해 오는데, 비호 같은 해병들도 속수무책으로 당할 수밖에 없었다. 이제는 운명을 하늘에 맡기는 수밖에는 없었다. 인민군들은 총을 겨누고 2, 3명이 해병들의 무기를 탈취한 후, 한자리에 모이게 하고 무기는 그 앞에 모아 놓았다.

잠시 후 인민군 대위와 소위, 하사 등 3명이 오니, 인민군 병사들은 돌아갔다. 인민군 하사 한 명은 무기 앞에서 감시하고, 인민군 대위가 이쪽으로 오더니 포로들을 향해 말했다.

"계급이 높은 동무가 누구냐?"

"저입니다."

"소속과 계급은?"

"해병대 대위입니다."

"해병대! 귀신 잡는 해병대란 말이냐?"

"예, 맞습니다."

"대위 동무는 통영상륙작전 때 참전했었나?"

"예, 참전했습니다."

"이 악질 반동분자 오늘 잘 만났다. 내 동생이 통영작전에서 너희들에게 전사했다. 오늘 모처럼 동생의 원수를 갚게 됐구나! 대위 동무는 인천상륙작전에도 참전했나?"

"예, 참전했습니다."

"이 간나이 새끼! 진짜 악질 반동이구만……"

잠시 후 인민군 대위는 다시 물었다.

"통영상륙작전에서 얼마나 잘 싸웠길래 미국 놈들의 여성 동무가 귀신 잡는 해병대라고 소개했나?"

"해병은 명예와 전통을 위해 귀신같이 싸웠다!"

"그러면 한 가지 더 묻겠다. 동무는 인천상륙작전 주인공인 맥아더 웬수를 만나봤나?"

"예, 웬수가 아니라 오성장군 원수입니다."

"동무는 대단한 인물이군! 남조선에선 영웅대접을 받겠구만. 동무는 죽이기는 아깝고 북조선으로 오면 소령 대우를 해주겠다."

"동족상잔의 장본인 김일성한테는 안 가겠다!"

"동무, 주디 닥치라오! 김일성 수령님이지. 무식하게 김일성이 뭐야! 할 수 없이 죽여야 하겠군. 동무, 죽기 전 마지막으로 할 말은 있는가?"

인민군 대위는 이 말을 하면서 허리에서 권총을 빼어 들었다.

"여기까지 와서 죽는 것이 너무나 마음이 아프다! 찬송가 493장 2절이 끝나면 총을 쏴라!"

"좋다! 마지막으로 노래나 한번 들어보자!"

이때 김태민 중대장 애인인 한순옥 여 해병은 무릎을 꿇고 눈물을 흘리며 하나님께 기도했다.

김태민은 하늘을 보며 찬송을 시작했다.

"하늘 가는 밝은 길이 내 앞에 있으니 슬픈 일은 많이 보고 늘 고생하여도, 하늘 영광 밝음이 어둔 그늘 헤치니 예수 공로 의지하여 항상 빛을 보도다."

1절이 끝나고 김태민 얼굴에선 눈물이 주르르 쏟아졌지만, 환한 얼굴에선 하늘로부터 밝은 빛이 내리며 한없이 아름다웠다.

다시 2절이 시작되었다.

"내가 염려하는 일이 세상에 많은 중⋯⋯"

이때 갑자기 옆에 서 있던 인민군 소위의 권총이 "탕탕!" 소리와 동시에 불을 뿜었다. 총에 맞은 인민군 대위는 썩은 나무가 쓰러지듯, 가슴에서 피가 솟구치며 땅으로 뒹굴었다. 그리고 인민군 소위의 권총 구멍에선 하얀 연기가 모락모락 피어올랐다. 기도하다 총소리를 들은 한순옥 해병은 벌떡 일어나 "중대장님!" 하면서 태민에게 달려와 꼭 안았다.

잠시 후 이쪽에서도 기적이 일어났다. 앞에서 해병들의 무기를 감시하던 인민군 하사와 이삼영의 눈이 마주치자, 반짝 빛나며 두 남북 병사는 달려가 부둥켜안았다.

"너 안기덕 맞지?"

"너는 이삼영 맞지!"

남북 두 병사의 눈에서는 폭포수처럼 눈물이 쏟아지며 "사총사의 한 사람인 안기덕을 만났구나! 이제는 김경수만 만나면 다 만난다" 하며 둘은 기쁨과 감격의 눈물을 흘리고 있었다.

인민군 소위는 김태민을 바라보며 말했다.

"우리 아버지도 교회 장로님이었습니다. 어서 남한으로 가시오!"

"고맙소! 이왕이면 저 인민군 하사도 보내주시오!"

"내 연락병인데…… 좋소, 함께 가시오!"

인민군 소위는 조금은 섭섭한지 "잘 가시오!" 하며 눈물이 나는지 고개를 숙였다.

김태민 역시 눈물을 흘리며 "잘 있어요!" 하고 마지막 인사를 했다.

이 말이 끝나자 해병 대원들은 일제히 "와! 해병대 만세! 대한민국 만세!" 큰소리로 외치며, 뜨거운 해병의 눈물이 줄줄 흘러내렸다.

한참을 오다 보니 38선이란 푯말이 세워져 있었다. 김태민은 조용히 앉으라고 손짓했다.

"하나님 아버지시여, 정말 감사합니다. 죽음에서 구원해 주시고 더구나 사총사의 한 사람인 안기덕 인민군 하사까지 보내주시니, 더욱더 감사를 드립니다. 하나님 아버지, 이 시간 38선에서 간절히 기도합니다. 이 원한의 38선의 쇠사슬을 하나님 능력의 지팡이로 끊어주사, 남북 동포가 자유롭게 왕래하며, 남북한 이산가족이 안 생기게 이 민족을 축복해 주시옵소서. 또한 우리의 목적지인 연평도에 도착할 때까지 도와주시옵소서. 이 모든 말씀 예수님의 이름으로 기도합니다. 아멘."

인민군으로 위장해 탈출

한편 이덕재 해병 중위는 이북 출신 4명과 중국어 통역병과 함께 연천군 전곡으로 목표를 정했다. 이곳으로 목표를 정한 것은 인민군 소위 때 전곡 38선 북쪽에서 근무한 일이 있었기 때문이었다. 그러나 평양 위 개천에서 인민군과 중공군의 눈을 피해 38선까지 탈출하는 것은 매우 위험한 일이었다. 특별히 6명은 이북출신으로 사투리를 쓰기에 좀 유리한 점도 있지만, 그래도 38선까지 포위망을 뚫고 탈출하기란 기적과 같은 일이었다.

사실 남쪽으로 탈출한다는 것은 쉬운 일이 아니다. 험악한 산줄기를 타고 가자면 굶어 죽을 것이요, 인가를 찾아가면 보고하는 통에 무사할 수가 없었다. 그러므로 밥을 구걸해 먹으며 남쪽으로 간다는 것은 전혀 불가능한 일이다. 그래서 전원 인민군 복장으로 위장해 탈출하기로 했다.

"모두 이쪽으로 모여라. 지금부터 38선까지 탈출하려면 죽을 고비를 몇 번 넘겨야 성공할 것 같다. 우리 전원 6명은 인민군으로 위장해 탈출할 것이니 계급, 명찰, 수첩 등 모두 땅 속에 묻어라. 그리고 인민군 복장으로 이동 중 인민군 경비병에게 걸리면, 북한 사투리로 우리는 국방군과 싸우다가 포위됐다, 포위망을 뚫고 탈출해 남쪽으로 이동한 본대를 찾아가는 길이라고 할 것을 꼭 명심할 것."

우리는 새벽에 민가로 들어가 주인에게 사정 이야기를 하고 밥을 얻어먹고, 민간복 두 벌을 얻었다. 그리고 그 집 17세 아들이 숨어 있는데, 남쪽으로 보내달라는 요청에 따라 아들 1명을 포함한 7명의 남쪽으로의 탈출이 시작되었다.

산 하나를 넘으니 아침 해가 붉게 솟아올랐다. 그런데 저쪽에서 인민군 2명이 총을 메고 걸어갔다. 우리는 인민군 2명을 감쪽같이 처치하고, 인민군 복장으로 위장했다.

이 중위는 인민군 복장은 이 중위와 한 해병이 입고, 또 2명은 민간인 옷으로 갈아입고 손에 줄을 매어 초소 쪽으로 끌려 가는 척하고, 3명은 초소 근처에 숨어서 대기하라고 지시했다. 저쪽에 경비초소가 보이고 인민군 한 명이 서 있었다.

인민군으로 위장한 이 중위가 악을 쓰며 민간인에게 욕을 했다.

"이 반동분자 간나새끼들, 날래날래 가라우야, 도망가면 이 간나새끼들 모두 총살이다야!"

큰소리를 듣고 초소 안에서 인민군 중사 1명과 사병 1명이 나오고, 인민군은 모두 3명이었다.

초소 가까이 가서 인민군으로 위장한 이 중위는 다시 명령했다.

"허튼 짓을 하면 바로 없애버리가서야. 거기 잠깐 서 있어라우야. 인민군 동무들, 담배 하나만 주시라요?"

이 말을 하면서 인민군 앞으로 바짝 다가섰다. 인민군 한 명이 담배 한 가치를 주며 불을 붙이려는 순간, 가짜 인민군 2명과 민간인 2명이 잽싸게 달려들어 목을 눌렀다. 이때 잠복한 3명이 달려 나와 인민군의 총을 빼앗고, 남성의 고환을 힘껏 발로 차올렸다. 인민군은 금방 얼굴이 노랗게 변하며 숨을 거두었다. 3명은 알몸으로 만들어 산으로 끌고 갔고, 가짜 인민군은 5명이 되었다.

인민군 중사로 변한 이 중위는 자신감 있게 말했다.

"앞으로 인민군 대위와 사병복장만 구하면 우리 8명은 진짜 인민군이 된다. 저 산을 넘어 빨리 후퇴하자. 놈들이 쫓아오기 전에……"

8명은 단숨에 산 두 개를 넘었다. 산 밑은 마을이 있었고, 그 옆 산길에는 제법 큰 도로가 나타났다.

이 중위는 인민군으로 위장한 1명은 저쪽 언덕 위 길 옆에서 매복해 있다가, 인민군 대위가 탄 차가 올라오면 이쪽으로 빨리 신호를 보내라고 지시했다. 한참을 기다리니 저 쪽에서 손 흔드는 것을 보고, 급히 가짜 인민군 4명과 민간인도 함께 갔다. 그리고 잠시 후 인민군 중사로 위장한 이덕재가 인민군 대위가 탄 차를 정지시켰다.

인민군 중사로 위장한 덕재가 인민군 대위에게 경례를 하고 말했다.

"군관 동무! 사건이 발생해 검문을 하겠습네다!"

"뭐라고? 중사 동무, 군관을 검문해!"

인상을 쓰며 허리에서 권총을 빼려고 했다.

"끌어내!"

이덕재의 명령과 동시에 인민군으로 위장한 한 명이 인민군 대위의 턱을 강타하고 목을 졸라맸다. 인민군 대위는 잠시 발버둥 치다가 그 자리에 쓰러졌다. 알몸이 된 인민군 대위의 시체는 산으로 옮기고, 이덕재는 인민군 대위로 변신했다. 운전병은 하사인데 생포해 심문해보니, 집은 인천이고 6·25전쟁 발발 며칠 후 강제로 끌려갔다고 말했다.

인민군 차는 트럭이었는데 그 안에는 인민군 군복과 무기가 실려 있었다. 완전히 인민군으로 위장한 8명은 차를 타고 남쪽으로 달리다 깊은 산골짜기에 들어가 차를 버리고, 산을 타고 신속하게 이동했다.

산을 넘고 보니 마을이 보이고 넓은 들판으로 이어졌다. 8명 전원은 인민군 복장에다 무기까지 인민군들 것이었다. 큰 도로로 나가기 전 이 중위는 주의사항을 전달했다.

"나는 인민군 대위로 앞장서고, 맨 뒤에는 중사가 따른다. 우리 8명은 도로로 이동할 때 인민군 용사답게 씩씩한 모습을 보이고, 옆으로 차가 지나가도 신경 쓰지 말고, 앞만 보고 행군한다!"

도로로 나온 이덕재 인민군 대위는 조금은 불안했지만, 선두에서 씩씩하게 행군해 나갔다. 이동하는 동안 차는 몇 대 지나갔지만, 신경 안 쓰고 앞만 보고 행군을 계속했다.

잠시 후 뒤에서 지프차 엔진소리가 들리며, 이덕재는 갑자기 예감이 좋지 않았다. 지프차가 옆으로 천천히 지나가는 순간, 이덕재는 자신도 모르게 차를 쳐다보게 되었다.

그런데 지프차는 속도를 줄이더니 이덕재 앞에 서고, 그쪽에서 이덕재보고 오라고 손짓을 했다. 덕재는 가슴이 철렁 내려앉으며 그곳으로 달려갔다. 덕재는 운전석을 바라보니 대령 계급장을 단 고급장교가 있는데, 어디서 많이 본 얼굴이었다. 이덕재는 인민군 대위로 차렷 자세로 경례를 붙었다.

"아니, 이덕재 동무가 아닌가? 오래간만에 만나는군!"

"옛, 군관동무님!"

"지금 어디로 가는 길이냐?"

"옛, 국방군과 전투 중 포위됐다가 탈출해, 남쪽으로 이동한 본 부대를 찾으러 갑니다!"

"이 동무, 고생이 많군!" 하면서 인민군 대령은 종이에 소속과 계급,

이름, 전화번호를 쓰고 사인까지 했다. 그러고는 그 종이를 건네며 친절하게 말했다.

"이 동무, 애로사항이 있다면 전화하거나 곧바로 찾아와! 전방이 싫다면 후방 고향에 있는 부대로 빼줄게……"

"옛, 군관동무님, 정말 감사합네다!" 하며 경례를 붙였다.

지프차는 앞으로 달려갔다. 이덕재는 정신을 차리고 종이를 확인했다.

"소속: 인민군 총사령부. 작전 참모장, 대좌 박철중, 사령부 전화번호 ○○○-○○○○"

'야! 인민군 총사령부 작전 참모장 대좌(대령) 박철중.' 이제는 겁날 것이 하나도 없다!

마치 하늘을 나는 기분이었다. 38선까지는 큰소리치며 무사통과할 것만 같았다. 작전 참모장 '빽'이 있지 않은가! 이제는 이 쪽지만 있다면 당당하게 인민군 대위 행세를 할 수 있다고 생각했다. 작전 참모장 권력이……

6·25전쟁이 나기 전 이덕재는 인민군 소대장이었다. 그 당시 대대장이 지금 참모장이었는데, 대대 사격대회에서 이덕재는 당당히 1등을 했던 것이다. 그때 대대장의 표창장을 받으면서 알게 되었다. 그 후로도 대대장은 그를 잘 돌보아 주고 친동생처럼 사랑해 주었다. 자신은 지금 국군 해병으로 인민군 대위로 위장했는데, 자신을 불러 자신의 소속까지 써주니 남쪽으로 탈출하는 데 큰 도움이 될 것으로 생각했다.

기분이 좋아 신바람이 나서 이동하는데 길옆에 인민군 초소가 있었다. 그러나 이덕재는 인민군 대위로 참모장의 권력으로 겁나는 것이 하나도 없었다. 초소 앞에 다다르자 인민군 초소병이 정지 신호를 했다. 이덕재는 기분이 좋지 않았다.

"군관동무, 검문을 하겠습네다!"

"동무는 뭐야?"

"누구를 막론하고 검문하라는 상부의 지시가 있었고, 사건이 발생해 지금 비상입네다."

인민군 사병 몇 명이 앞을 가로막고 말했다.

"인민군 동무들, 군관도 몰라봐! 건방지게……"

"상부의 지시라 우리도 어쩔 수가 없습네다."

"동무, 상급자 동무가 누구야? 불러와!"

잠시 후 하사가 나왔다.

"하사 동무가 상급자야?"

"옛."

"동무는 남조선 군대야? 북조선 군대냐? 상관에게 경례도 없고, 거기다가 군관을 검문해, 이 간나 새끼야!" 하면서 발로 무릎을 세게 차버렸다. 인민군 하사는 저쪽에 가서 거꾸로 처박혔다.

화가 난 이덕재는 다시 말했다.

"이리와, 내가 누군지 알고 검문해! 이 간나이 새끼들……"

"인민군 대위 군관 동무가 행방불명으로 비상 중입네다! 상부에서 누구를 막론하고 철저히 검문을 지시했습네다!"

"행방불명이 우리 때문이야? 동무들은 모두 총살감이다!"

이덕재는 다시 하사의 얼굴을 주먹으로 강타했다. 저쪽에 쓰러진 하사는 코피가 줄줄 흘러내렸다.

"처음이라 용서해준다. 가자, 재수 없게……"

이덕재 부하들은 이제 죽었구나 하며 모두 떨고 있었다. 그러나 이덕재와 7명은 다시 씩씩하게 걸어갔다.

한참 가다 보니 군 트럭 두 대가 갑자기 우리 앞에 차를 세우고, 1개 소대 병력이 차에서 내려 포위하고 총을 겨누고 있었다. 초소에서 부대로 연락해 출동한 것 같았다. 이덕재는 가슴이 철렁 내려앉고 겁이 났지만, 작전 참모장의 빽을 믿고 태연하게 말했다.

"동무들은 상관의 모욕죄로 전화 한 통이면 모두 총살감이다! 상급자 동무가 누구냐? 나와 봐!"

"옛" 하고 나오는데 보니, 이 무슨 귀신이 곡할 노릇인가! 전 부대에서 데리고 있던 소대장이 아닌가!

"동무! 박 소대장 동무가 아닌가?"

"중대장님, 여기서 만났군요. 정말 죄송합네다!"

너무나 반가운지 중대장을 얼싸안고 눈물을 흘렸다. 이 장면을 본 인민군들이 총을 내리고 멍하니 쳐다보고 있었다.

"소대장 동무를 여기서 만나다니 꿈만 같구만!"

"이 중대장님, 서울 탈환에서 전사한 줄만 알았습네다."

"동무들을 두고 내가 죽으면 안 되지……"

"중대장님, 이렇게 대해 정말 죽을죄를 지었습네다!"

"고위층에 권력 있는 동무가 우리 사촌 형인데, 전화 한 통이면 모두 총살되거나 탄공으로 갈 것인데 정말 기적이 일어났구나!"

"중대장 동무님, 저를 봐서 용서해 주시라요!"

"알았다. 우리는 배도 고프고 갈 길이 멀다. 한 차는 동무들을 보내고, 또 한 차는 우리가 타고 가야겠다."

"그렇게 하시지요. 제가 다음 인민군 부대까지 안내해 드리겠습니다."

"동무들은 모두 차를 타고 부대로 돌아가기 바란다."

이덕재는 일행들과 함께 차를 타고 남쪽에 있는 인민군 부대로 갔다. 소대장 동무의 말에 의하면, 전 부대에서 이덕재 중대장과 함께 근무하던 김 중사가 이곳 부대에서 상사로 있는데, 그 부대에서 식사를 할 생각이란다.

차는 남쪽으로 한참을 달려 어느 마을로 들어갔다. 이곳 마을에 인민군 부대가 주둔하고 있다고 했다. 소대장은 보초병사에게 김 상사를 찾았다. 잠시 후 김 상사가 나오더니 이덕재 중대장과 얼싸안고 기쁨의 눈물을 흘렸다.

김 상사는 식사 준비를 한다고 부대로 들어갔다.

이덕재는 소대장과 잠시 이야기를 나누었다.

"인민군 총사령부에 권력층에 있는 고급장교가 우리와 친척 형이야. 소대장 동무가 중위로 진급해 고향 마을 부대로 가고 싶다면 보내줄게!"

"그것이 가능할까요?"

"가고 싶다면 소속, 계급, 성명, 부대전화를 적어줘!"

소대장은 쪽지를 주면서 꼭 부탁한다고 말하고, 이덕재는 한 달 안으로 특명이 날 것이라고 말했다. 잠시 후 부대로 간 김 상사가 왔다. 소대장은 이덕재에게 인사하며 꼭 부탁한다고 말했다.

이덕재 일행은 김 상사를 따라 부대 안 식당으로 갔다. 부대 안 식당이라는 것이 민간 집 큰 방이었다. 밖에는 눈이 펑펑 내렸지만 이곳은 천국에 온 것처럼 방바닥이 따뜻하니 긴장이 풀려 졸음이 왔다. 잠시 기다리니 인민군과 주인아주머니가 밥상을 들고 왔다. 감자가 섞인 잡곡밥이지만 배고픈 김에 꿀맛 같았다. 반찬은 뭇국이었고 김치와 된장뿐이지만, 밥 한 그릇을 금방 비워버렸다. 그리고 곧바로 잠이 들어 정신없이 자고 나니 아침이었다.

아침에 일어나니 김 상사가 면도칼을 갖다 주었다. 오랜만에 면도를 하니 날아갈 것만 같았다. 그러나 장교 복장이 마음에 안 들었다.

"김 상사 동무, 장교 군복을 한 벌 구할 수 있을라나?"

"예, 오랜만에 중대장 동무를 만났는데 구해드려야지요."

"고맙군, 실은 김 상사 동무에게만 말하지만, 나와 친한 분이 고급장교이며 권력이 대단한 분야. 김 상사 동무를 중위로 진급시켜 고향 근처부대나 희망 부대로 보내줄까?"

"중대장 동무님, 하사관이 군관으로 가능할까요?"

"그분은 인민군 총사령부 참모장이란 막강한 권력을 가진 자라 내전화 한 통이면 모든 것이 해결돼!"

"그러면 부탁 좀 해주시라요!"

"김 상사 동무, 부대 소속, 계급, 성명, 부대전화를 적어줘. 한 달 안에해결되며 내가 오든지 시간이 없다면 전화로 연락할게."

"예, 감사합네다."

"이 일은 비밀이니 혼자만 알고 있어. 다른 사람도 해달라고 하면……."

"예, 중대장 동무님, 신발도 교환해야 되겠습네다. 신발 크기는요?"

"270이야. 너무 미안하군."

"아닙네다. 내 친한 동무가 피복계를 맡고 있습네다."

잠시 후 김 상사는 군화를 가져왔다. 신어보니 딱 맞았다. 김 상사는담배 세 보루를 가져오고, 소속부대 전화번호를 적은 것을 주었다. 또 사리원까지 모신다는 것이다. 김 상사와는 사리원 어느 부대에서 점심을 먹고 헤어지게 되었다.

"중대장 동무님, 이곳은 사리원인데 저쪽 길은 연천 가는 길입네다."

"우리는 연천으로 갈 것이니, 그리 알고 부대로 돌아가게."

"금천까지 가는 군용차가 있을 것입네다. 기다렸다가 타고 가시라요."

"얼마 있다가 만날 것이니. 그때까지 잘 근무하라고."

"예, 중대장 동무님, 편히 가시라요."

손을 흔들며 헤어졌다.

한참을 기다려도 저쪽 길로 가는 차는 나타나지 않았다. 지루하게 기다리고 있는데 여군 2명이 이쪽으로 오고 있었다.

"김 중사, 저 여군들 이리로 데리고 와!"

"중대장님, 여군들은 불러 뭐하게요?"

"명령이다. 빨리 불러!"

김 중사는 할 수 없이 여군 쪽으로 달려갔다.

"여군 동무, 우리 중대장 동무가 부르는데요?"

"왜요."

"몰라요. 빨리 가봐요!"

여군들은 잠시 망설이다가 이덕재 쪽으로 걸어갔다. 이덕재는 친절하게 말했다.

"여군 동무들은 어디 갔다 오는 길이에요?"

"인근 부대에서 단체로 설사병이 나 그곳에 다녀오는 길입네다."

"간호 장교구만, 설사병 치료약 있다면 좀 주시라요?"

"예, 조금 남은 것 드리겠습니다."

"고맙소, 너무 아름답게 생겨 내 손금을 봐주겠소. 여군 소위 동무부터 손 좀 봐요!"

여군 소위는 좀 망설이다가 손을 내밀었다. 이덕재는 여군의 손을 만지며 말했다.

"여군 동무는 살결이 무척 보드랍군. 혹시 피부 좋아지는 영양주사를 맞나?"

"그렇지 않습네다. 군관동무!"

"손금을 보니 나이는 21세며, 결혼은 남조선 동무와 할 팔자야!"

이 말을 들은 소위는 당황하며 얼굴이 빨개졌다.

"다음은 하사 동무 손 좀 보자우야."

하사 동무 역시 수줍게 손을 내밀었다.

"현재 정식 간호원이 아니고 보조 간호원이군."

"예, 맞습니다."

"그런데 둘이는 얼굴이 비슷하네."

"군관 동무! 우리는 자매라요."

"그러면 동생은 속성간호학교가 함흥에 있는데, 그곳에서 교육을 받고 소위간호장교로 두 자매를 고향부대 간호장교로 보내줄까?"

"그렇게 해줄 수 있습네까? 군관동무!"

"인민군 총사령부의 높은 사람이 내 사촌 형이야. 보내줄까?"

"예, 군관동무."

"그러면 소속, 계급, 성명, 부대 전화번호를 적어줘."

여군은 소속을 적어주며, "꼭 부탁입네다" 하고 당부했다.

여군들은 고맙다는 인사와 함께 진통제와 상처 치료약과 지혈제 등을 주며 꼭 부탁한다는 말을 하고 떠났다.

간호원 자매가 간 후, 김 중사가 와서 말했다.

"중대장님, 여군들 손 만졌죠?"

"손금 보는데 손바닥 만지지, 발바닥 만져?"

"중대장님, 여군들 손 만지면 성추행으로 걸린대요!"

"아니, 상급자가 하급자 손만 만지는데 뭐가 잘못이냐? 가슴을 만지든지 키스를 하면 몰라도⋯⋯"

"이 중위님, 우리 해병부대 찾아가면 절대로 여군들 손금 봐준다며 손 만지지 말아요. 우리 해병대 망신이에요!"

"그래. 알았다. 걱정 말아!"

이때 저쪽에서 먼지를 뿌옇게 일으키며 인민군 트럭이 달려왔다. 김 중사에게 차를 세우라고 지시했다. 차가 서자 이덕재 인민군 대위는 운전병에게 말했다.

"동무, 이 차는 어디까지 가나?"

"금천에 있는 부대까지 갑네다."

"그러면 부대 정문까지 간다."

"타시라요. 군관 동무!"

가까스로 인민군 트럭을 타고 최전방인 금천까지 가게 되었다. 저녁 때쯤 금천에 있는 어느 인민군 부대 정문 앞에 도착했다.

일행은 경비실 옆에 있게 하고, 이 대위는 경비병에게 말했다.

"부대를 찾다가 저녁이 되어 이 부대에서 하룻밤을 자려고 하는데⋯⋯"

"검문부터 받고 말씀하시라요?"

"인민군 동무, 군관인데 무슨 검문이 필요한가?"

"이 지역은 최전선이라 누구나 검문하므로 이해를 바랍니다."

"경비반장 계급이 뭐야?"

"중사입네다."

"중사 동무 불러 오라우야?"

"저기 옵니다."

중사 계급장을 단 인민군이 와서 경례를 했다.

"어떻게 오셨습네까? 군관 동무!"

"부대를 찾으려고 왔는데, 날이 저물어 하룻밤 신세를 지려고 하는데, 군관에게 검문을 하다니 말이 되는가?"

"이 지역은 최전선이라 누구를 막론하고, 신원이 밝혀져야 부대 출입이 가능합네다."

"그러면 중사 동무, 확인해 보라우야!"

할 수 없이 김 상사가 써준 쪽지를 내보였다.

인민군 중사는 쪽지를 들고 경비실로 들어가 전화를 하는 것 같았다. 잠시 후 나오더니 쪽지를 주며 미안한지 웃으며 말했다.

"군관 동무, 죄송합네다. 제가 안내해 드리겠습네 다."

일행은 중사를 따라 들어가니 어느 사무실 안에 인민군 소위와 여군 하사가 있었다. 중사는 소위에게 몇 마디 나눈 후, 경례를 붙이고 밖으로 나갔다. 그곳에 있는 인민군 소위는 웃으며 말했다.

"군관 동무! 여기까지 오시느라고 수고가 많습네다. 이곳은 최전선이라 검문이 심합네다. 한 번 더 신원파악을 해야 합네다!"

이덕재는 이 말을 듣고 온몸에 힘이 빠지며 식은땀이 흘러내렸다. 호랑이굴을 잘못 들어왔구나! 우리 비밀이 탄로 날 경우, 우리 8명은 총살이다. 그러나 운명은 하늘에 맡기고 군관답게 말했다.

"소위 동무! 경비실에서 중사 동무가 신원파악을 했는데……"

"이 지역은 최일선이라 2차 신원을 파악해야 합네다!"

"그러면 할 수 없군. 이곳으로 전화를 해보라우야!"

부하 소위가 써준 종이쪽지를 받은 소위는 사무실로 가서 확인하는 것 같았다. 이덕재는 불안한 얼굴로 저쪽에 있는 일행 7명을 바라보았다.

모두가 얼굴이 새파랗게 질려 있었다. 박 소위가 말을 잘해줄 것을 하늘을 향해 빌었다. 잠시 후 소위는 쪽지를 돌려주며 미안한 듯 말했다.

"이렇게 위대하신 군관 동무를 몰라봐 정말 실례했습네다. 저녁식사를 하고, 주무시고 내일 아침식사 후 떠나시라요!"

이덕재는 이 말을 듣고 '이제는 살았구나!' 하는 생각이 들었다. 지난날 소대장 박 소위를 만나, 소속을 알려준 것이 잘했다는 생각이 들었다.

인민군 여군 하사의 안내로 어느 민가로 가서 저녁을 먹고 잠시 쉬게 되었다. 부하들은 다 죽는 줄만 알고, 불안에 떨었다고 했다.

아침 식사를 한 후 길을 가다 보니 어느 마을이 나타났다. 이덕재는 길 옆집 노인에게 물은 결과 전곡은 이곳에서 아주 멀며, 이 앞으로 한참 가면 38선이 나오고, 개성과 장단으로 갈 수 있다는 것을 알았다.

이덕재는 전곡은 멀고 위험해 이곳 38선을 넘을 것을 결심하고 한참 가다가 조용히 모이게 했다.

"우리 목적지인 전곡은 너무 멀고 위험해 이곳에서 38선을 넘어 장단으로 갈 것이다. 38선을 넘을 때 주의를 바라고 10분간 휴식이다."

이덕재는 갑자기 애인 김향숙 해병 소위가 떠올랐다. 주머니에서 김향숙과 함께 찍은 사진을 잠시 바라보았다. 며칠만 지나면 만날 수 있다는 희망이 솟구쳐 올랐다.

밤새도록 산을 타고 걸으며 새벽에는 산을 내려왔다. 그런데 이덕재의 예감이 좋지 않았다. 즉시 일행을 모이게 했다.

"나 혼자 정찰을 할 테니 만약 총소리가 나면 반대편으로 38선을 넘어라! 나는 엄호 사격 후 다른 방향으로 갈 테니……"

"중대장님, 혼자는 위험합니다. 정찰은 우리에게 맡겨주세요!"

"아니다. 적도 군관을 보면 마음대로 총을 못 쏜다. 내가 확인을 해보고 올 테니, 이곳에 가만히들 있어라!"

이 말을 하고 이덕재는 숲을 헤치고 내려오는데 갑자기 "손들엇!" 소리와 동시에 두 발의 총소리가 "탕탕" 산천을 울렸다. 이덕재는 가슴에 손을 대고 "으억!" 소리와 함께 땅에 쓰러졌다. "으억" 소리를 들은 위장한 해병들은 달려 내려오며, "우리는 인민군이다. 총을 쏘지 말아라!" 큰소리로 외쳤다.

저쪽에서도 순찰하던 김민성 소위가 깜짝 놀라며 "사격중지, 사격중지!" 소리치며 달려왔다.

먼저 달려온 김민성 소위는 더욱 놀랐다. 몇 달 전 이덕재 중대장과 김민성 소위는 옹진 시골마을에서 잠시 만났던 것이었다.

"이덕재 중대장님이 아니십네까?"

"어! 김민성 소위를 이곳에서……"

달려온 이덕재 부하들은 두 사람을 보며 놀라 말문이 막혔다.

김민성은 화가 머리끝까지 올라 "어느 놈이 군관 동무를 총 쏘았어?" 하고 외쳤다.

"제가 쏘았습네다."

"이 간나이 새끼. 군관 동무도 모르고……"

권총을 빼어 "탕, 탕탕!" 세 발을 쏘니 북한군은 창자가 튀어나와 죽어갔다.

위생병이 급하게 달려왔다.

"위생병, 꼭 살려내!"

김민성 소위는 악을 쓰며 소리쳤다. 이덕재는 응급처치가 끝나자 평지로 옮겨졌다.

이덕재는 김민성 소위의 손을 잡고 나직이 말했다.

"김 소위, 나는 국군 해병이다. 서울 탈환 때 포로가 돼 해병으로 자유를 찾았다. 우리는 북진 중 중공군의 포위가 되어, 인민군 복장으로 위장하고 38선에 다 와서 이렇게 됐구나! 김 소위 나의 간절한 부탁이다. 나와 함께 남한으로 넘어가자! 자유를 찾아서 말이야……"

김민성 소위는 눈물을 흘리며 고개를 끄덕끄덕했다. 남쪽으로 갈 결심을 했는지, 분대장을 불러 급히 명령을 내렸다.

"우리 소대는 내일 04시 38선을 넘어 철야 행군하니, 지금 즉시 소대본부로 가서 전원 취침한다. 날래날래 전달하라우!"

"옛, 소대장 동무, 알았습네다!"

명령을 내리고, 부상한 상처를 보니 그곳에서 피가 계속 흘러내렸다.

"위생병, 피 안 나오게 하는 약 있나?"

"없습니다."

이때 이덕재가 주머니를 보며 말했다.

"위생병, 내 주머니에 간호장교가 준 지혈제가 있다. 빨리 꺼내라!"

김 소위는 점점 바빠졌다.

"연락병 동무, 고향이 남조선이라고 했지!"

"옛."

"남조선으로 간다. 날래 들것을 가져와라."

"옛, 알겠습니다."

김민성 소위가 다급하게 말했다.

"지금부터 내 명령에 따른다. 우리는 남조선으로 간다. 출발!"

들것을 들고 38선을 넘었다. 그런데 이덕재는 숨소리가 거칠어지며 겨우 말했다.

"김 소위, 연평도에서 김태민과 만나기로 했는데, 부탁한다!"

그리고 덕재는 애인 김향숙과 함께 찍은 사진을 들고 숨을 거두고 말았다. 인민군 대위로 위장해 죽을 고비를 넘기며 38선까지 왔는데 눈을 감고 말았다.

들것을 놓고 부하들은 "중대장님, 다 와서……" 하며 싸늘한 시체를 붙들고 통곡했다. 저만치 내려다보이는 장단에서는 자랑스러운 우리의 태극기가 힘차게 휘날리고 있었다.

김민성 소위는 눈물을 흘리며 말했다.

"이덕재 중대장님은 이제 운명하셨으니, 이곳에 묻고 가자!"

이 말을 들은 해병들은 일제히 반대했다.

"안 됩니다. 해병은 전우의 시체를 버리고 가지 않습니다. 할 수만 있다면 우리 진영까지 함께 갑니다. 이덕재 중대장님의 목적지는 장단입니다. 장단에 가서 모셔야 합니다!"

김민성 소위는 고개를 끄덕이며 조용히 말했다.

"이덕재 중대장님의 소원을 풀어주자. 장단으로 가자, 장단!"

무덤을 파고 이 중대장님의 얼굴에 태극기를 덮고, 전원은 무릎을 꿇고 잘 가시라고 기도를 드렸다. 그리고 해병들은 눈물을 흘리며 무덤을 만들고, 그 앞에는 돌로 글자를 만들었다.

'1950년 12월 27일. 38선을 넘다 전사. 해병대 대위 이덕재. 편히 잠드소서.'

해병들은 이곳을 떠나면서 다시 한 번 '뜨거운 해병의 눈물'을 흘리며 기도했다.

"이덕재 중대장님, 이곳 장단 목적지에 무사히 도착했습니다. 아무 걱정 마시고 편히 잠드소서!"

어머니, 그날 얼마나 추우셨어요?

한편 기도를 마치고 산 하나를 넘으니, 산 하나가 또 앞을 가로막고 있었다. 산 위에서 보니 저쪽 산골짜기에는 하얗게 눈이 덮여 있는데, 한 군인이 눈 덮인 골짜기를 혼자서 걸어가고 있었다. 자세히 보니 한국 군인은 아닌 것 같고, 아마 미군 낙오병 같았다. 우리 일행은 앞서가는 군인과 동행하기 위해 좀 더 빨리 걸었다. 깊은 산골짜기를 내려가는데 큰 발자국을 따라 걸었다.

혼자 낙오된 미군 병사는 남쪽으로 후퇴하고 있었는데, 무슨 이상한 소리가 들려왔다. 가만히 들어보니 아기 울음소리였다. 미군은 울음소리를 따라가 보았더니, 소리는 눈구덩이 속에서 들려오고 있었다. 아기를 꺼내기 위해 눈을 치우던 미군 병사는 소스라치게 놀랐다. 거기에 또 한 번 놀란 것은 흰 눈 속에 파묻혀 있는 어머니가 옷을 하나도 걸치지 않은 알몸이었다는 사실이다. 피난 가던 어머니가 깊은 골짜기에 갇히게 되자 아이를 살리기 위해, 자기가 입고 있던 옷을 벗어 아이를 감싸고는, 허리를 구부려 아이를 끌어안은 채, 얼어 죽고 만 것이었다.

그 장한 어머니의 모습에 감동한 미군 병사는 언 땅을 파서 아기 어머니를 묻고, 어머니 품에서 울어대던 갓난아이를 자신의 아들로 삼고 키울 생각을 했다. 그리고 꽁꽁 언 땅을 야전삽으로 파기 시작했다.

김태민의 뒤를 따라오는 이삼영과 인민군 하사 안기덕은 오랜만에 이야기꽃이 활짝 피고 있었다.

이삼영이 먼저 말문을 열었다.

"우리 어린 시절 친구 4명 '사총사'는 김경수만 만나면 다 만난다. 김준모는 인민군으로 서울 탈환 때 포로가 됐는데, 내가 준모를 만나 그 자리에서 해병대로 현지입대 했다. 우리와 함께 후퇴하다가 먹을 것을 구하러 갔는데, 나중에 연평도에서 만날 거야!"

"그러면 김경수만 만나면 다 만나겠다!"

"김경수도 언젠가는 만나게 되겠지. 기덕아, 우리 기적같이 만났구나. 너도 우리와 함께 귀신 잡는 해병이 될 것이다."

이야기를 하면서 발자국을 따라가다 보니, 미군 한 명이 땅을 파고 있고, 어디선가 어린애 울음소리가 들려왔다.

미군은 김태민 일행을 보더니 반가워하며, 김태민을 데리고 어린애 울음소리가 들리는 곳으로 갔다. 그리고 눈을 다시 헤치고 김태민에게 보라고 했다. 거기에는 아이의 어머니가 옷을 다 벗은 알몸으로 어린애를 감싸 안고 얼어 죽어 있어 깜짝 놀랐다.

김태민은 미군에게 기도하자고 했다. 미군은 그 생각을 못 했다면서, 눈 쌓인 곳에서 무릎을 꿇고 하나님께 도와달라고 기도하기 시작했다. 김태민은 해병 2명에게 땅을 파게 하고, 나머지 해병들은 불을 놓아 연기가 하늘로 올라가게 하도록 지시했다.

그리고 김태민도 미군 옆에서 무릎을 꿇고, 하나님께 기도를 시작했다. 조금 있다가 한순옥 여 해병도 김태민 옆에서 함께하여 세 사람이 열심히 기도했다. 비행기가 와서 구해달라고 눈물을 흘리며 간절히 기도했다. '기적의 역사는 믿음으로 이루어진다!'는 말을 믿고 세 사람은 합심해서 기도했다.

한참 후에 놀라운 기적의 역사가 일어났다. 남쪽에서 은은하게 비행기 소리가 들리는 듯하더니만, 그 소리는 점점 크게 들려왔다.

이 소리를 들은 미군은 벌떡 일어나 상의를 벗어 흔들며 높은 곳으로 달려갔고, 김태민은 해병 2명에게 파던 땅을 메우라고 했으며, 불을 피우는 곳으로 달려가서는 연기를 더 많이 내도록 지시했다.

비행기 소리가 점점 크게 들리더니 마침내 헬기 두 대가 모습을 나타냈다. 그리고 연기 나는 곳을 빙빙 돌며, 앉을 자리를 찾는 것 같았다. 김태민은 해병들에게 불을 완전히 끄라고 지시했다.

잠시 후 헬기에서 미군 2명이 들것을 들고 이쪽으로 달려오고 있었다. 미군과 김태민, 김용호와 한순옥 해병이 달려가서 들것에 있는 담요를 받아, 순옥은 여인의 알몸 시체를 담요로 덮은 다음 들것에 옮겨 놓았다. 그리고 미군은 옷으로 어린애를 싸서 헬기로 달려갔다.

두 헬기에 해병들이 모두 타고, 남쪽으로 날아 연평도로 가고 있었다. 미군은 우유를 숟가락에 떠서 아기에게 먹이고 있었다. 바다를 지나 헬기는 금세 연평도 산으로 가서 앉았다.

해병들은 땅을 파고, 한순옥 해병은 아기를 안아 우유를 먹이고 모두가 분주하게 움직였다. 잠시 후 미군과 해병들은 아이 어머니를 땅에 묻고 흙으로 덮었다.

아기 아버지가 된 미군은 북쪽 하늘을 바라보며, 70년 후의 일을 생각해 보았다.

눈이 수북이 쌓이도록 내린 어느 겨울날, 연평도 연락선에서 내린 두 사람의 모습이 보였다. 나이가 지긋한 사람은 미국 노인이었고, 70대 정도 노인은 한국 사람이었다.

눈길을 헤치며 연평도 산골짜기를 더듬어 들어간 두 사람은 마침내 한 무덤 앞에 섰다. 그리고 허리를 굽혀 무덤 앞의 눈을 손으로 치우기 시작했다. 그곳에 나타난 돌은 하얀 돌이었다. 눈을 다 쓸어낸 곳에는 하얀 돌로 이렇게 쓰여 있었다.

'어머니, 그날 얼마나 추우셨어요? 1950. 12. 30.'

이 글자를 확인한 노인은 이렇게 말했다.

"이곳이 네 어머니가 묻힌 곳이란다!"

그리고 70년 전 이야기를 들려주었다. "1950년 12월 말, 추운 겨울날이었다. 한국 해병대 용사들과 언 땅을 파고, 어머니를 이곳에 모셨단다."

그 후 70년 후, 노인이 된 아들이 어머니 산소를 찾아온 것이다. 이 이야기를 들은 노인은 눈이 수북이 쌓인 무덤 앞에 무릎을 꿇었다. 그리고 뜨거운 눈물이 볼을 타고 흘러내려 무릎 아래 눈을 녹이기 시작했다. 한참 만에 그 노인은 자리에서 일어났다. 그러더니 입고 있던 옷을 하나씩 벗기 시작했다. 마침내 노인은 알몸이 되었다. 노인은 두 손으로 무덤 위에 쌓인 눈을 정성스럽게 모두 치웠다.

그런 다음 노인은 자기가 벗은 옷으로 무덤을 덮기 시작했다. 마치 어머니께 옷을 입혀드리듯 노인은 자기 옷으로 어머니의 무덤을 덮었다. 그리고는 무덤 위에 쓰러져 통곡을 했다.

"어머니, 그날 얼마나 추우셨어요?"

미군은 눈물을 흘리며 무덤을 바라보았다. 해병들은 마무리 작업 중인 무덤 앞에서 하얀 돌로 글자를 만들고 있었다.

"어머니, 그날 얼마나 추우셨어요? 1950. 12. 30."

글자를 다 만들자 미군은 아기를 안고 무덤 앞에 무릎을 꿇고, 머리를 숙여 잠시 기도를 드렸다.

그리고는 미군은 아기를 안고 헬기에 올라 해병들과 작별인사를 했다. 헬기는 저쪽으로 날아가고, 해병들은 '감동의 뜨거운 눈물', '해병의 눈물'을 흘리며, 헬기를 향해 손을 흔들고 있었다.

연평도에서 다시 만남

북한에서 탈출해 연평도에 도착한 해병특공대는 날마다 선창가에 나가 피난민들을 살펴보았다. 인민군 하사 안기덕은 해병특공대 하사로 '귀신 잡는 해병'이 되었다. 김태민은 해병 대위, 김용호는 상사, 이삼영은 중사, 오덕상, 한순옥, 안기덕 3명은 하사, 오덕상 동생 오덕중은 해병 일병이었다. 많은 피난민들이 연평도로 몰려들었다. 해병특공대 7명은 혹시 피난민으로 위장한 인민군과 간첩이 있는지 확인하는 일에 정신이 없었다.

며칠 후 뜻밖에 탈출해 연평도로 온 김준모 해병을 만나게 되었다. 이삼영은 너무나 반가운 나머지 달려가 부둥켜안았다.

"또다시 연평도에서 만나니 기적이다!"

이번에는 안기덕이 달려가며 반갑게 말했다.

"아니, 준모를 여기서 만나다니……"

"너, 안기덕 아냐? 이렇게 함께 만나니 꿈만 같다. 우리 세 사람이 만났으니 김경수만 만나면 우리 '사총사'는 다 만난다."

그런데 옆에는 한 젊은 아가씨가 웃으며 바라보고 있었다.

잠시 후 다시 삼영이가 말했다.

"저 아가씨는 아는 사이냐?"

"아는 사이가 아니라 내 생명을 구해준 생명의 은인이다!"

준모는 그동안 일을 간단히 말했다.

"그때 어느 집에 들어가 할아버지에게 먹을 것을 얻어 대문 밖으로 나왔는데, 인민군 장교와 여군한테 딱 걸렸지. 그런데 인민군 장교가 나를 묶으려는 것을 이 인민군 여군이 나를 구해주었지. 그래서 인민군 몇 놈을 처치하고 인민군 여군과 함께 가까스로 탈출해 이곳으로 온 것이다."

"우리도 탈출해 이곳까지 오는 동안 죽을 고비를 몇 번 넘겼다. 빨리 김태민 중대장님께 가보자."

세 사람은 조금 떨어진 사무실로 들어갔다.

김태민은 책상에 앉아 있다가 깜짝 놀라 자리에서 일어났다.

"야! 김준모 해병이구나! 연평도로 온다는 약속을 지켜 정말 고맙다. 탈출하느라고 고생이 많았지?"

"예, 그날 먹을 것을 얻어 밖으로 나오다가 인민군 장교에게 붙잡혀 죽는 줄 알았는데, 저 인민군 하사가 구해 주었어요!"

"하나님이 도우셨다. 이 자리에서 1계급 특진해 하사로 명한다."

"중대장님, 감사합니다. 저 여자는 나를 살려준 생명의 은인입니다. 저 여자도 돌봐주십시오!"

"그래. 알았다. 걱정 말아."

바닷바람이 점점 차가워지는 17시경이었다. 배에서 피난민들이 다 내리고, 마지막에 군인 몇 사람이 저쪽에서 두리번거리며 걸어왔다. 가까이 오는 것을 보니 우리와 처음 탈출을 계획했던 2팀 해병특공대가 틀림없었다. 해병 5명과 그 뒤로 1명이 따라오는데, 낯선 얼굴이었다. 그런데 이덕재 중위의 모습은 보이지 않았다. 서로가 만나 반갑게 인사하며 악수를 나누었다.

잠시 후 삼영이가 해병들에게 물었다.

"이덕재 중위님은 왜 안 보이지?"

"38선 다 와서 인민군 총에 전사했습니다!"

"전사! 전사라니……"

사무실에 들어서자 서로가 놀랍고 반가운 나머지 말문이 막혔다.

김태민은 너무나 반가운 나머지 해병들을 얼싸안으며 말했다.

"너희들도 무사히 탈출했구나! 그런데 이 중위는……"

해병들은 눈물을 흘리며 말했다.

"중대장님, 이 중위님은 38선 다 와서 전사했습니다. 이 중위님 시신은 장단에 와서 모셨습니다. 그리고 김 소위님은 인민군 소위인데 이덕재 중위님의 귀순하자는 말을 듣고 함께 남쪽으로 탈출했습니다."

이 말을 들은 김태민은 김 소위의 손을 잡고 반갑게 말했다.

"이 중위는 안타깝게도 38선 다 와서 전사했군! 그 대신 김 소위가 마음을 돌려 남한으로 왔으니 너무나 반갑고 고맙군."

"중대장님, 인민군 소위 김민성입니다. 이덕재 중위님과 함께 잠시 근무했습니다. 이 중위님이 총탄을 맞고 남한으로 탈출하자는 말에 마음을 돌렸습니다."

김태민은 다시 손을 잡으며 말했다.

"김민성 소위, 잘 생각했네! 우리 해병특공대에 귀신 잡는 해병 소위로 임명하니 잘 부탁하네!"

"중대장님, 지금까지는 북한을 위해 싸웠는데, 지금부터는 대한민국 해병으로 이 한 몸 바치겠습니다."

"김 소위, 정말 고맙군. 우리 함께 싸우며 나라를 위해 최선을 다해 보자구."

"이덕재 중위님과는 6 · 25전쟁 초기에 옹진 개미 때 해변가 마을에서 잠시 함께 근무하다가, 이 중위님은 서울로 가고 제가 근무했습니다."

"아니, 그곳이 우리 마을이야!"

"그 마을에 김태식이란 소년이 살았습니다."

"김태식! 그 마을이 바로 우리 마을이고, 태식은 내 동생이야!"

"그러면 중대장님이 바로 김태식의 형님이군요! 이곳에서 태식의 형님을 만나다니 꿈만 같습니다."

김태민은 이 말을 듣고 너무나 놀라운 얼굴로 말했다.

"서울 한복판에서 이덕재 형을 만나는 기적이 일어났는데, 이곳 연평도에서 또다시 기적이 일어났군! 세상은 넓고도 좁구나."

둘은 다시 한 번 군은 악수를 하며 앞으로 좋은 인연을 맺고, 잘 해보자고 서로 다짐했다.

3월 20일경, 갑자기 김향숙 해병 여군 소위가 연평도로 김태민을 찾아왔다. 오류동에 갔더니 식구들은 피난 갔다가 다 돌아왔는데, 김태민의 소식을 모른다며, 아마 연평도에 있을 것이란 말을 듣고 혼자서 왔던 것이다. 김태민은 김향숙 소위를 만나는 순간, 기쁘기도 하고 한편으로는 눈물이 나오려는 것을 억지로 참았다. 이덕재 형이 전사했기 때문이다.

김태민은 먼저 손을 잡고 반갑게 인사를 했다.

"김향숙 누나가 여기까지 오다니, 수고가 많았네!"

"중대장님도 별일 없죠? 반갑습니다."

김향숙도 반갑게 인사를 했다.

"내가 이곳에 있는지 어떻게 알고, 여기까지 찾아왔지?"

"오류동에 갔더니 식구들은 다 있는데 중대장님 소식을 모른다며, 혹시 연평도에 있을지도 모른다고 해 찾아왔어요."

"시간을 내어 다음 주에 가려고 했는데……"

해병들을 불러 만나보는 시간을 가졌다. 모두 반갑게 인사하며 지난 일들을 이야기했다. 특히 한순옥 해병과는 서로 안고 반가워했다.

잠시 후 김태민은 김민성 소위를 불러 소개하려고 했다. 그런데 둘은 서로 쳐다보더니 갑자기 얼굴색이 변하며, 탄성이 터져 나왔다.

김향숙이 먼저 말했다.

"아니, 옹진 시골마을에서 만났던 인민군 소위 아냐?"

"거쪽도 인민군 여군 소위였는데, 어떻게 이렇게?"

서로는 놀라는 얼굴로 말했다.

김태민은 두 사람 사정을 이야기해 주었다.

"이쪽 김향숙 누나는 작년 9월 서울 탈환 때 포위돼, 이덕재 형과 함께 해병이 되었고, 김 소위는 북진 중 후퇴할 때 이덕재 형의 도움으로 남쪽으로 탈출해 우리 해병대가 됐지!"

두 사람은 그때서야 알았다는 듯 고개를 끄덕였다.

태민은 이제 이덕재 형에 대해 말해야 하는데, 말이 제대로 나오지 않았다.

태민은 두 사람에게 조용히 말했다.

"우리 저쪽으로 가면서 이야기 좀 해보자."

세 사람은 바닷가로 나가 모래사장을 걷다가 바위에 앉았다. 갈매기들은 짝을 지어 하늘을 향해 날고 있었다.

김태민은 갈매기를 쳐다보다가 천천히 말했다.

"김향숙 누나! 마음을 단단히 가져, 이덕재 형은 38선에 다 와서 인민군 총에 그만 전사했대!"

이 말을 들은 향숙은 눈물을 흘리며 고개를 숙였다.

김태민은 조용한 음성으로 말했다.

"누나, 운명으로 돌려! 나 역시 작년 9월 27일 서울 마지막 시가전에서 결혼 날까지 잡은 애인을 잃었어! 이 모두가 동족상잔의 비극이야. 나와 누나뿐만 아니라 많은 사람들이 이런 비극적인 슬픔을 참으며 지금까지 살아왔어. 누나 역시 이 비극적인 운명을 이겨내야 돼!"

향숙은 손수건으로 눈물을 닦은 후, 천천히 말했다.

"그때 꿈이 좋지 않아 불길한 예감이 들었는데, 역시 사실이었구나! 그래서 빨리 와본 거야."

"누나, 이 형이 운명하기 전 전해주라고 사진을 주었대. 일단은 받아!"

향숙은 눈물을 주르르 흘리며 두 손으로 사진을 받았다.

"이 형 시신은 개성 밑 장단에다 모셨다고 하니, 나중에 우리 세 사람이 가보도록 하지. 그리고 그 사진은 이곳에서 없애버려! 가지고 있으면 마음만 아파."

향숙은 자기 지갑에서 사진 한 장을 내어 두 사진을 한참이나 바라보며 슬픔에 잠겼다. 그리고 잠시 후 저쪽으로 가서 땅을 파고 묻었다.

"우리가 헤어질 때 북한에서 몸조심하라고 몇 번이나 부탁을 했는데도 이렇게 되고 말다니……"

"누나, 마음을 비우고 새 출발을 해. 김민성 소위도 고향이 북쪽이고 아는 사이라, 서로가 위로해 주면 좋을 것 같아. 나는 먼저 갈 테니 둘이는 천천히 이야기 좀 나누고 와."

그런데 이튿날 갑자기 해병 1대대에서 급히 원대복귀 하라는 연락을 받았다. 김태민은 김용호 상사에게 내일 아침 연평도를 떠나니, 출발준비를 하라고 지시했다.

해병특공대 15명은 연평도를 떠나 오후에 인천에 도착했다. 차를 기다리다가 서울 가는 군용차를 타고 오류동에 도착했다. 전쟁 후라 모두가 파괴되고 빈집들도 더러 있었다. 이춘옥의 집으로 가는 발길은 빠르기만 했다. 가서 부모님과 동생들을 만나볼 생각을 하니, 벌써부터 가슴이 뛰고 설렜다. 마당으로 들어서니 현숙이가 부엌에서 일을 하다가 "오빠!" 하며 뛰어나왔다. 이 소리를 듣고 방마다 문이 열리며 식구들이 밖으로 우르르 몰려 나왔다. 김태민 아버지, 어머니, 영숙과 현숙 그리고 태식이도 펄쩍펄쩍 뛰며 좋아했다. 김용호와 김영숙, 이삼영과 강영란, 오덕상과 김현숙 모두가 손을 잡고 기뻐했다. 큰방에 모두 모여 이야기꽃이 활짝 피었다.

김태민은 부모님께 먼저 인사를 드렸다.

"아버지, 어머니, 그동안 고생이 많으셨죠?"

"우리만 고생인가! 온 국민이 다 고생을 했는데, 대전까지 피난 갔다가 돌아온 지 얼마 안 되지."

"전방에 있는 본대에서 오라는 연락을 받고 내일 그곳으로 갑니다."

"전쟁에 나갈 때는 항상 기도해라. 우리도 기도할게!"

"예, 알았습니다."

김태민 아버지는 눈을 크게 뜨고, 김민성 소위를 보고 깜짝 놀랐다.

"아니, 저 군인은 인민군이었는데, 어떻게 이곳에 왔지?"

"예, 북진했다 후퇴할 때 남한으로 탈출했습니다. 지금은 국군 해병대입니다."

"정말 용기 있게 잘 선택했네. 우리가 북한에서 저 군인 신세도 많이 졌는데, 그런데 이덕재 군인은 왜 안 보이지?"

"가슴 아픈 일이지만 북진했다가 후퇴할 때, 38선 근처에서 인민군 총에 맞아 애석하게도 전사했다고 합니다!"

"아이고, 이걸 어쩌나! 좋은 사람이었고, 우리를 살려준 생명의 은인인데."

김태식 부모님은 안타까워했고, 영숙은 눈물을 흘리고 있었다.

잠시 후 태민은 이춘옥에게 물었다.

"강철만 소식은 아직 모르나?"

"예, 해병대 지원한다고 갔는데 아직 소식이 없네요."

"신병 훈련을 마치고 부대로 배치되면 연락이 올 거야. 걱정 말아."

저녁을 먹은 후 해병들과 온 식구들은 마당에 모였다.

김태민은 잠시 기다렸다가 슬픈 얼굴로 말했다.

"슬픈 일이지만 이덕재 중위님은 북진했다가 후퇴하면서, 38선 근방에서 전사했습니다. 이 중위기 인민군 총에 맞아 숨을 거두기 전, 김민성 소위에게 남쪽으로 가자고 해서 김민성 소위는 탈출했다고 합니다. 그러면 잠시 김민성 소위의 말이 있겠습니다."

"김태식 부모님을 이곳에서 다시 만나니 반갑습니다. 북한 시골마을에서 이덕재 중대장님은 서울로 가시고, 제가 그곳을 맡고 있었는데 김태식 부모님께 별로 도움을 드리지 못했습니다. 그런데 다시 국군이 되어 태식 부모님을 만나니, 반갑기도 하고 한편으로는 부끄럽습니다. 앞으로 대한민국을 위해 최선을 다하겠습니다."

말이 끝나자 많은 박수가 있었다. 김태민은 다시 말을 이었다.

"강원도 전방에 해병대 본부가 있는데 그곳에서 오라는 연락을 받고, 우리는 그곳으로 가게 됐습니다. 출발은 내일 아침에 해야 합니다. 전방으로 간다고 너무 걱정은 마십시오. 하나님께서는 우리가 가는 곳마다 지켜 주실 것입니다. 그곳에 배치되면 곧바로 편지를 전할 것이며, 휴가도 이곳으로 올 것입니다. 부모님과 모든 분들도 건강하십시오."

식구들은 방으로 들어가고, 김태민은 한순옥에게 지시했다.

"김용호와 김영숙, 이삼영과 강영란, 오덕상과 김현숙, 김준모와 이명숙은 밖으로 나오라고 해."

"예."

한 하사는 8명을 불러 밖으로 나갔다. 김태민은 캄캄한 밖에서 그들을 기다리다 모두 모이자 저쪽으로 가자고 했다. 조용한 곳에 도착한 김태민은 모두 모이라고 했다.

"우리는 본 부대 명령에 따라 강원도 전방으로 간다. 그러나 너무 걱정들은 말기 바란다. 군인은 국민의 생명과 재산을 지키기 때문에 명령에 복종해야 한다. 그리고 강영란과 이명숙은 곧바로 간호장교에 입대할 것. 전쟁 중이라 간호장교가 부족할 것이다. 또 한 사람은 우리 고향 여 선생인데 나와 약속했다. 간호장교가 되겠다고. 아마 1년 후엔 세 사람이 간호장교로 만날 것이다. 이곳 주소로 연락하고, 휴가도 이곳으로 오기 바란다. 우리도 이곳으로 올 것이다. 지금 헤어지면 언제 만날지 모르니 30분간 자유시간을 주겠다. 서로 다정한 이야기로 좋은 추억을 남기기 바란다. 30분 후 이곳으로 모이기 바란다."

용호와 영숙은 앞날을 설계하며 설레어하고 있었다. 영숙이가 먼저 말했다.

"용호 씨, 작년 9월 27일 서울 탈환 마지막 전투에서 오빠의 애인이자 우리 소대장이 전사할 때, 그 충격이 지금도 남아있어!"

"나 역시 그날 생각만 하면 지금도 가슴이 아프다. 그래도 영숙은 투항을 한 것이 얼마나 다행인지 몰라."

"다시는 그런 비극이 없게 용호 씨는 전쟁터에서 몸조심 잘해! 이런 이야기는 하는 것이 아니지만, 만약 용호 씨가 무슨 일이 생긴다면 나는 용호 씨를 따라 죽음을 택하든지, 다른 사람과는 결혼을 안 할 생각이야! 그러니 용호 씨는 절대로 그런 일이 있으면 안 될 것이며, 나는 날마다 하나님께 기도할 거야!"

영숙은 용호의 손을 꼬옥 잡으며 떨리는 음성으로 말했다.

"절대로 그런 일은 없을 거야! 우리는 전쟁이 끝나면 결혼해 행복하게 살아야 해."

용호 역시 영숙의 손을 꼭 잡으며 다정하게 말했다.

"그런 뜻에서 나를 꼭 안아줘! 그리고 아무 일 없어야 해."

용호는 영숙을 조심스럽게 안았다. 그리고 작은 소리로 속삭였다.

"영숙아, 사랑해! 우리 결혼하면 이 세상에서 제일 행복하게 해줄게."

영숙은 용호의 가슴에 파고들며, 떨리는 음성으로 말했다.

"용호 씨 가슴에 안기니 너무 행복해요. 전쟁이 빨리 끝나고 우리 결혼했으면 좋겠어요!"

"그날이 곧 오겠지. 그날을 위해 우리는 아무 일 없기를 바래."

"용호 씨, 우리 결혼하면 아들 둘, 딸 하나만 낳으면 좋을 것 같은데?"

"그렇게 될 수도 있겠지. 이제 시간이 다 된 것 같으니 내가 영숙을 꼬옥 안아줄게!"

"정말 행복해요! 한 번 해병은 영원한 해병처럼, 우리도 영원한 한 몸이에요. 전쟁터에서 몸조심하기를 부탁해요."

영숙은 용호를 더욱 힘차게 안으며, 눈을 감고 용호의 입술을 찾았다. 두 사람은 처음으로 키스를 하며 사랑을 불태웠다.

그들은 다 모인 후 서로 손을 잡고, 태민은 기도를 했다.

"하나님 아버지, 우리에게 사랑하는 사람들을 이렇게 맺어 주시니 감사를 드립니다. 우리는 내일 전방으로 갈 것이지만 하나님께서 어디를 가든지 지켜주시고, 붙들어 주셔서 눈동자처럼 보호해 주시옵소서. 하나님 말씀대로, 아무것도 염려하지 말고 다만 모든 일에 기도와 간구로, 너희 구할 것을 감사함으로 하나님께 아뢰라. 그리하면 모든 지각에 뛰어난 하나님의 평강이 그리스도 예수 안에서 너희 마음과 생각을 지키시리라. 이 모든 말씀을 예수님의 이름으로 기도합니다. 아멘."

24 마지막 목표 공격

1951년 4월 초, 해병 1연대가 있는 화천에 도착했다. 화천 지역 담당은 국군 해병 1연대와 미 해병 1사단이었고, 그곳에는 중공군이 배치되어 있었다.

김태민 일행은 그곳에 있는 해병 1연대 1대대를 찾아갔다. 1대대장은 공정식 소령이었다. 김태민은 1대대장 공소령에게 원대복귀 신고를 했다. 한편, 해군병원에 입원해 있는 최명철 하사는 이승만 대통령이 병원을 방문한 후로 더욱 유명인사가 되었다. 이승만 대통령과 최 하사의 대화에 관한 소문이 온 병실로 퍼져 해군병원에 새로운 유행어가 탄생했던 것이다.

"군의관, 저 사람 물건 앞으로 써먹을 수 있겠습니까? 각하! 문제없습니다!"

이 말로 인해 병실 안은 웃음꽃이 활짝 피곤 했다.

유머가 풍부하고 이상한 곳에 부상을 당한 이 환자는 곧 퇴원해 원대복귀를 앞두고 있었다.

드디어 퇴원하는 날이 돌아왔다. 같은 병실 환자들, 군의관과 간호장교들의 인사를 받으며, 최명철 하사는 병원 문을 나섰다. 간호장교들에게 얼마나 애를 먹였던지, 어느 간호장교는 "다시는 병원에 오지 말라!"고 말했다.

최 하사는 본 부대를 찾아가기 위해 강원도 춘천을 지나 인제로 갔다. 그곳에는 해병 1연대가 있고, 1대대장은 공정식 소령이었다.

먼저 해병대 특공대장인 김태민 대위를 찾았다. 최 하사를 본 김태민은 반갑기도 했지만 깜짝 놀랐다.

최 하사는 김태민 대장에게 신고부터 했다.

"특공대장님께 원대복귀를 신고합니다. 해병 최명철 하사는 진해 해군 병원에서 퇴원하여, 본 부대로 원대복귀를 신고합니다!"

"반갑다! 여기까지 오느라고 수고가 많았다."

김태민은 반가운 나머지 악수를 하고 자리에 앉으라고 했다.

"최 하사, 다친 곳은 어때?"

김태민은 걱정스러운 얼굴로 말했다.

"옛, 완벽하게 회복됐습니다."

김태민은 웃으며 말했다.

"그래, 다행이다. 최 하사가 퇴원하니 간호원들은 속 시원하겠군?"

"그럴 것입니다. 제가 간호장교들을 귀찮게 했습니다. 빨리 완치시켜달라고, 시운전 좀 해보겠다고 애를 먹였습니다."

김태민은 허리를 잡고 웃었다. 통영상륙작전 때 함께 싸웠던 전우들을 만나보라고 했다.

잠시 후 김태민은 연락병 오 해병을 따라 나갔다. 모두가 한 줄로 집합해 있었다. 김태민은 해병특공대 15명을 쳐다본 후 말했다.

"오늘은 반가운 귀신 잡는 해병 한 사람이 원대 복귀했다. 최명철 하사는 작년 8월 통영상륙작전에서 용감히 싸우다가, 불행히도 생식기에 부상을 입었다. 진해 해군 병원에서 장기간 치료 후 완전히 회복되어 다시 원부대로 돌아왔다. 해병정신으로 명예와 전통으로 싸운 결과, 귀신 잡는 해병이란 신화를 창조해낸 위대한 참해병이다. 우리는 선발대인 특공대로서 더욱 피보다 진한 전우애를 발휘해주기 바란다. 다시 귀신 잡는 해병정신으로 도솔산 전투에서도 또 하나의 해병대 신화를 창조해 주기 바란다!"

김태민은 잠시 최 하사를 쳐다본 후 다시 말했다.

"최 하사는 병원에서 장기간 입원해 있었기 때문에 진급이 늦었다. 이 시간부터 1계급 특진으로 중사로 명한다."

이 말을 들은 특공대원들은 일제히 박수로 축하해 주었다. 연락병인 오 해병이 중사계급장을 들고 특공대장 앞으로 갔다. 김태민은 최명철 하사에게 중사 계급장을 직접 달아 주었다. 잠시 후 최명철 중사는 특공대장에게 1계급 특진신고를 했다.

"최명철 중사, 1계급 특진을 신고합니다!"

이 말을 들은 특공대원들은 또다시 박수로 격려해 주었다.

며칠 후 해병 1연대에 군목이 처음으로 찾아왔다. 우리 한국군에는 군종장교가 없었고 미군에게만 있었다. 우리 군의 역사에서 군종제도는 미군과의 상호 교류로 인해 최초로 관심을 받게 되었다. 그러나 안타깝게도 당시에는 비전투 병과를 창설할 여력이 우리는 없었다. 군종제도는 미 33사단 10공병대대에 근무하던 무명의 카투사 병사로부터 시작됐다.

'성직자가 군에 들어와 전투에 임하는 장병들의 가슴을 신앙의 철판으로 무장시키고, 기도로 죽음의 두려움을 없게 하여 주옵소서'라는 내용의 진정서를 이승만 대통령에게 올렸던 것이다.

이것을 발단으로 김리교 선교사 쇼우 박사와 천주교 주지 N. 캐볼안 주교. 그리고 극동사령부 군종참모 이반 L. 베넷 군목, 또 장로교 한경직 목사, 김리교 류형기 감독 등에 의해 성직자 종군의 필요성이 외부에서부터 강하게 제기됐다. 이들은 한국군 군종제도의 산파역할을 했는데, 여러 차례 정부의 논의 끝에 드디어 1950년 12월 21일 대통령 비서실 지시 제29호에 의해 육본 차원에서 검토가 지시됐다. 그리고 1951년 2월 7일 육본 일반 명령 제31호에 의거 육군본부 인사국 내에 군종과가 실시돼 마침내 장병 신앙 전력화를 위한 기틀이 마련됐다.

이렇게 전쟁 중 필요에 의해 우리 군종제도는 시작됐다. 무명의 카투사를 통해 한국군에도 군목이 생기고, 첫 번째로 해병 1연대에 군목이 처음 오게 된 것이다.

이튿날 아침 김태민은 연대본부로 급히 오라는 연락을 받았다. 김태민은 연대본부에 도착하니 벌써 해병 제1연대장인 김대식 대령과 1대대장인 공정식 소령도 와 있었다.

연대장은 김태민을 바라보며 말했다.

"도솔산 마지막 24고지는 특공대에서 해결해 줘야겠어?"

"예, 저희들이 해결하겠습니다."

연대장은 1대대장에게 용감한 해병을 뽑아 지원하라고 지시했다. 또 연대장은 대대장에게 비상식량은 미군 C-레이션으로 하고 만약을 위해 1대대 병력을 밑에서 대기시키라고 지시했다.

연대장은 김태민을 바라보며 긴장된 얼굴로 말했다.

"마지막 24 목표는 자신 있나?"

"예, 사상자가 좀 생기더라도 기필코 24 마지막 목표를 점령해, 제2의 귀신 잡는 해병대의 신화를 창조해 내겠습니다!"

연대장은 만족한 얼굴로 다시 말했다.

"세계에서 최강인 미 해병대도 실패했지만 우리 해병대는 꼭 성공할 것으로 믿어. 24 목표를 점령하면 특공대 전원 15일간의 특별 휴가를 약속하지!"

"연대장님, 감사합니다. 최선을 다해 목표를 달성하겠습니다."

"좋아, 애로사항은 있나?"

김태민은 연대장을 바라보며 힘차게 말했다.

"예, 연대장님, 오늘 17시에 군목을 특공대로 보내주시고, 저는 술을 안 하지만 부하들의 사기를 위해 점령 후 소주나 한 박스 보내주십시오."

"그거야 물론이지. 공 소령은 최대한 협조해줘."

"예, 알겠습니다. 그런데 소주보다는 막걸리가 더 좋습니다!"

"그러면 책임지고 막걸리를 많이 보내줘!"

"예, 알겠습니다."

연대장은 김태민과 악수한 후, 밝은 표정으로 말했다.

"오늘 밤 24 마지막 목표에 귀신같이 접근해, 새벽녘에는 북한군들을 몰살시키고 고지를 점령해 버려. 그러면 특공대장 부탁하네!"

"예, 염려 마십시오. 연대장님!"

김태민은 연대장과 대대장에게 경례를 한 후 밖으로 나왔다.

김태민이 나간 뒤, 잠시 침묵이 흐르다 대대장은 연대장을 바라보며 조심스럽게 말했다.

"연대장님, 특공대에 최명철 중사가 있는데, 작년 통영상륙작전에서 북한군이 쏜 총알이 최 중사의 생식기로 들어가 항문 쪽으로 빠져나갔다고 합니다."

"아니, 적탄이 성기 쪽으로 통과했다고?"

연대장은 놀라운 표정으로 말했다.

"예, 성기의 요도로 빠져나간 실탄을 본 해병들은 그 적탄을 가리켜

'저주받은 놈이니! 그래도 조금은 인정이 있는 놈이야'라며 껄껄 웃었다고 합니다."

"미친 총알이지! 하필이면 남성의 가장 중요한 곳을 통과하다니, 웃을 일이야? 걱정해줄 일이지!"

대대장은 연대장을 바라보며 다시 말했다.

"어느 날 갑자기 병원을 방문한 이승만 대통령께서, 그곳에다 붕대를 감고 누워있는 그의 장래가 걱정스러웠던지 옆에 서 있는 군의관에게, 저 사람 앞으로 써먹을 수 있겠습니까? 하고 물었을 때, 군의관이 미처 대답하기도 전에, 그 환자는 이렇게 말했다고 합니다. 각하! 문제없습니다. 병원이 떠나갈 듯 웃음의 바다로 변했다고 합니다!"

이 말을 들은 연대장도 허리를 잡고 한참이나 웃었고, 대대장에게 다시 물었다.

"그 중사, 거시기는 써먹을 수 있대?"

"예, 그런데 그 중사의 말이 또 웃깁니다. 퇴원해 시운전을 해봤는데, 전보다 성능이 더욱 좋아졌답니다!"

이 말을 들은 연대장은 또다시 배를 잡고 한참이나 웃었고, 잠시 생각하더니 대대장에게 큰소리로 명령했다.

"그 중사, 또다시 그곳을 다치면 큰일이야! 오늘부터 군종하사관으로 즉시 보내라고 해. 내 특별 명령이라고 김 대위에게 전해."

"예, 알겠습니다!"

김태민은 돌아오면서 생각했다. 도솔산을 주봉으로 하여 그 동남쪽으로 뻗어 내린 일련의 능선, 봉우리 위에 또 봉우리가 겹쳐 첩첩으로 쌓여 바위산을 이루고 있는 공격로는 벼랑의 연속이었다. 이 벼랑에 적은 토치카가 도사리고 있다는 것을 확인했다. 그러나 우리 해병특공대는 해낼 수 있다. 우리 특공대는 통영상륙작전과 인천상륙작전, 그리고 연희고지 전투와 서울 탈환 등 많은 경험을 쌓았다. 특히 북한에서 포위망을 뚫고 한 달 만에 38선을 넘은 '귀신 잡는 해병대'가 아닌가! 김태민은 두 주먹을 불끈 쥐고 기필코 성공하겠다는 자신감을 가졌다.

김태민은 돌아온 즉시 특공대원들의 기습공격 작전을 구상하고 있었다. 이때 전화벨이 울렸다. 김태민은 전화기를 잡았다.

"나, 대대장이다."

"예, 김태민입니다."

"연대장님과 잠시 이야기를 했는데, 최명철 중사 말이야, 또다시 그곳을 다치면 큰일이라면서. 연대장님은 오늘부로 최 중사를 군종하사관으로 즉시 보내리고 명령하셨어. 그러니 아무 소리 말고 김 특공대장은 최명철 중사를 군종하사관으로 보내줘! 연대장님의 특별한 명령이다."

"예, 저 역시 그런 생각을 가지고 대대장님께 건의할까 망설이고 있었습니다. 곧바로 군종하사관으로 보내겠습니다."

대대장은 다시 침착하게 말했다.

"나 역시 잘됐다고 생각해! 군목도 도와주고, 군종하사관이 꼭 필요해."

"저 역시 같은 생각입니다. 도솔산 마지막 24 목표를 앞두고 은근히 걱정을 했는데, 정말 하나님이 도왔습니다."

"그럼 그리 알고 있어."

"예, 감사합니다. 대대장님."

김태민은 즉시 특공대원들을 집합시켰다.

"특별히 연대장님께서 특공대에 명령을 내리셨다. 도솔산 마지막 24 목표로 특공대가 고지를 점령하라는 명을 받았다. 우리 특공대 50명으로 미 해병대도 많은 피해를 입고 물러난 도솔산을, 우리 한국 특공대가 24 마지막 목표를 기필코 점령해야 한다. 김대식 연대장님께선 약속하셨다. 특공대가 24 목표를 점령 시 전원 15일간 특별휴가를 약속했으니, 한국 해병의 명예와 전통정신으로 해병대에 또 하나의 신화를 창조해 내자! 1대대장 공정식 소령님이 적극으로 지원을 약속하셨다. 비상식량으로는 미군의 C-레이션이 지급될 것이며, 장비 역시 전원 자동소총으로 무장한다. 또 우리가 고지를 점령할 때 1대대가 밑에서 대기할 것이다. 그러나 이번만은 우리 특공대만으로 도솔산 마지막 정상을 정복할 것이다."

김태민은 주머니에서 미리 구상한 작전계획서를 꺼내 설명했다.

"제1조장 오종수 중위, 부조장 김민성 소위 외 13명, 제2조장 김용호 상사, 부조장 오덕상 중사 외 13명, 제3조장 이삼영 중사, 부조장 안기덕 중사 외 13명, 그리고 통신병 3명, 위생병 3명, 특공대 총인원은 52명이다. 오늘 17시에 군목이 오니 전원 집합할 것. 각 조장과 부조장은 오늘 밤 작전에 차질이 없도록 무기와 비상식량 등 만전을 기할 것."

김태민은 잠시 최명철 중사를 바라보다가 다시 말했다.

"최명철 중사는 오늘부터 특공대에서 군종하사관으로 명한다. 이것은 연대장님의 특별 명령이다. 최 중사는 군종하사관으로 군목을 불편 없이 잘 도와주길 바란다. 그리고 최 중사는 통영작전 때 부상으로 고생을 많이 했다. 우리 특공대를 떠나지만 우리와는 바늘과 실같이 자주 만날 것이다. 모든 준비를 끝내고 17시에 군목이 오니 따라가면 된다."

김태민은 이 말이 끝나자 최명철 중사와 악수를 나누고 사무실로 갔다. 전우들은 최명철 중사를 부러워하며 한마디씩 했다.

"최 중사, 거시기 부상으로 연대장이 좋은 곳으로 보냈구나! 이제는 전쟁터에서 다칠 염려도 없고 앞으로 거시기 때문에 유명인사가 되겠다.

나도 총알이 그곳으로 살짝만 통과만 해준다면 대박을 잡는데……"

전우들은 한바탕 웃음으로 소란을 피우며 최 중사를 부러워했다. 어느 전우는 자신과 보직을 바꾸자고 하기도 했다.

어느덧 17시가 되어 특공대 전원이 집합한 가운데, 1대대장 공정식 소령과 군종장교 군목이 도착했다. 김태민이 먼저 대대장님께 경례한 후, 대대장님의 격려의 말씀이 있었다.

공정식 소령은 특공대원들 앞으로 나와 대원들을 둘러본 후, 밝은 표정으로 말했다.

"특공대에게 도솔산 마지막 24봉 목표는 연대장님께서 명령하셨다. 세계 최강이란 미 해병도 많은 사상자를 내고 물러난 이 난공불락의 험한 도솔산을 우리 한국 해병대가 23봉을 점령했다. 이제 마지막 24봉 목표는 귀신 잡는 해병특공대가 점령해 주기 바란다. 그래서 또 하나의 해병대 전설을 온 국민과 해병대 역사에 길이 남기자. 한번 해병은 영원한 해병처럼, 죽어서도 해병으로 이름을 남긴다. 해병 1연대장 김대식 대령님은 '어떠한 난관이라도 능히 극복할 수 있는 자만이 최후의 승리를 거둘 수 있다!'고 말씀하셨다. 해병대는 불가능이 없다. 통영상륙작전에서 귀신 잡는 해병특공대가 여기 있다. 다시 한 번 명예와 전통을 자랑하는 대한민군 해병대가 도솔산에서 새로운 신화를 창조해 보자! 우리 1대대 병력은 예비 병력으로 대기하고 있으니, 아무 걱정 말고 24고지를 점령해 15일간의 특별 휴가를 부탁한다!"

다음은 군종장교인 군목이 앞에 나와 머리를 숙이고 하나님께 기도를 드렸다.

"하나님 아버지. 다시 한 번 하나님의 은혜와 기적을 나타내 주시옵소서. 이제 도솔산 마지막 고지인 24 목표를 향해 우리 해병 용사들이 오늘 밤부터 작전을 시작합니다. 하나님께서 도와주셔서 우리 특공대원들이 한 사람도 다치지 않고, 저 높고 험한 마지막 고지를 점령하게 도와주시옵소서. 또한 빨리 남북통일이 되어 저 북녘 땅에도, 하나님의 기도소리와 찬송소리가 울려 퍼지게 이 민족을 축복해 주시옵소서. 하나님 아버지, 다시 한 번 강철 같은 철판으로 무장시키고, 두려움을 용기로 승화시켜 주셔서 기필코 내일 아침에는 저 높은 고지 정상에 우리의 자랑스러운 태극기가 힘차게 휘날리게 도와주시기를 예수님의 이름으로 간절히 기도합니다. 아멘."

다음은 '도솔산가'가 우렁차게 울려 퍼졌다.

하늘에 우렛소리 땅 위에 아우성
물바다 피투성이 새우기기 몇 밤
이 나라 해병들이 명예 걸고
목숨 내건 싸움터 도솔산일세
오 - 도솔산 높은 봉
해병대 쌓아올린 승리의 산
오늘도 젊은 피 불길을 뿜는다

도솔산 군가가 끝나자 대대장과 군목은 한 해병마다 일일이 굳은 악수를 한 후 자리를 떠났다.

드디어 결전의 시간이 다가왔다. 6월 18일 21시 30분, 각 조장은 조원들의 화기를 재점검했다. 특공대 50여 명은 전원 자동소총이나 카빈 2자동소총과 개인당 수류탄 5개, 그리고 비상식량은 미군용 C-레이션으로 준비했다. 캄캄한 밤에 조용히 1조부터 이동해 산으로 올라갔다. 캄캄한 밤이었지만 희미한 달빛 아래 앞 사람을 따라 조용하고 민첩하게 이동했다. 도솔산 마지막 고지인 1,150m의 높고 험악한 산악지역이었다.

도솔산 지구는 중동부 전선의 가장 중요한 지점이었다. 양양과 철원을 연결하는 중동부 전선의 중간에 있는 아주 중요한 요충지였다. 그래서 고지에는 땅굴이 많았고, 이 땅굴들은 교통호나 또는 산병호로 완벽하게 구축해 놓았다. 만일 적이 이 고지를 잃는 날이면 북으로 20km나 물러나야 하고, 해병대가 이 고지를 점령하면 그만큼 넓은 지역을 우리 손에 넣게 되는 아주 중요한 지점이었다.

특공대원들은 7부 능선에서 중지하고 날이 밝기를 기다렸다. 얼마나 시간이 흘렀을까? 새 아침이 환하게 밝아왔다. 미 해병대와 한국 해병대의 지원포격을 요청하여 산꼭대기의 적을 놀라게 하고 혼란에 빠지게 했다. 그 사이 1조는 먼저 8부 능선으로 올라가 특공대는 즉시 교통호에 수류탄을 던지며 교통호를 따라 공격했다. 그 뒤를 따라 2조 역시 잽싸게 교통호로 뛰어들었다. 3조는 뒤에서 엄호사격을 해주었다. 2조 한순옥 해병이 교통호로 뛰어드는 순간, 머리가 오싹해짐을 느꼈다. 부서진 교통호 밑바닥에 흙투성이가 되어 자빠져 있던 적의 부상병 두어 명이 벌떡 일어나며 한 해병의 발목을 잡아당겼던 것이다. 한 해병은 그 순간 대검으로 두 놈의 적을 마구 찌르고 그 자리를 떠났다. 그런 처참한 전투가 한참이나 계속되었다. 그러나 산꼭대기까지는 아직도 200m나 남아 있었다. 이제까지 점령한 것은 겨우 중간 목표에 불과했던 것이다.

특공대 1조는 다시 공격을 시작하여 산 정상까지 뻗은 200m의 능선을 교통호를 따라 올라갔다. 한 줄로 뻗은 교통호 양쪽은 가파른 비탈이었다. 더구나 교통호는 중간에 5m가량 끊겨, 더 전진하려면 적의 눈에 띄게 되어 사격을 받을 수밖에 없었다.

교통호가 끊긴 지점에서 중지하고 있는 제1조의 특공대원들의 머리 위로는 적의 총탄이 빗발치듯 지나갔다. 5m가량이나 몸을 드러내고 전진하려면 적의 총탄이 우박같이 퍼부을 것이다. 전진을 잠시 중지하고 있던 1조장 오종수 중위에게 3조 후방에 있는 김태민 특공대장은 앞으로 돌격하라는 명령을 무선으로 내렸다.

선두로 1조장인 오 중위가 적탄을 헤치며 밖으로 달려 나갔다. 그 뒤를 따라 부조장인 김민성 소위가 재빠르게 뛰어넘었다. 그러나 먼저 뛰어나간 1조 조장 오종수 중위는 적탄에 맞고 그 자리에 쓰러지고 말았다. 뒤를 따르던 해병도 몸을 날려 앞 교통호로 몸을 피했다. 그다음으로 위생병이 잽싸게 노출지점을 가까스로 뛰어넘었다. 다시 지원 나온 해병이 뛰어 나갔는데 그만 가슴에 적탄을 맞고 피를 흘리며 언덕 밑으로 굴러 내렸다. 다음으로 지원 나온 이규식 하사가 뛰어나갔는데, 배에 총탄을 맞고 밑으로 굴러 내렸다. 총상을 입은 배에서는 창자와 함께 붉은 피가 흘러내렸다. 정신을 차린 이 하사는 주머니 속 지갑에서 아내와 함께 찍은 사진을 꺼내 바라보며 눈물을 흘리다가 사진을 손에 쥐고 눈을 감고 말았다.

1조에서 3명이나 적탄을 맞고 쓰러지는 것을 본 김태민은 1대대장에게 포 지원을 요청했다. 잠시 후 포탄은 정상고지를 강타했다. 이 틈을 타서 먼저 뛰어넘은 1조의 엄호사격으로 2조는 무사히 다음 교통호로 뛰어들었다. 잠시 후 3조 조장 이삼영과 부조장 안기덕 해병도 뛰어넘었고, 조원 13명 중 1명만 부상 후 후송하고 나머지 인원은 힘겹게 앞 교통호로 뛰어넘었다. 지원 포격은 계속되었고, 아침 해가 떠오르기 시작했다.

1조 조장 오종수 중위가 전사하자, 부조장인 김민성 소위가 지휘를 맡게 되었다. 1조에선 3명이나 전사해 지휘를 맡은 김 소위는 정신을 바짝 차리고, 더 이상 사상자가 안 생기게 신경을 곤두세웠다. 1조 12명은 각각 수류탄 2발씩을 들고, 지원 포격이 끝나기를 기다렸다.

지원 포격이 끝나자 특공 1조 대원들은 교통호 속을 기어서 적의 토치카에 도착해 24발의 수류탄을 일제히 내던졌다. 요란한 폭발음과 함께 순식간에 고지는 풍비박산이 되고 말았다. 김 소위는 1조 전원에게 돌격 명령을 내렸다.

"1조 전원 돌격 앞으로!"

이 명령이 떨어지자 2조에서도 저쪽 토치카에 수류탄을 던졌다. 요란한 폭발음 소리는 새벽 공기를 가르며 흙먼지와 사방으로 흩어졌다. 1조에서는 일제히 정상을 향해 공격했고, 뒤따라온 2, 3조도 "와아" 하고 힘성을 지르며 고지로 돌진했다. 그런데 근처에 숨어있던 적들은 순식간에 달려와 서로 육탄전이 벌어졌다.

24고지를 뺏긴 북한군들은 성난 벌떼처럼 달려들며 교통호 쪽으로 무서운 기세로 해병들을 밀어붙이고 있었다. 김민성 소위는 놀라서 두 눈을 크게 뜬 채, 달려드는 적의 가슴에 총검을 꽂았다. 그 순간 또 한 명의 북한군이 김 소위 쪽으로 달려들었다. 몸을 돌린 한순옥 여 해병이 적의 고환을 발로 차올렸다. 적병은 얼굴이 하얗게 변하며 그곳을 잡고 쩔쩔매는 것을 한 해병은 개머리판으로 등판을 찍어 내렸다. 그리고 다시 총검으로 옆구리를 찔러 넣었다. 적병은 "으윽" 하는 비명 소리를 지르며 땅바닥으로 뒹굴었다. 다시 적 2명이 한순옥 여 해병에게로 달려들었다. 한 해병은 뒤로 밀리면서 교통호 속으로 몸을 피하다 넘어졌다. 적병 1명이 한 해병을 덮치려고 몸을 날리는 순간, 한 해병은 재빨리 대검을 가슴 위로 가져가 칼끝을 하늘로 세웠다. 적은 한 해병 가슴으로 몸을 날려, 대검은 적의 배에 깊숙이 꽂혔다. 적을 밀어내고, 대검을 빼어 몸을 일으키려는 순간, 두 번째 적도 한 해병의 몸을 덮쳤다. 그 순간 한 해병은 몸을 옆으로 살짝 틀면서 한 번 몸을 굴려, 땅에 떨어진 적의 옆구리에 대검을 깊숙이 꽂아 박았다. 적이 "윽" 하는 순간 또다시 대검을 흔들어 상처를 크게 냈다.

그런 가운데 이삼영 옆에 수류탄 한 개가 소리 없이 굴러왔다. 그 근방에는 특공대와 북한군 간에 치열한 백병전이 벌어지고 있었다. 위험을 느낀 안기덕은 옆에 있는 삼영을 생각하며 "위험해, 삼영아!" 소리 지르며 자신의 몸으로 수류탄을 덮쳤다. 곧이어 수류탄 폭발음 소리에 놀라 삼영은 뒤돌아보니, '사총사'의 한 사람인 안기덕 해병이 삼영을 구하고 마지막 도솔산 전투에서 산화했던 것이다. 삼영은 이 상황을 정신없이 쳐다보는데, 바람소리에 스쳐 뒤돌아보니 북한군 한 명이 총검을 앞세우고 달려들고 있었다. 삼영은 반사적으로 몸을 피하며 적의 옆구리에 총검을 힘껏 찔러 박았다. 북한군은 "끄으윽" 비명을 지르며 언덕 아래로 굴러 떨어졌다.

다시 삼영은 몸을 돌리려는 순간, 또다시 수류탄 한 개가 옆으로 떨어졌다. 삼영은 번개같이 몸을 날려 참호 속으로 간신히 몸을 피했다. 잠시 후 수류탄이 터지는 폭발음과 함께 격투 중이던 두 명의 남북 병사들은 교통호 위에서 파편에 맞아 살점과 피가 우산을 맞고 튕겨 나가는 빗물처럼 사방으로 튀어 나갔다.

이때 교통호 위에서는 북한군이 오덕중 해병을 대검으로 찌르려고 대들었다. 그 순간 저쪽에서 총알이 먼저 날아와 북한군을 쓰러뜨렸다. 총을 쏜 북한군은 바로 오덕중 동생 오덕했다. 북한군 소속으로 있던 막내가 둘째 형 덕중을 살려준 것이다. 오덕하는 피난길에 큰형 오덕상이 피난 가서 해병대가 되겠다는 말을 듣고 해병대를 돕기 시작했다. 벌써 해병대를 몇 명이나 구해주었다. 그러나 해병대는 아무도 모르고 있었다.

처절한 백병전은 1시간이나 계속되었다. 이제는 서로 지쳐 붙들고 산 밑으로 굴러 내렸다. 이때 저 밑에서 해병대 지원병 1개 중대가 "와, 와. 해병대 만세! 대한민국 만세!" 하고 큰 함성을 지르며 고지 위로 올라왔다. 겁을 먹은 북한군들은 부상자를 버리고 저쪽 산을 타고 도망갔다. 지원 나온 해병대원들은 도주하는 북한군을 향해 수류탄을 던지고 자동소총으로 갈겨대었다.

도솔산 마지막 봉우리 24 목표를 완전히 점령한 특공대는 1,148m 정상에 태극기를 꽂았다. 태극기는 힘차게 바람에 휘날리고 있었다. 1951년 6월 19일 아침이었다. 정신을 차린 김태민 특공대장은 김민성 소위와 김용호 상사에게 전사자와 부상지를 파악해 부상자는 빨리 병원으로 후송하라고 지시했다.

30분 동안 특공대원들은 10명의 전사자를 확인하고, 15명의 부상자를 찾아냈다. 25명의 사상자를 내고 마지막 24고지를 점령했던 것이다. 24고지는 지원 나온 해병들에게 인계하고 특공대는 전사자들을 산 밑으로 운반하게 했다. 그런데 김준모 해병이 달려와 김태민 특공대장에게 보고했다.

"대장님, 교통호를 뛰어넘다 전사한 자원 나온 1중대 이규식 하사가 손에 사진을 들고 전사했습니다."

그곳으로 달려간 김태민은 간단히 기도하고, 사진을 보니 자신의 아내와 함께 찍은 사진이었다. 뒷면을 보니 '제주도'란 글씨가 희미하게 보였다. 김태민은 눈물이 나왔다. 작년 서울 탈환 마지막 시가전에서 전사한 애인 오경자가 떠올랐다. 이규식 하사 역시 오경자처럼 아내의 사진을 보며 죽었던 것이다. 태민은 사진을 자신의 주머니에 넣고, 시신을 정성껏 산 밑으로 운반하라고 지시했다. 오종수 중위를 비롯해 10명의 전사자와 15명의 부상자가 생겨 특공대 25명의 사상자를 내었던 것이다.

산 밑에 10명의 시신이 있었고, 이삼영과 김준모는 안기덕이 전사했으니 이제는 '삼총사'가 되었구나 하며 시신을 붙잡고 통곡했다. 또 화천 전투에서 귀순한 오종수 중위도 전사해 태민의 가슴은 쓰리고 아팠다.

김태민은 특공대원들을 불렀다.

"인천상륙작전부터 북한군 소속이던 오덕중과 김준모가 우리를 도왔던 것처럼, 이런 일이 이곳 도솔산에서도 또다시 나타났다. 북한군이 나를 총으로 쏘려고 하는데 누군가가 먼저 쏴 나를 구해주었다. 신기한 일이며 귀신 곡할 노릇이다!"

이 말을 들은 오덕중도 눈빛을 빛내며 말했다.

"특공대장님, 나도 북한군이 뒤에서 총검으로 찌르려고 하는데, 누가 그 북한군을 총을 쏴 나를 구해 주었습니다."

김태민은 놀라운 얼굴로 다시 말했다.

"우리를 살려주려고 하늘에서 천사가 내려와 우리를 보호해 준 것이다. 다 함께 기도드리자."

두 명을 살린 것은 오덕하 북한군이었다. 고향에서 큰형 오덕상이 피난 갈 때 두 동생과 함께 갔는데, 오덕상은 피난 가서 해병대에 갈 것이란 말을 했던 것을 떠올리며 맛냇동생 오덕하는 해병대를 도와주었던 것이다.

바로 이때 저쪽에서 연대장 김대식 대령과 제1대대장 공정식 소령이 참모들 그리고 군목과 함께 걸어오고 있었다. 김태민은 달려가 경례를 했다. 연대장도 반갑게 맞으며 답 경례를 했다.

김대식 연대장이 먼저 말했다.

"특공대장, 수고 많았어. 도솔산 24봉 점령을 축하하네! 미 해병도 물러난 험하고 높은 정상을 우리가 점령했어! 하늘이 도운 것이야."

공정식 대대장 역시 활짝 웃으며 맞장구를 쳤다.

"김 특공대장이 마지막 고지를 점령해 해병대의 명예와 전통을 다시 살려 주었어. 특공대원들 정말 장한 일을 해냈어! 막걸리를 가져왔으니 부하들 한 잔씩 따라줘!"

"옛, 감사합니다."

연대장은 다시 물었다.

"특공대 사상자는 몇 명이야?"

"전사자 10명, 부상자 15명입니다. 부상자는 후송했습니다."

연대장은 도솔산 정상을 쳐다본 후, 다시 말했다.

"특공대원들과 25명의 사상자가 우리 해병대의 새로운 신화를 창조해 낸 거야!"

이 말을 하면서 연대장은 시신 앞으로 갔다. 군목은 전사자 앞에서 간단히 기도를 했다.

파놓은 10구의 구덩이 안에 얼굴과 가슴에 태극기를 덮은 전사자를 1명씩 차례로 묻고, 연대장은 그들에게 1계급 특진을 명령했다. 10구의 해병의 무덤이 만들어지자, 10명의 해병은 조총을 하늘로 향해 10발을 발사했다.

"탕, 탕, 탕……"

다음은 '도솔산가'가 울려 퍼졌다.

"하늘의 우렛소리 땅 위의 아우성 불바다 피투성이 세우기 몇 밤, 이 나라 해병대가 명예 걸메고 목숨 내건 싸움터 도솔산일세. 오~오 도솔산 높은 봉 해병대 쌓아올린 승리의 산, 오늘도 젊은 피 불길을 뿜는다."

잠시 후 군목은 무덤 앞에서 전우들이 좋은 곳으로 가길 기도했다.

"하나님 아버지, 우리 해병대가 도솔산 마지막 24봉을 점령했습니다. 그 가운데 사상자가 25명이나 발생했습니다. 부상자들에게는 하루 속히 회복되게 하시고, 전사자 우리 전우들의 영혼을 받아 주시옵소서. 우리 온 국민들은 오늘 도솔산 마지막 전투에서 꽃다운 나이에 나라를 위해 산화한 우리 해병들을 영원히 잊지 않게 해주시옵소서. 그리고 그들의 피와 땀, 눈물로 전사한 이곳은 훗날 안보교육 역사의 장소로 만들어 주시고, 매년 한 번씩이라도 추모제를 올리고 참전한 노병들도 위로해 주시옵소서. 또한 수고한 해병들에게도 건강과 행운이 함께하길 예수님의 이름으로 기도합니다. 아멘."

기도가 끝나자 해병특공대 24명은 한 줄로 정렬했다. 김태민 대위는 연대장에게 경례를 했다. 연대장은 답 경례를 하고, 격려의 훈시가 있었다.

"나는 연대장으로 먼저 10명의 해병을 잃은 것을 가슴 아프게 생각하며, 부상자 15명에게도 빠른 회복을 빈다. 사상자 25명이 마지막 24 목표를 목숨을 바쳐 점령했다. 그러나 적은 희생으로 도솔산 마지막 고지 1,148m 높은 정상에 태극기를 꽂은 특공해병대 50명에게 무한한 감사와 더불어, 귀신 잡는 대한민국 해병대가 도솔산에서 또 하나의 기적의 신화를 창조해 내었다. 더구나 미 해병도 실패한 난공불락의 요새인 도솔산! 그러나 기필코 우리 해병대가 쌓아 올린 승리의 산, 대한민군 해병대가 명예를 걸고 목숨 바쳐 이룬 도솔산 성공! 정말 장하다. 약속대로 전원 15일간의 특별 휴가를 명령한다!"

이 말이 끝나자 연대장과 대대장은 한 사람씩 굳은 악수를 나누고 자리를 떠났다.

김태민은 대대장이 보낸 막걸리를 먼저 전사자 무덤 앞에 뿌렸다. 그리고 부하들에게 막걸리 한 잔씩을 따라 주었다. 해병들은 기쁜 얼굴로 술잔을 넘기며 그동안의 고통을 씻어 내는 듯했다.

도솔산 전투에서 적 2,263명을 사살하고, 44명을 포로로 잡았으며, 기관총 24정, 따발총 63정, 장총 14정, 자동소총 2정, 박격포 44문, 대전차포 1문 등을 노획하는 대전과를 올렸다. 한편 아군의 피해는 전사 123명, 부상 582명, 행방불명 11명이었다. 도솔산 전투의 승리를 보고받은 이승만 대통령은 해병 1연대를 '무적해병대'라 칭하면서 '무적해병' 휘호를 하사했다. 바로 이때부터 '무적해병'은 '귀신 잡는 해병'과 함께 해병대를 상징하는 해병대의 별칭이 되었다.

도솔산 지구 전투를 좀 더 자세하고 간단히 전한다면 다음과 같다.

국군과 유엔군이 1951년 5월 춘계 공세를 격퇴한 직후, 한국 해병대 제1연대가 양구군 해안면의 해안분지 남서쪽에 있는 전략 요충지 도솔산(1,148m)을 확보하기 위하여, 제1단계 작전(1951.6.4.~6.12) 시 공격 목표 '1에서 목표 16'까지 점령한 뒤 캔사스선으로 진출하였고, 제2단계 작전(1951.6.13.~6.24) 시 공격목표 '17에서 목표 24'까지 점령하고 버지선까지 진출하여, 도솔산과 대우산으로 연결되는 거대한 산악지역에 배치된 북한군 제5군단 제12사단과 제32사단의 정예부대를 치열한 공방전과 무수한 희생 끝에 격퇴하고 도솔산을 탈환함으로써 '무적해병'의 신화를 창조한 전투이다. 1951년 6월 4일 도솔산 탈환에 실패한 미 해병대 제5연대와 임무 교대한 한국 해병대 제1연대가 공격을 개시했으나, 암석지대를 이용하여 수류탄과 중화기로 무장한 적의 완강한 저항을 받고, 주간 공격을 야간 공격으로 전환하여 결사적인 돌격작전을 감행하는 등 난공불락의 진지를 혈전 17일 동안 피와 땀으로 얼룩진 끈질긴 공격 끝에 24개 목표를 점령했다. 6월 20일 드디어 빛나는 개가를 올림으로써, 적 2개 사단을 격퇴하고 교착상태에 빠진 우군 전선의 활로를 개척할 수 있었다.

이 전투의 승리로 이승만 대통령이 도솔산을 방문하여 '무적해병대'라 칭하면서 '무적해병' 휘호를 하사했고, 1951년 8월 19일 제1연대에 대통령 부대표창을 수여했다.

특별휴가

오후에 군종하사관 최명철 중사가 찾아왔다.

"김 대위님, 안녕하십니까?"

"오, 최 중사, 오랜만이군."

"김 대위님, 애로사항이 있어 왔습니다."

"그래. 말해봐!"

"김 대위님, 애인을 소개시켜 주십사 하고 왔습니다!"

"아니, 애인은 왜, 갑자기?"

"다른 전우들은 애인이 다 있는데, 저만 없습니다."

"그래? 그러면 좋은 사람 나타나면 연락할 테니 그리 알아."

"예, 감사합니다."

최명철 중사는 환한 얼굴로 거수경례를 하고 나갔다. 김태민은 잠시 어디 좋은 사람이 있을까 생각을 하다가, 문득 떠오르는 사람이 있었다. 바로 우리 고향 여선생 윤미자였다. 그런데 소개시켜 주었다가 욕이나 먹지 않을까 하는 생각도 들었다. 결혼해 그것이 말을 잘 안 듣는다면 어떻게 하나 잠시 생각해 보았지만, 그것은 다음에 다시 한 번 생각해 보기로 했다.

저녁 식사 후 김태민 사무실에는 함께 행동할 해병들이 모였다. 김민성 소위, 김용호 상사, 이삼영 중사, 오덕상 중사, 한순옥 하사, 김준모 하사, 오덕중 상병 등 모두 7명이었다.

"7명은 나와 함께 행동한다. 일단은 서울을 거쳐 오류동에는 오후 늦게나 밤에 도착할 것이다. 그곳에 가서 7명에 대해선 자세한 설명을 하겠다. 그리 알고 7명은 단체 행동을 한다. 그 외 병사들은 자기 고향으로 개인 출발한다. 내일 아침 해병 2소대가 이곳을 지키기 위해 올 것이니 잘 알려주기 바란다."

"그리고 전시 때라 각 개인은 단독무장을 한다. 수류탄 두 개는 양쪽 가슴에 매달고, 개인 무기와 실탄은 각 20발씩 지급한다. 특히 총기사고에 주의하기 바란다. 자세한 사항은 내일 아침에 다시 전달하기로 하고, 오늘은 준비를 마치고 일찍 태민은 취침하기 바란다."

이튿날 새벽 일찍 특공대 전원을 집합시켰다.

"지금은 전쟁 중이니 각 개인의 무기를 재점검하라. 08시 2소대가 도착하면 간단히 알려주고 우리는 곧바로 출발할 것이다. 고향에 돌아가 아무 사고 없이 있다가 귀대 날짜에 일찍 도착할 것. 다시 한 번 말하지만 총기사고가 없도록 부탁한다. 이상."

김태민은 대대장에게 전화로 신고했다.

"대대장님, 김태민입니다. 지금 휴가를 가려고 인사드립니다."

"그래. 잘 다녀와. 특히 총기사고가 없도록 주의시켜!"

"예, 수고하십시오."

일행은 아침에 출발하여 오후 늦게 서울역에 도착한 뒤 개인 출발자와 헤어져, 단체 행동을 할 인원만 남았다. 시간상 늦은 점심식사를 한 후, 태민은 영등포를 거쳐 오류동으로 갈 생각을 했다. 출발 전 김용호와 오덕상 중사를 먼저 보내며 우리가 간다고 알려주라고 했다. 2명은 앞차로 떠나고 나머지 인원은 서울에서 선물을 사가지고 좀 늦게 출발했다.

저녁 늦게 도착한 용호와 덕상을 보고 식구들은 깜짝 놀라며 영숙이와 현숙이는 너무나 좋아 어쩔 줄을 몰랐다. 조금 후에 5명이 온다는 말을 들은 식구들은 방을 청소하고 밥을 짓고 야단법석이었다.

어두워질 무렵, 5명은 개선장군처럼 당당하게 도착했다. 모두가 반가운 나머지 눈물까지 흘리며 기쁨을 감추지 못했다. 이춘옥은 강철만이 해병대 하사로 연평도에 와 있으며 두 번이나 다녀갔다는 반가운 소식을 전했다. 우리가 연평도를 떠난 뒤로 얼마 후 처음으로 연평도에 해병대 1개 소대가 오게 됐는데, 그때 강철만도 함께 왔다는 것이었다.

서로가 한 방에서 이야기를 했는데 김향숙은 여군 해병 소위로, 이삼영 애인 강영란은 육군 간호장교 소위로, 고향마을 윤미자는 공군 간호장교 소위로, 김준모 애인 이명숙은 해군 간호장교 소위로 속성 간호장교 학교를 졸업 후 소위가 됐다고 편지가 왔다는 것이다. 태민의 부모님이 기뻐한 것은 말할 것도 없고, 이삼영과 김준모는 이 소식을 듣고 너무나 기쁜 나머지, 어린이들처럼 껑충껑충 뛰었다. 특히 영숙과 동생 현숙은 김용호와 오덕상 옆에 앉아 늦은 밤까지 이야기꽃을 피웠다.

이튿날 아침 식사가 끝나자 김태민은 이춘옥과 영숙을 불러 받은 편지가 있으니 함께 보자고 했다. 그 편지에는 다행히 전화번호가 있었다. 김태민은 급히 김민성, 이삼영, 김준모를 불렀다.

잠시 후 3명이 방으로 들어오자, 김태민은 흥분된 음성으로 다급하게 말했다.

"이곳에 너희의 애인이 보내온 편지가 왔는데, 전화번호도 있다. 3명은 지금 즉시 전화를 하고 와라! 우리는 특별 휴가로 오류동에 와 있으니,

일주일 간 휴가를 내고 토요일 날 이곳 오류동으로 오라고 빨리 전화해."

"예, 알겠습니다."

김태민은 잠시 무엇인가 생각하더니, 영숙과 현숙을 불렀다.

"둘이는 지금 나가서 윤미자에게 전화하고 와라. 우리는 지금 이곳에 휴가 와 있다고 말하고, 내가 할 말이 있으니 일주일간 휴가를 내어 토요일 날 이곳 오류동으로 오라고 해라."

"예, 알겠습니다."

둘은 전화번호를 가지고 급하게 밖으로 나갔다.

밖에 나갔던 3명이 돌아왔다.

"모두 이쪽으로 모여라."

"김용호, 이삼영, 김준모는 지금 고향으로 갔다가 토요일 날 12시까지 이곳에 도착할 것. 그리고 한순옥은 집이 제주도니 일주일간 놀다가 이곳으로 와. 모두 지금 즉시 출발한다."

"예, 잘 다녀오겠습니다."

김태민 부모님은 기분이 좋았다. 아들과 사위 될 사람까지 함께 있으니 얼마나 기쁘고 행복한가! 김태민 아버지는 식구가 많다 보니 그 옆에다 집 한 채를 지었는데 거의 완성단계에 있었다. 김태민과 김민성, 또 오덕상 형제도 집 건축 마무리 작업을 도우며, 토요일에 사람들이 오면 이 집을 사용하려고 새벽부터 부지런히 일했다.

며칠 후면 사람들이 오기 때문에 모두가 저녁 늦게까지 일을 해, 금요일 오후에는 완전히 마무리 작업이 끝났다. 토요일에 올 손님들을 맞이하기 위해 큰 잔칫집이나 마찬가지로 분주했다. 떡을 하고 시장에서 반찬을 사오고 토요일 오전까지는 온 식구들이 무척 바쁘고 정신이 하나도 없었다.

드디어 기다리던 토요일이 왔다. 새벽부터 집 안팎을 청소하고 손님을 맞을 준비를 했다. 제일 먼저 도착한 것은 김용호였다. 용호는 집이 가까워 시간이 별로 걸리지 않았다. 다음은 충남 서산에 사는 이삼영과 김준모가 선물 보따리를 한 아름씩 안고 도착했다.

점심을 먹고 오후에는 여군들을 맞을 준비를 했다. 오후 3시가 되어 첫 번째로 도착한 여군은 수원 공군 병원에 근무하는 간호장교인 윤미자였다. 공군 정복에 빛나는 소위계급장을 달고 있었다. 같은 고향인 황해도 옹진 개미 때 마을에 함께 살던 김태민 식구들이 제일 반가워했다. 김태민과 영숙, 현숙도 얼싸안고 너무 반가운 나머지 눈물을 흘렸다.

6·25전쟁 초기 적 치하 90일 동안 윤미자 선생은 학교에서 '여성동맹 위원장'으로 제 세상인 양 날뛰다 국군이 진격하면서 빨갱이로 몰려 죽은 목숨이었는데, 김태민이 구해주었다. 김태민은 그녀에게 간호장교가 되라고 부탁했는데, 정말 공군 간호장교 소위가 되었던 것이다.

한 30분이 지나자 저만치서 여군 한 사람이 이쪽으로 바쁘게 걸어오고 있었다. 모두의 눈동자가 그쪽으로 화살촉같이 꽂혔다.

이삼영은 "야! 강영란이다!" 소리치며 100m 단거리 선수처럼 달려나갔다. 저만치 거리를 두고 강영란 소위는 먼저 차렷 자세로 김태민 대위에게 거수경례를 했다. 김태민도 웃으며 답 경례를 했다. 김 대위는 강소위가 무척 대견하다는 듯 악수를 하며 환하게 웃었다. 모두가 반갑게 악수를 나누며 즐거운 시간이었다.

김태민은 얼굴에 웃음꽃을 활짝 피우며 농담을 했다.

"군인이 군기가 완전히 빠졌군! 이삼영 중사는 강영란 소위에게 경례를 해야지?"

이 말을 들은 삼영은 차렷 자세로 "강 소위님 축하합니다!" 하면서 거수경례를 했다. 모든 사람들은 두 사람을 쳐다보며 한바탕 웃음꽃이 피어올랐다.

"야! 북한군 여군 하사가 한국군 소위가 되다니, 대견하고 정말 자랑스럽다!"

김 대위는 강 소위의 계급장을 만지며 칭찬을 아끼지 않았다.

이 말을 들은 강 소위는 환하게 웃으며 애교 있게 말했다.

"모두가 김 대위님의 염려 덕분입니다. 김 대위님께서 간호장교로 입대하라고 해서, 이렇게 대한민국 육군 소위 간호장교로 출세했습니다!"

이 말을 들은 사람들은 또다시 배꼽을 잡고 웃었다.

인천상륙작전 후 특공해병이 경인가두를 수색하던 당시 북한군 여군하사인 강영란은 소사에서 처음 귀순을 했던 것이다. 이삼영은 영란을 보고 첫눈에 반했다며 애인으로 맺어달라고 태민에게 애원했었다. 지금은 강영란이 이삼영의 애인이자 간호장교가 된 것을 보니 마음이 흐뭇했다.

17시가 되니 김민성의 애인 김향숙이 해병대 소위로 팔각모를 쓰고 허리에는 권총을 차고, '귀신 잡는 여 해병'이라고 적힌 빨간 명찰을 달고 나타났다. 북한까지 진격했다가 흥남부두에서 해상으로 철수해, 지금은 해병대 사령부에서 근무한다는 것이다. 서로가 너무나 반가워 이야기꽃을 피우고 있는데, 마지막으로 김준모의 애인이자 전 북한군 하사였던 이명숙은 해군 간호장교로 나타났다. 진해 해군 병원에서 간호장교로 근무하며, 소위계급장을 달고 있었다. 여군들은 모두 육·해·공군 간호장교였고, 김향숙은 여군 고참해병대 소위였던 것이다. 김태민과 방에서 이야기를 나누던 김준모는 이명숙이 왔다는 말에 맨발로 뛰어나가 선물 가방을 받아 쥐고, 서로 반갑게 악수를 나눴다. 북한군 여군 하사였던 이명숙은 김준모의 생명을 구해준 은인이라 김준모에게 있어서는 누구보다도 더욱 반가웠던 것이다.

김태민은 잠시 무슨 생각을 하더니 이춘옥을 불렀다.

이 집 주인, 이춘옥이 달려왔다.

"이춘옥, 연평부대에 있는 강철만 부대 전화번호 알고 있어?"

"예."

"그러면 지금 나가서 강철만에게 전화해. 우리 다 이곳에 와 있으니 3일간 휴가를 얻어 내일 이곳으로 빨리 오라고 해!"

"네, 알겠습니다."

얼마 후 돌아온 이춘옥은 김태민에게 말했다.

"내일 오겠답니다."

"잘됐다. 내일은 기념사진을 찍어야 되겠다!"

김태민은 환하게 웃으며 말했다.

그때 갑자기 최명철 중사가 여성을 소개해달라고 했던 말이 생각났다. 고향 여선생 윤미자 소위를 생각해 보았다. 그런데 소개해 주었다가 나중에 결혼하면 뺨이라도 얻어맞지 않을까 하는 생각도 들었다. 본인은 치료한 결과 양호하다고 했지만, 갑자기 잘못될 수도 있다는 생각에 걱정됐다. 그러나 해군병원에서 장기간 치료해 아무 문제가 없어 퇴원했으니, 별 문제가 없을 거라고 생각했다.

김태민은 윤미자 소위와 밖으로 나갔다. 걸으면서 자연스럽게 말해 보기로 했다.

"윤 소위, 우리 부대 군종하사관 최 중사가 있는데, 믿을 만한 사람이야. 그리고 전투요원이 아니라 군종하사관으로 군목을 도와주는 일만 하니, 위험할 것도 없어. 윤 소위도 외로울 텐데 한번 편지라도 해보면 어떨까?"

"오빠가 소개하는 분이라 저도 믿고 해보겠습니다. 오빠가 저를 살려주시고 간호장교를 권해주셨으니 오빠를 믿고 따르겠습니다!"

"윤 소위, 잘 생각했어! 그러면 병원주소와 전화번호를 적어줘."

윤미자 소위는 주소와 전화번호를 적어 주었다.

"윤 소위는 가까운 데 근무해 좋군. 편지 보내보고 한번 만나봐!"

"예, 김 대위님, 김 대위님께서 소개한 분이니 믿고 만나보겠습니다."

"그러면 마음을 열어놓고 서로 편지로 이야기해봐!"

"예, 알겠습니다."

저녁을 먹고 한 자리에 모였다. 김태민은 잠시 말했다.

"내일 아침은 인천으로 기념사진을 찍으러 갈 것이다. 강철만은 연평도에 있으니 나중에 찍기로 하고, 오늘 밤은 자유롭게 이야기를 나누다가 취침하기 바란다."

이튿날 아침 식사 후 김태민은 모두에게 오늘 일정을 이야기했다.

"오늘은 사진 촬영자나 안 하는 자도 모두 함께 인천으로 놀러간다. 사진은 여군은 정복 입은 그대로 하고, 해병대원들은 앞가슴에 수류탄 두 개씩 매달고 소총을 가지고 촬영한다. 전쟁 중이라 군인은 반드시 소총을 휴대하며, 총기사고에 주의하기 바란다. 민간인은 한복을 곱게 차려 입고, 10시에 출발한다. 이상."

인천 시내에 도착해 김태민은 다시 지시사항을 전달했다.

"짝 있는 사람은 김민성 소위의 지시에 따라, 사진관에 가서 사진 촬영을 잘할 것, 군인은 꼭 소총을 휴대한 후 촬영하고, 내일 오후에 찾아간다고 말할 것. 촬영이 끝나면 인천 앞바다가 보이는 저쪽 산으로 올 것. 우리는 그곳에 가서 기다리겠다. 짝 없는 자는 나와 함께 저쪽 산으로 가자."

짝 없는 자는 김태민, 이춘옥, 윤미자, 오덕중 등 4명이었다. 그곳에 도착해 인천 앞바다가 보이는 곳에 앉아, 김태민은 작년(1950) 9월 15일 원천상륙작전 때의 일을 이야기해 주었다. 그리고 좀 더 기다리니 사진촬영을 끝마친 사람들이 이곳으로 왔다.

제2차 인천상륙작전은 잘 알려지지 않았는데 김태민이 그 사건을 알려주었다. 2차 인천상륙작전은 규모는 작았지만 그 의미는 컸다. 2차 상륙은 이렇게 시작되었다.

2차 인천상륙작전은 한국 해군·해병대로 이루어졌다. 아군은 상륙작전을 2월 초로 잡고 준비했다. 상륙부대는 김종기 해군 소령이 지휘하는 덕적도에 주둔한 해병대 1개 중대였다. 이를 지원하기 위해 PC-701 백두산힘이 2월 2일 덕적도에 도착했다. 적정을 분석한 결과 2월 10일 오후 6시를 작전개시일로 잡았다. 그런데 갑자기 문제가 생겼다. 기상악화로 덕적도에 주둔한 해병대의 이동이 지연되었다. 할 수 없이 노명호 해군 소령과 김종기 소령은 인천 외항에 집결한 우리 해군 함정에서 지원자를 선발해, 37명의 특공대로 상륙부대를 편성했다.

특공대원들은 인천 기계제작소 앞 부두에 접안을 완료했다. 그리고 김종기 소령은 전 부대원을 집합시킨 후, 다음과 같이 명령했다.

"우리는 적지에 있다. 돌아가려고 해도 우리를 싣고 온 함정은 이미 떠나고 없다. 우리는 적과 싸우다 이곳에서 죽어야 한다. 그러나 용기를 내 각자 진격해 밤 9시까지 인천시 기상대 고지에 집합하라. 집합하지 않은 자는 사망으로 확정하고 처리한다!"

특공대는 대부대가 상륙한 것처럼 위장하기 위해 "대대 앞으로! 중대 앞으로!"를 외치며 돌격해 나갔다.

이날 밤 9시 김종기 소령이 도망치는 적을 쫓아 기상대 고지에 도착했다. 적은 대부대가 상륙한 것으로 착각하고 도망치기에 급급했다. 특공대는 기상대 고지를 완전히 점령함으로써 인천항을 장악했다.

11일 07시 악천후로 덕적도에 대기 중이던 해병대 본진이 상륙해 특공대로부터 점령지를 인계받았다. 이로써 제2차 인천상륙작전은 마무리되었다.

인천 시내에서 점심을 먹고 오류동에 도착해, 저쪽 언덕으로 올라가다 보니 나무와 숲이 많았다. 김태민은 새소리가 들리고 조용한 산으로 올라가다가 연락병 오덕중에게 말했다.

"아무 일은 없겠지만 오 해병은 이곳에서 앉아 대기하라."

"옛."

오 해병은 총을 들고 대답했다.

태민은 좀 더 올라가다가 큰 나무 그늘 밑에서 모이라고 했다.

"우리는 군인이기 때문에 이처럼 만날 기회가 별로 없다. 지금도 전방에선 한 치의 땅이라도 더 차지하려고 치열한 전투가 계속되고 있다. 언제 또다시 이런 기회가 올지 모른다. 연인들은 각자 앞날을 설계하며 좋은 추억을 만들기를 바란다."

연인들은 손을 잡고 숲속으로 들어가고, 짝 없는 사람들만 남았다. 김태민은 이춘옥과 윤미자 소위와 이야기를 나누었다. 저쪽 숲속으로 들어간 영숙은 용호의 손을 잡으며 말했다.

"나는 김해 김씨인데, 용호 씨는 어디 김씨야?"

"나, 광산 김씨!"

영숙은 용호의 손을 더욱 꼭 잡으며 다시 말했다.

"그러면 항렬자를 넣어 아들의 이름을 지으려면?"

"나는 용 자고, 아들이 태어나면 중 자야!"

"아들은 중 자 항렬자를 넣어 이름을 지으면 되겠네!"

"아직 결혼도 안했는데, 벌써부터 아들 이름이야?"

"훗날 우리 결혼하면 아들 둘, 딸 하나만 낳자!"

"그것이 그렇게 마음대로 될까?"

용호는 웃으면서 말했다.

영숙은 잠시 후 다시 말했다.

"용호 씨는 전투 시 몸조심해야 돼! 그리고 상사라고 선두에 나서지 마, 위험해!"

"나는 전쟁터에서도 걱정 없어! 어머니가 교회 다니라고 해서 나도 교회에 다녀!"

영숙은 삼싹 놀라며 밀했다.

"아니, 용호 씨가 교회에 다닌다고?"

"어머니가 준 십자가 보여줄까. 어머니 것인데 내게 주시면서 항상 목에 걸고 다니면서, 전투에 나갈 때는 꼭 십자가를 붙들고 기도하라고 하셨어!"

용호는 목에 건 십자기를 내어 영숙에게 보였다.

"아니, 진작 말할 것이지. 잘됐다. 교회 다니라고 말하려고 했는데. 우리 아버지는 교회 장로님이시며, 어머니는 권사님이야!"

"김 대위님이 말해서 나도 알고 있어."

"우리 어머니가 아시면 우리 큰 사위 생각 잘했다고 칭찬을 하실 거야!"

영숙은 용호의 두 손을 꼭 붙잡고 기도하자고 했다.

"하나님 아버지, 감사합니다. 앞으로 남편 될 이 사람을 하나님 앞에 불러주시니, 더욱더 감사를 드립니다. 전쟁터에 나갈 때는 하나님께서 눈동자처럼 보호해 주시고, 털끝하나 다치지 않게 기적을 베풀어 주시옵소서. 또한 부대에서 상급자로 모범을 보여 밑에 있는 병사들을 하나님 성전으로 인도하게 도와주시옵소서. 하나님 아버지, 전쟁터에서 하나님 말씀으로 재무장하여, 포탄이나 총알이 피해가게 은혜 베풀어 주시옵소서. 우리는 전쟁이 끝나면 결혼할 것입니다. 하나님 말씀으로 총알을 막아주시고, 행복한 가정을 이루게 축복과 은혜를 내려주시기를 예수님의 이름으로 기도합니다. 아멘."

집으로 돌아와 저녁식사를 끝내자, 연평부대에 근무하는 강철만이 도착했다. 철만은 3등병조(하사) 계급장을 달고 김태민 대위 앞으로 오더니, 거수경례를 했다. 김태민도 답 경례를 한 후 강철만과 굳은 악수를 나누었다. 철만은 특공대 해병들과도 악수를 나눈 뒤 다시 김 대위 앞으로 왔다.

김 대위는 방으로 들어가 이야기를 하자고 했다.

"우리는 강원도 해병 제1연대에 있는데, 포상휴가로 이곳에 다 모였다. 모이고 보니 네가 빠져 오라고 전화를 했다."

"전화 잘 했습니다. 5일간 휴가를 얻어 왔습니다."

"같은 해병이 돼 더욱 반갑다. 그런데 어떻게 하사가 됐지?"

"적지에서 인민군 몇 명을 처치한 후 미군 조종사를 구출해준 공로가 인정돼, 신병 교육을 마치고 하사로 특진했습니다."

"잘됐군! 철만은 하사가 돼도 충분해. 용감하고 뛰어난 판단력과 특별한 재주가 있어!"

"감사합니다."

"우리 해병특공대가 북진 중 중공군에 밀려, 연평도에서 잠시 있다가 강원도에 있는 본대로 갔지?"

"우리 해병소대가 처음으로 연평도에 왔는데, 해병특공대가 있다가 떠났다는 말을 들었습니다. 빨리 왔으면 김 대위님을 만났을 것인데, 섭섭했습니다."

"어쨌든 만나서 반갑다. 나가서 다른 사람들과 이야기를 해봐."

"예."

저녁 식사가 끝난 후 김태민은 전원 큰 방으로 모이게 했는데, 남녀가 함께 모이니 큰 방이 좁았다. 김태민은 주의사항을 말했다.

"멀리서 온 여군들에게 먼저 감사를 전하며, 육·해·공군 해병대의 장교 계급장이 자랑스럽고 믿음직스럽다. 전쟁에서 다친 부상병들을 치료하는 간호장교의 모습은 마치 하늘에서 내려온 천사와도 같다. 내일 사신을 찾으면 긱자 잘 보관할 것이며, 다음 휴가 때도 이곳에서 다시 만나는 시간을 갖자."

김태민은 잠시 뜸을 들인 후 다시 말했다.

"우리는 결혼만 안 했다 뿐이지 군인의 몸으로 한 몸이나 마찬가지다. 그러나 결혼 전까지는 남녀 간에 지킬 것은 꼭 지켜야 한다. 한마디로 말하면 위험한 38선은 넘지 말아야 한다. 만약 위험한 선을 넘을 경우 중징계나 두 사람은 군인의 자격을 잃게 될 것이다. 선배로서 남군 여군 간에 모범을 보여야 한다. 내 생각으로는 앞으로 여군도 점점 늘어날 것이며, 육·해·공군과 해병대에선 여군 중대장과 소대장도 나올 것이며, 하사관도 많이 양성할 것으로 알고 있다. 그런 면에서 선배로서 우리가 먼저 건전한 이성관계를 유지해 나가야 한다. 이것은 명예와 전통을 자랑하는 참해병 정신이며, 나의 명령이기도 하다. 전쟁이 끝나면 합동결혼식을 계획하고 있으니 참고로 알고 있기를 바란다. 끝으로 자유롭게 이야기를 나누다 취침하기 바란다."

휴가 날짜에 따라 여군들이 먼저 부대로 가고, 해병들도 부대로 가는 날이 돌아왔다. 새벽부터 출발준비를 했다. 교통도 별로 좋지 않고 멀고 먼 강원도라 빨리 서둘러야 했다. 영숙과 현숙은 가다가 먹으라고 떡과 맛있는 음식을 준비해 주었다. 그리고 김태민의 부모님과 동생들은 눈물을 흘리며 잘 가라고 손을 흔들었고, 해병들도 손을 흔들며 전방으로 향했다.

서부전선으로 이동

김태민은 부대에 도착한 지 며칠 후, 최명철 중사를 불렀다. 잠시 후 최명철 중사가 사무실로 들어왔다.

"최 중사, 좋은 소식이 있는데 그것은 나중에 이야기하고, 부상당했던 생식기는 이상 없는 거야?"

"예, 왜요?"

"소개해 주었다가 나중에 뺨이라도 맞을지 모르겠네?"

"왜요?"

"결혼해서 거시기가 이상이 생긴다면?"

"중대장님, 병원에서 퇴원해 세 번이나 시운전을 해봤는데, 모두 성공했어요!"

"그러면 나하고 약속 한 가지 하지. 평생 생식기에 부상당했다는 말은 일절 말하지 말고, 또 해군병원 입원 이야기도 하지 말아."

"누구한테요?"

"앞으로 결혼할 사람에게 말이야."

"예, 이 생명 다할 때까지 이야기는 안 하겠습니다."

"그러면 부인을 행복하게 해줄 수 있지?"

"예, 이 세상에서 가장 행복하게 해줄 수 있습니다!"

"그러면 이야기를 하겠네. 이번 특별 휴가 때 만났지. 우리 고향 여선생이 있는데, 지금은 공군 간호장교야. 내가 최 중사 말을 했는데 편지 하겠다는 대답을 받았어. 그러니 오늘 가서 당장에 편지 써 보내. 다시 부탁하지만 병원에 입원했다는 말은 절대로 하지 마! 알았지."

"예, 꼭 명심하겠습니다."

"이 주소로 편지 써 보내봐!"

"예, 감사합니다. 잘되면 한턱내겠습니다."

최명철 중사가 왔다 간 뒤로 한 보름쯤 지난 어느 날이었다.

최 중사는 환한 얼굴로 사무실로 들어왔다.

"중대장님, 편지가 왔습니다!" 하면서 편지를 내 앞에 내놓았다.

"최 중사, 내가 볼 편지는 아니고, 앞으로 잘해봐! 그래야 훗날 결혼하지!"

"예, 중대장님, 전우들에게 자랑을 해야겠습니다. 자기들만 애인 있다고 나에게 자랑을 했습니다."

"최 중사, 자랑은 나중에 하고, 바쁜데 가봐."

"예, 수고하십시오."

최 중사는 신바람이 나서 밖으로 나갔다.

최 중사는 김용호 상사, 이삼영과 오덕상 중사를 불러 모았다.

이 세 사람은 통영상륙작전 때 함께 싸운 전우들이다.

"김용호 상사님, 저도 애인이 생길 것 같습니다. 편지가 왔습니다!"

이삼영 중사가 급하게 편지 봉투를 받아 보았다.

"아, 공군 간호장교 윤미자 소위구나! 이번 휴가 가서 봤는데, 무척 미인이더라!"

최명철 중사는 깜짝 놀랐다.

"미인이라고. 미인……"

"그런데 최 중사, 만약 결혼한다면 나는 걱정인데, 총알 들어갔던 생식기는 아무 이상 없는지?"

"이 중사, 밤일만은 끝내준다!"

이 말을 들은 세 사람은 웃음바다로 변했다.

선선한 가을이 되자 연대본부에서 특명이 내려왔다. 다름 아닌 김용호 상사를 소위 임관을 위해, 해병간부 후보생 교육에 입교시키라는 특명이었다. 김태민은 이 특명을 본 순간 깜짝 놀랐다. 용호를 보내기 싫지만 상부의 명령이라 어쩔 수 없었다. 전원 집합한 가운데 김태민은 힘없이 밀했다.

"오늘은 섭섭한 말을 해야겠다. 오늘까지 생사를 같이한 김용호 상사에게 소위 임관을 위해 해병간부 후보생 교육에 입교하라는 특명이 방금 하달되었다. 나는 보내고 싶지 않지만 상부의 명령이라 어쩔 수 없다. 이삼영 중사는 오늘 밤에 간단히 송별식 준비를 하기 바란다."

한순옥 해병과 몇몇 해병들은 눈물을 흘리고 있었다. 김태민은 오덕상과 한순옥 해병을 사무실로 오라고 지시했다. 잠시 후 두 해병은 사무실로 들어왔다.

"두 해병은 지금 즉시 오류동으로 가서 김용호 상사가 소위 임관교육을 받으러 간다고 말하고, 나는 보내고 싶지 않지만 상부의 명령이라 어쩔 수 없다고, 부모님과 영숙에게 말하고 1박하고 오너라."

두 해병을 보낸 후 김태민은 가슴이 아팠다. 6·25전쟁 발발 직후 영등포에서 처음 만나 부산까지 갔는데, 지금까지 고생한 일을 생각하면 눈물이 줄줄 흘러내렸다.

한편 중동부 전선에서 용맹을 떨친 한국 해병 1연대는 1952년 3월 17일 06시 미 해병대 1사단과 도솔산(강원도 양구군)을 떠나 그날 22시 30분에 서울 북방 29마일(약 46.7km) 지점의 장단 · 사천강 전선에 투입됐다. 해병대가 서부 전선으로 이동하게 된 것은 전적으로 이승만 대통령의 다시는 서울을 적에게 내줄 수 없다는 확고한 의지에서 비롯됐다. 개전초기 북한군의 기습남침으로 한국군 방어선이 무참히 무너져 서울을 빼앗겼었다. 그리고 1.4 후퇴 때 또다시 중공군에게 서울을 내줬던 아픔이 있었기에 수도 서울방어는 이승만 대통령의 간절한 의지이자 한 맺힌 소원이었다.

이러한 배경하에 '믹스 마스터'라는 수도권 방어 계획이 수립됨에 따라, 한미 해병대는 중동부전선에서 서부전선으로 이동했고, 중공군 최정예 사단과 대치하며 수도 서울을 방어하게 되었다. 이때 부연대장 보직은 공정식이 맡고 있었다.

미 해병대는 판문점을 중심으로 오른쪽을 맡았고, 병력과 장비를 보강한 해병 제1연대 한국 해병대는 왼쪽에 자리 잡았다. 동 · 남쪽으로 임진강이, 서쪽으로 사천강이 흐르는 이 지역은 '북고남저'의 지형으로 아군의 작전 행동에 제한이 따르는 불리한 곳이었다.

사천강 너머의 중공군은 제19병단 예하 65군단 소속의 193, 194, 195 보병사단과 8포병사단 총 4개 사단 4만 2,000여 명으로 구성됐다. 이들은 아군의 병력과 장비 이동이 훤히 내려다보이는 고지에 진을 치고 있었고, 화천에서 인해전술 하나로 전투를 벌이던 '오합지졸' 군대가 아니었다. 적은 최신식 화력과 현대적 전술교리로 무장한 중공군 최정예 부대였다. 엎친 데 덮친 격으로 휴전회담 때문에 여러 가지 제약까지 따랐다.

특히 상륙공격 군인 해병대 특성에 비춰볼 때 방어는 공격보다 더욱 어려웠다. 또 각 부대가 위치한 곳을 기준으로 '군사분계선'을 설정하자는 논의가 진행돼, 서울로 통하는 장단·사천강 지구에서 중공군의 공세가 한층 치열할 것으로 예상되었다.

서부전선으로 이동한 특공대원들은 대강 정리를 한 후, 김 특공대장의 지시사항을 들었다.

"서부전선으로 온 우리 해병 제1연대 병력은 5,000명으로, 중공군 4개 사단 4만 2,000명과 전투를 해야 한다. 특히 이곳은 타 부대가 쓰라린 굴욕을 당했던 곳이어서 전투에 임하는 우리 해병대의 각오는 어느 전투보다도 고지쟁탈전이 치열할 것이다. 그야말로 나라의 존망이 걸린 이곳을 사수함으로써 국민과 대통령의 기대에 보답해야 한다. 장단 지구에 배치된 193, 194, 195사단 중, 195사단이 우리 해병 1연대와 정면으로 대치하고 있다. 우리 특공대는 인원을 더 보충받아야 하겠고, 우리 임무는 상부의 지시에 따라 수색작전이나 고지 탈환이 될 것 같다."

김태민은 북쪽에 있는 높은 산을 쳐다본 후 다시 말했다.

"적이 점령하고 있는 지형은 사천강 대안 쪽에 있는 비교적 높은 산들이 남북으로 연결돼 있고, 사천강 일대의 저지대를 감제하므로 방어에 유리하다. 그런 반면에 우리 해병 제1연대가 점령하고 있는 전초진지일대는 155 고지를 제외하고는 모두 표고 50m 미만의 구릉과 전답으로 된 개활지이며, 임진강을 배후로 하여 적의 감제하에 있는 불리한 지형이다. 만약 이곳이 뚫리면 수백만의 서울 시민들이 또다시 피난길에 오르는 절망과 비극이 되풀이되기 때문에 절대 뚫려서는 안 된다. 임진강이 우리의 무덤이라는 한결같은 결심으로, 무적해병 정신으로 죽음으로 서울을 지켜야 한다. 우리 해병대는 적에게는 공포와 전율을 주고, 국민에게는 더없이 선하고 정직한 군대가 될 것이다."

이튿날 특공대 15명을 지원받았다. 그중에는 중공군 통역병 1명이 있었다. 15명을 지원받아 특공대 총인원은 30명이 되었다. 새로 지원받은 15명은 몸 단련과 백병전 훈련을 하라고 지시했다.

한편 김용호는 해병 사관후보생 교육을 마치고 소위로 임관했다. 부대 복귀를 하면서 3일간 휴가를 얻었다. 김용호는 장교 복장에 소위 계급장을 달고 설레는 마음으로 오류동에 먼저 갔다. 집안 식구들은 장교로 임관한 김 소위를 보더니 반가워 어쩔 줄을 몰랐다. 그중에서도 애인인 영숙이가 제일 반가워했다.

용호는 내일 집으로 간다며 영숙에게 사진을 찍자고 말하고, 둘은 시내에 나가 사진을 찍고 돌아왔다. 영숙이 아버지, 어머니는 앞으로 사위될 사람이 이제는 장교가 됐다며 자랑을 하며 기뻐했다. 저녁을 먹은 후 두 사람은 밖으로 나가 조용한 풀밭에 앉아 그동안의 일들을 이야기하며 시간 가는 줄 몰랐다.

용호가 먼저 말했다.

"부대가 강원도가 아니라 서울과 가까운 임진강 근처 장단이야! 3월 중순경 강원도에서 서부전선으로 왔지, 서울을 지키기 위해서……"

영숙은 기쁜 얼굴로 용호의 손을 잡으며 정답게 말했다.

"이제는 부대가 가깝게 있어 집에 자주 오겠네."

"서부전선은 중공군이 많아, 서울을 다시 뺏으려고 할 거야!"

"용호 씨는 소대장이지만 선두에 나서지 말아, 위험해!"

"앞으로 나설 이유가 있다면 나서야지. 나선다고 다 위험한 것은 아냐. 피로 맺은 전우들과 소대원들이 있으니 걱정 말아!"

"그래도. 걱정돼!"

이 말을 하고 영숙은 용호의 가슴 속으로 파고들었다. 그리고는 약속

이라도 한 것처럼 뜨거운 키스를 했다. 언제 다시 만날지 모르는 두 사람
은 꼭 껴안고 오래오래 키스를 했다.

"용호 씨, 전쟁이 끝날 때까지 무사해! 그리고 우리 결혼해 아들 둘,
딸 하나 낳고 행복하게 살자!"

"그래. 걱정 마. 나는 영숙을 이 세상에서 가장 행복하게 해줄 거야!"

영숙은 떨리는 음성으로 용호를 힘껏 끌어안고 다시 말했다.

"용호 씨. 고마워. 나 말고 다른 여자 생각하면 안 돼!"

"그럼. 그거야 물론이지. 걱정 마."

두 사람은 또다시 입을 포개며 뜨거운 키스를 했다.

"용호 씨. 가까운 데 있으니 자주 와. 그리고 절대 다치지 말아!"

"걱정 마. 내 목에 십자가가 있으니 하나님께서 보호해 주실 거야!"

"전투에 나갈 때는 십자가를 붙잡고 기도해. 그리고 오빠에게 부탁해!"

"알았어!"

둘은 집으로 오면서 손을 꼭 잡고 앞날을 생각하니 행복했다.

이튿날 둘은 사진을 찾으러 갔다. 김용호의 씩씩한 장교의 모습을 보
니 둘은 더욱 기뻤다. 사진은 한 장씩 나누어 가졌다.

집으로 와서 점심을 먹고 용호는 집으로 가게 되었다. 그런데 영숙은
다시는 못 만날 것 같은 불길한 예감이 들었다. 영숙은 용호의 손을 꼭 잡
고 눈물을 흘리며 말했다.

"용호 씨, 제발 전쟁이 끝날 때까지 절대로 다치지 말고, 우리 결혼해
행복하게 살자!"

"그래. 염려 말아! 다음엔 태민 형과 함께 올게!"

용호는 이 말을 하고, 식구들과 인사를 나누고 자신의 집으로 향했
다. 용호가 집에 도착하니 식구들은 깜짝 놀랐다. 갑자기 장교로 변한 아

들을 본 아버지, 어머니는 대견스럽다는 듯 반갑게 아들을 맞았고, 여동생도 기뻐서 어쩔 줄을 몰랐다.

용호는 부모님께 공손히 인사를 했다.

"아버지, 어머니, 그동안 안녕하셨습니까? 우리 부대는 강원도에서 며칠 전 서울 방어를 위해 서부전선으로 왔습니다."

이 말을 들은 아버지는 만족한 듯 아들을 쳐다보며 말했다.

"이제는 장교가 됐으니 책임이 무겁겠구나! 그러나 용감히 싸워 서울을 지켜야 한다. 서울이 무너지면 많은 사람들이 또다시 피난을 가야 하니 용감히 싸워주길 바란다!"

어머니 역시 장교가 된 아들의 손을 붙잡고 눈물을 흘리고 있었다.

"용호가 장교가 됐다니 너무나 기쁘구나! 그러나 네 몸은 네가 알아서 몸조심하며 다치지 말아야 한다."

아버지는 아들의 소위 계급장을 바라본 후, 다시 말했다.

"용호야, 아버지 말을 명심하기 바란다. 네 형 둘 다 이 전쟁 통에 나라에 몸을 바쳤다. 너만은 아무 사고 없이 전쟁이 끝나면 집에 돌아와야 한다. 그러나 비굴하지 말고, 싸울 때는 용감히 싸워야 한다. 우리 집은 고향이 함경남도 원산이다. 6·25전쟁이 나기 전 남한으로 넘어왔다. 그리 알고 북한군과 싸울 때는 나라를 위해 몸 바친다는 정신으로 싸워야 한다!"

"네, 아버지, 명심하겠습니다. 그리고 두 형님의 원수를 제가 갚겠습니다!"

"참, 용호야! 다음 달에 경북 영천으로 이사 가기로 했다. 부대에 배치되면 빨리 집으로 편지해라. 이사하면 그 주소로 편지할 테니, 그 주소로 찾아오면 된다."

"예, 아버지 알겠습니다."

잠시 후 아버지가 나가시고, 어머니가 다시 말했다.

"내가 준 십자가는 목에 걸고 다니지?"

"예, 어머니."

"전쟁터에 나갈 때는 꼭 십자가를 붙들고 기도하라!"

"예, 하고 있습니다!"

그날은 모처럼 부모님이 계시는 따뜻한 방에서 잠을 잤다. 이튿날은 부모님께 인사드리고, 서부전선 장단으로 향했다.

김용호는 1952년 3월 25일 해병 소위로 임관하여, 장단치구를 방어하고 있는 해병 1연대 11중대 3소대장으로 보직 받았다.

김용호 소위는 11중대장에게 3소대장으로 보직된 것을 신고하고, 소대로 돌아와 소대원을 집합시켰다.

"나는 11중대 3소대장으로 보직 받은 김용호 소위다. 강원도에서 이곳 서부전선으로 온 우리 해병은 서울을 방어하기 위해서 이곳으로 왔다. 이곳 서부전선에서는 한 발짝도 후퇴할 수 없다. 만약 우리가 후퇴한다면 또다시 서울이 중공군 손에 들어가고, 많은 서울 시민들이 피난 가는 슬픈 비극이 일어날 것이다. 그러니 우리 3소대는 최후의 한 사람까지 이곳에서 서울을 방어하며, 목숨을 걸고 전우애로 함께 싸우자!"

"옛!"

소대원들은 우렁찬 목소리로 대답했다.

잠시 후 김 소위는 김태민 특공대장에게 전화를 걸었다. 지금 그곳으로 가겠다고……

전화를 받은 김 대위도 반가워하며 빨리 오라고 했다.

김 대위는 즉시 특공대원들을 집합시켰다.

"작년 가을에 교육 간 김용호는 소위로 임관해 11중대 3소대장으로 보직 받았다. 금방 전화를 받았는데, 이곳으로 온다고 한다. 신임 소대장으로 어려움도 많을 것이다. 우리 특공대도 인원은 부족하지만 어려울 때는 조금이라도 도와주려고 한다."

이때 김용호 소위가 도착했다. 김태민과 반갑게 인사하고, 함께 근무했던 전우들과도 반갑게 악수를 나누며 인사했다. 잠시 후 김태민은 김용호를 사무실로 안내했다. 오덕상과 한순옥 중사도 자리를 함께했다.

김용호 소위가 먼저 말했다.

"김 대위님, 오류동에 가서 하룻밤을 자고 왔습니다."

"그래? 잘했다. 부모님과 동생들도 잘 있지?"

"예."

"영숙이와 함께 사진을 찍었습니다."

용호는 안주머니에서 사진을 보여주었다.

"야! 김 소위와 영숙이도 참 잘 나왔다."

태민이 사진을 보며 감탄하자, 오 중사와 한 중사도 부러운 듯 한참이나 쳐다보았다.

김용호는 다시 말했다.

"집에서도 하룻밤 자고 왔습니다."

"부모님도 가까운 곳으로 왔다고 반가워하시지?"

"예, 서울을 지키기 위해 서부전선으로 왔다고 하니, 아버지께서도 서울을 잘 지키라고 말씀하시며, 서울이 적에게 넘어가면 많은 서울 시민들이 또다시 피난을 가야 한다 하시며, 서울을 꼭 지키라고 말씀하셨습니다!"

"이곳 장단에서는 한 발짝도 물러서면 안 돼! 우리는 목숨을 걸고 서울을 방어해야 돼! 이승만 대통령께서도 또다시 적에게 서울을 내줄 수 없다고, 우리 해병대가 이곳을 지키게 하신 거야!"

"저도 잘 알고 있습니다. 목숨을 걸고라도 서울을 방어해야지요!"

"김 소위가 어려울 때 우리 특공대서 몇 명이라도 지원해 줄 생각이야."

"감사합니다. 김 대위님."

"11중대 3소대라고 했지? 이제는 3소대장이라 책임이 무거울 테니어서 가보도록 해."

"예, 위급한 일이 있으면 연락하겠습니다."

"급한 일이 있을 경우 언제든지 알려줘!"

"예, 알겠습니다."

김용호 소위는 거수경례를 한 후, 그 자리를 떠났다.

며칠 후 특공대는 김민성 중위, 이삼영, 김준모 중사 외 4명, 총 7명이 장단·사천강 지구 수색정찰을 나갔다. 한참 가다 보니 저쪽에서도 10여 명이 이쪽으로 오는 것을 선두에 선 김 중위가 먼저 발견했다.

"적이다! 숲속에 숨어!"

김 중위의 낮은 목소리가 날카롭게 들려왔다.

특공대원들은 잽싸게 숲속으로 몸을 숨겼다.

다시 김 중위의 긴장된 음성이 조용히 들려왔다.

"한 놈씩 맡아 대검으로 처치해!"

숨소리도 죽인 채 이쪽으로 걸어오는 적군을 살펴보았다. 점점 가까이 오자, 적군이 아니라 다른 부대 수색대원들이었다. 선두에는 해병 소위가, 그 뒤로는 7, 8명이 뒤따랐다.

김 중위는 다시 말했다.

"아군이다. 나가자."

이쪽 숲속에서 갑자기 나타나자, 그쪽에서도 깜짝 놀라며 가슴을 쓸어 내렸다.

"반갑습니다. 특공대 김민성 중위입니다."

"이창수 소대장입니다."

그쪽도 반갑다는 듯이 활짝 웃으며 말했다.

서로는 몸조심하라며 헤어져 가던 길로 가고 있었다. 이창수 소대장은 장단·사천강 지구에서 수색 정찰을 벌이던 중에 앳된 중공군 소년병 시체를 발견했다. 이 소대장은 갑자기 집에 있는 동생의 모습이 떠올라, 잠시 어린 소년병 시체를 자세히 살펴보았다. 목에는 십자가가 걸려있었다. 이 소대장 역시 교인으로서 그 소년이 애처롭게 느껴졌다.

이창수 소위는 소년병의 주머니를 살펴보았다. 주머니에서 나온 것은 소년이 어머니로부터 받은 한 장의 편지였다. 이 소대장은 옆에 있는 중공군 통역병에게 주며 읽어보라고 했다.

편지 내용은 다음과 같았다.

'사랑하는 내 아들아! 어린 나이에 전쟁터로 보내는 이 어머니의 마음은 천 갈래 만 갈래로 찢어지는 아픔이었다. 내 목에 걸었던 십자가를 아들에게 주니, 전쟁터에서도 항상 하나님께 기도하라. 이 어머니도 기도하겠다. 하나님은 내 아들을 지켜주실 것이다. 그리고 꼭 살아서 집으로 돌아와야 한다.

어머니가 사랑하는 아들에게 몇 가지 부탁한다. 하나님 말씀 중 성경책 '십계명'에는 살인하지 말라고 하셨다. 사랑하는 내 아들아, 적군이라도 총으로 쏴 사람을 죽이지 말고 위협사격만 하라! 항상 어머니의 십자가를 생각하며 하나님께 기도하라. 고향에 돌아오면 내 아들이 좋아하는 음식을 맛있게 만들어 주겠다. 그럼 내 사랑하는 아들아, 만날 때까지 몸조심하고 잘 있어라. 사랑하는 어머니가……'

이창수 소위는 소년병의 어머니 편지를 손에 쥐고 눈물이 주르르 홀러내렸다. 자신도 하나님을 믿는 기독교인이기 때문이었다. 비록 적군이지만 소년병을 안타깝게 생각한 이창수 소위는 시체를 정성껏 수습한 다음 따뜻한 양지 바른 곳에 매장해 주었다. 그리고 이창수 소위는 적군 무덤 앞에서 무릎을 꿇고 편히 쉬라고 기도를 드렸다. 이것이 현재 경기도 파주시에 자리 잡은 적군 묘지의 시초가 되었다.

해병 제1연대 전 병력이 연대본부 연변장에 집합했다. 특공대원들도 김태민 대위와 전원이 참석했다.

잠시 후 연대장이 단상에 올라가 전 병력을 둘러본 후 훈시가 있었다.

"1949년 해병대 창설 이래 전승의 신화를 써온 해병대는 통영상륙작전과 서울 탈환, 그리고 도솔산 전투에서 '무적해병'이란 이름으로 '귀신 잡는 무적해병'으로 다시 태어났다. 우리는 국군 제1사단 15연대로부터 임진강 하류에 있는 전초진지를 인수, 미 제8군의 최좌단 부대로서 미 해병 제1사단에 배속되어 새로운 임무를 맡아, 서부전선 장단지구로 이동했다. 장단 · 사천강 지구 전투는 수도 서울을 지키기 위한 막대한 책임을 가지고 있다."

"공산군에 세 번이나 수도 서울을 빼앗길 수 없다는 비장한 결심으로 이승만 대통령께서 용맹한 해병대에 수도의 서부전선 방어를 맡겼다는 사실은 '귀신 잡는 무적해병'의 용감성을 이미 인정하셨기 때문이다. 우리 해병대는 5,000명의 병력으로 최정예 중공군 4만 2,000여 명과 대치해 서울을 방어하기 위해 몇 가지 주의사항과 정신교육이 될 내용을 이야기하겠다."

"일단 격렬한 전투가 끝난 다음에는 어떤가? 힘이 완전히 빠진 병사는 기진맥진한 채, 곯아떨어지기 마련이다. '군대가 가장 취약한 시기는 싸움에서 이긴 직후의 순간이다.' '나폴레옹'은 이렇게 말했다."

"전투에서 이겼다는 안도감에 긴장을 늦추는 순간, 강력한 생리적 붕괴가 발생한다. 이때 공격을 받으면 속수무책이다. '임무완성 후 통합 및 재편성'이 매뉴얼처럼 시행돼야 하는 이유다. 수면 부족도 간과할 수 없는 문제다. 미군 포병대대 연구에 따르면 하루 7시간 수면한 대대는 98%의 임무수행을 과시했지만, 4시간밖에 자지 못한 대대는 15%에 그쳤다."

"또 전투에 뛰어들기 전에 먼저 정신무장을 해야 한다는 것이다. 인간은 본래 동족을 죽이는 데 선천적인 거부감을 갖고 있다. 그러나 한순간의 머뭇거림이 되돌릴 수 없는 비극적인 결과를 가져온다. '군인은 살인해야 할지도 모른다는 현실을 받아들여야만 한다.' 그래야 스스로에 대한 통제를 유지하고 상대방을 더 잘 막아낼 수 있다."

연대장은 잠시 말을 멈추고 연병장에 모인 해병들을 한 번 둘러본 후 다시 말을 이었다.

"우리 해병대는 서울을 방어하기 위해 이곳에 왔다. 한 치의 땅이라도 물러설 수 없다. 이곳에 목숨을 걸고 최후의 한 병사까지 이곳을 지켜야 한다. 만약 이곳이 무너지면 순식간에 서울이 또다시 피탈된다. 그러면 우리의 부모 형제들은 또다시 눈물을 흘리며 남쪽으로 피난 가는 비극이 생길 것이다."

"중공군은 틀림없이 인해전술로 우리의 진지를 기습할 것이다. 이렇게 된다면 할 수 없이 많은 중공군들과 백병전이 벌어질 것이다. 특히 접근전을 대비해 많은 훈련이 필요하다. 아마 가을쯤이면 중공군들은 본격적인 기습작전을 해올 것으로 생각한다. 그 이유는 임진강 물이 줄어들기 때문이다. 그때를 대비해 정신무장뿐 아니라 백병전에서도 한 해병이 중공군 2, 3명은 단숨에 처치할 수 있는 전술을 몸에 익혀라! 5,000명의 병력으로 4만 2,000명의 적을 상대하려면 참해병 정신과 나라를 지키겠다는 굳은 각오와 결심이 있어야 하겠다. '빗발치는 포탄 속에서도 침착하고 민첩하게만 행동하면 죽지 않는다!'"

"남북통일이 된다면 얼마나 좋은 일인가? 그러나 휴전으로 남북이 가로 막힌다면 이산가족이 생길 것이고, 분단의 비극이 생길 것이다. 우리 해병은 이곳을 끝까지 지켜, 전쟁이 끝나면 이곳 파주를 비롯해 장단지역은 안보의 평화 공원을 세우고, 우리 해병대가 적은 병력으로 서울을 지켜냈다는 것을 온 국민에게 알려야 한다. 그리고 해마다 이곳에서 전승 기념 행사도 해야 한다. 또 북쪽이 고향인 실향민들에게는 고향땅을 바라보며 조상들에게 제사도 드릴 수 있게, 우리는 죽음으로써 이 지역을 기필코 지킬 것이다. 그러기 위해선 우리 '귀신 잡는 무적해병' 용사들은 다함께 이곳을 지킬 것을 맹세하며, 끝으로 '나가자 해병대'가를 힘차게 부르자."

우리들은 대한의 바다의 용사
충무공 순국정신 가슴에 안고
태극기 휘날리며 국토 통일에
힘차게 진군하는 단군의 자손
나가자 서북으로 푸른 바다로
조국건설 위하여 대한 해병대

김용호 소대장 자결

  1952년 10월 1일 해병 제1여단을 해병 제1전투단으로 증·창설한 전투단장 김석범 준장은 전방지휘소를 파주군 임진면의 벌판 말에 두고 2개 대대를 전방에, 1개 대대는 예비대로 하여 연대본부와 '자유의 다리' 일대를 정찰하여 측후방을 경계했다.

  10월 30일이었다. 해병 제1전투단 11중대 3소대장인 김용호 소위는 곧 중공군의 공격이 있을 것으로 생각하고, 중대장에게 병력을 지원해 줄 것을 요청했다. 그리고 잠시 생각한 끝에 김태민 대위에게 특공대원을 몇 명이라도 지원해 달라고 부탁했다.

  김용호 소위는 전화기 앞으로 갔다.

  "김 대위님이시죠? 김용호 소위입니다."

  "아! 김 소위. 반갑군. 별 문제는 없는가?"

  "곧 중공군이 공격해 올 것 같습니다. 중대장님께 인원 보충을 요청했고, 김 대위님도 특공대원을 지원해 주시면 고맙겠습니다."

  김 대위는 잠시 생각하다가 말했다.

  "우리도 특공대 인원이 부족하고, 또 10명은 항상 대기해 있어야 하니, 특공대원 7명만 보낼게."

"예, 김 대위님, 감사합니다."

"그래. 행운을 빈다!"

"예, 수고하십시오."

김용호는 통화를 마치고 생각하니, 모두 70여 명은 될 것 같았다. 이 인원으로 33진지를 목숨을 걸고 지킬 것을 결심했다.

김태민은 급히 특공대원을 집합시켰다.

"김용호 소위가 곧 중공군 공격이 있을 것이라며, 특공대원 지원을 요청했다. 김 소위에게 7명을 보내준다고 약속했다. 7명은 한 발 앞으로 나와라. 이삼영, 김준모 중사, 그리고 이쪽 5명 모두 7명이다. 7명은 지금 즉시 개인 무기를 휴대한 후, 김 소위의 3소대로 가라. 모두 무사하기를……"

김 대위는 이 말을 한 후, 7명과 악수를 나누며 모두 아무 일 없기를 바란다고 말했다.

특공대원 7명은 3소대에 도착하니, 김용호 소위가 반갑게 맞아 주었다. 그럴 것이 특공대에서 함께 있어 정들었기 때문이다. 김 소위와 특공대원 7명은 굳은 악수를 나눴다. 김용호는 이삼영과 김준모 중사가 와서 한결 마음이 든든해졌다.

잠시 후 중대에서 지원 병력 30명이 도착했다. 모두 합하면 3소대 인원은 총 75명이었다. 김용호 소대장은 전원이 집합해 있는 장소로 갔다. 그리고 긴장된 얼굴로 소대원 앞에 섰다.

"우리 3소대를 지원해주니 고맙다. 곧 중공군이 공격해 올 것 같다. 우리 3소대는 증강된 병력 75명으로 몇 배나 많은 중공군을 물리쳐야 한다. 그래야 이곳 서부전선에서 서울을 지킬 것이며, 우리가 맡은 33진지는 한 발짝도 물러설 수 없다. 단 한 명이 남아도 꼭 지켜야 한다! 해병은 태어나는 것이 아니라 만들어지는 것이다. 안 되면 될 때까지…… 전우를 형제같이 가족처럼 여기는 마음이 바로 해병대만이 가진 투철한 해병정신이다. 참해병 정신력으로 목숨을 걸고 33진지를 끝까지 사수해 주기를 바란다. 이상."

33진지(45고지)는 우일선 부대인 3대대 주저항선 전방에 있는 세 개의 전초진지 중에서 최전방에 위치한 진지로, 이 진지에는 김용호 소위가 지휘하는 11중대 3소대는 증강된 1개 소대 75명의 병력이 배치돼 있었다.

그때 갑자기 33진지에는 대대 규모의 중공군이 피리를 불고 꽹과리를 치며 거센 파도와 같이 밀려왔다. 그러나 용감한 해병대에 밀려 일단 퇴각했다. 잠시 조용해지는 듯하더니 다시 중공군들은 벌떼처럼 몰려와 아군 진지 내에서 백병전이 벌어졌다. 중공군 여러 명이 총검을 앞세우고 이삼영 쪽으로 달려들었다. 삼영은 준모에게 눈짓으로 신호를 보낸 후, 선두에서 달려드는 중공군을 향해 개머리판으로 대갈통을 박살냈다. 중공군은 "퍽" 소리와 함께 저쪽으로 나가 떨어졌다. 두 번째 달려드는 놈도 삼영이 복부에 총검을 쑤셔 넣었다. 이때 옆에서 튀어나온 중공군이 삼영을 총검으로 찌르려고 달려들었다. 이것을 본 준모는 잽싸게 몸을 날려 중공군의 등판에 총검을 쑤셔 박았다. "어억" 하며 비명을 지르는 것을, 준모는 달려가서 옆구리에 다시 총검을 찔러 박았다. "아악!" 하며 비명소리와 함께 몸을 떨더니만 금방 눈을 감고 말았다. 김용호 소대장 역시 달려드는 중공군 놈들을 이리저리 치고 찌르며 금방 몇 놈을 해치웠다.

김 일병은 다른 부대에서 선발돼 특공대로 온 해병이었다. 고향은 손기정 선수가 살았던 신의주의 한 마을이라고 했다. 손기정이 마라톤으로 유명해지자 자신도 마라톤 선수를 꿈꾸며 달리기 연습을 했다고 한다. 어디선가 포탄이 날아와 근처에서 폭발하면서, 파편은 김 일병의 배에 맞아 창자가 밖으로 쏟아져 나왔다. 쏟아져 나온 창자를 손으로 집어넣으면서 작은 소리로 말했다.

"누가 내 창자를 넣어주면 나는 살 수 있는데……" 하면서 창자를 손으로 집어넣다가 그만 눈을 감고 말았다.

이것을 본 아군과 적군은 큰 충격을 받았는지 모두가 멍하니 바라만 보고 있었다. 이삼영은 그 순간 준모에게 신호를 보낸 후, 중공군들을 닥치는 대로 치고 박고 찔렀는데 성난 사자와도 같았다. 또 눈동자는 용접 불꽃처럼 이글이글 타올랐다. 적이 다가오는 족족 사정없이 박살을 내버렸다. 김준모 역시 날쌘 표범처럼 달려드는 중공군들을 개머리판으로 치고, 총검으로 쑤시고 차고 박고 순식간에 몇 놈을 처치해 버렸다. 이것을 본 중공군들은 겁을 먹고 도주하기 시작했다. 도주하는 중공군을 향해 총에서는 불을 뿜었다.

그 뒤로 한 20분이 지나자 다시 중공군들은 꽹과리와 북을 치고 피리를 불고 이상한 귀신 소리를 내며 몰려오고 있었다. 아군 진지로 거센 파도와 같이 밀려오는 중공군들, 다시 백병전이 시작되었다. 그러나 너무 많은 병력이라 밀릴 수밖에 없었다.

22시 40분경, 절박한 상황 속에서도 결사적으로 진지를 사수했으나, 병력 및 화력의 열세로 적이 진지에 들어왔다. 죽음을 무릅쓰고 아군의 진내사격(박스인)을 요청하여, 적은 많은 희생자를 내고서야 격퇴할 수 있었다. 그러나 아군도 절반 이상의 사상자를 내게 됨으로써 전투 역량에 치명적인 타격을 받게 되었다. 그뿐만이 아니라 유·무선까지 단절되어, 위급한 사항을 알릴 길마저 끊기고 말았다.

10월 31일 자정이 지나자 다시금 중공군들은 대공세를 감행해왔다. 이로써 33진지의 비극은 시작되었다. 중공군들은 또다시 징, 꽹과리를 치고, 피리, 나팔을 불고, 한국어로 여자 귀신 소리를 내며 달려오고 있었다. 아군은 총열이 닳아 총 덮개에 불이 붙을 정도로 사격을 하며 적을 사살했다. 그러나 죽이고 또 죽여도 계속 달려들었다. 중공군들은 성난 파도처럼 몰려와 교통호까지 오면 아군은 5성 신호탄을 공중으로 발사하여 올렸다. 그리고 진내 사격요청을 하고 지하 속으로 들어가 모래주머니 마대로 출입문을 막았다.

후방에서는 기다렸다는 듯이 포문을 일제히 열고, VT탄으로 집중사격을 하자 저격능선은 온통 불바다로 변했고, 순식간에 그 일대는 땅을 뒤흔들며 아비규환이 됐다. VT탄은 지상 10m 상공에서 폭발하여 우산형으로 쏟아져 지상에 노출된 인원은 전원 사살하는 무기이다. 사격이 중지되어 굴 밖으로 나가보니 살아남은 자는 한 사람도 없었다. 팔, 다리, 몸뚱이는 갈기갈기 찢어져 여기저기서 나뒹굴고 있었다.

그런데 어디서 숨어 있었는지 중공군들은 또다시 개미떼처럼 몰려왔다. 아군은 이미 실탄이 완전 소진된 상태였기 때문에 해병들로서는 오로지 백병전에 의존하여 강력한 화력을 갖춘 압도적인 적과 맞설 수밖에 없었다. 싸움은 아군과 적군 간의 전투가 아니라 어른과 아이들의 싸움이나 다름없었다.

김용호 소위는 주위를 살피며 고함을 질렀다.

"최후의 1인, 최후의 일각까지 싸워야 한다! 이 진지는 기필코 사수해야 한다!"

소대장 김용호 소위의 혈함에 격려되어 약 1시간 동안 결사적인 저항을 지속한 아군 진지에서는 전우들이 한 사람 또 한 사람씩 사라지기 시작했다. 이곳저곳에서 억울함과 분통함의 비명소리가 슬프게 들려왔다.

"소대장님, 너무 원통합니다! 해병대 만세! 대한민국 만세! 소대장님, 너무 억울하고 분해 눈을 감을 수가 없습니다. 소대장님! 서울을 부탁합니다!"

마지막으로 이 한 맺힌 한마디를 남긴 채, 부하들은 고지 위에서 장렬하게 산화했다.

마침내 소대장 이하 5명만이 남은, 그야말로 전멸 일보직전의 비극적이고 처참한 상황이 벌어졌다.

이삼영 중사는 슬픈 얼굴로 소대장에게 말했다.

"소대장님, 70명의 전우는 다 잃고, 우리 5명만 남았군요!"

"큰일 났다! 우리 5명이라도 이 진지를 지켜야 한다!"

김용호 소대장 역시 눈물을 흘리며 말했다.

그런데 바로 이때 기적이 일어났다. 하늘이 5명을 도왔던지 수십 발의 VT탄이 뒤로부터 날아와 진지에서 폭발하기 시작했다. 살아있는 해병 5, 6명은 포탄이 날아오는 소리를 듣고 금방 호 속으로 몸을 피했다. 포탄에 무방비로 노출된 중공군들은 우산형으로 퍼져 내리는 무서운 파편에 맞아 죽거나 심한 타격을 입은 끝에, 완전 점령을 하지 못한 채 도주하고 말았다.

고요한 새벽녘 여기저기서 연기가 피어오르고, 아군과 적군의 시체는 큰 무덤처럼 쌓여 있었다. 전사한 아군의 시체와 적군의 시체가 어지럽게 널려 있는 고지 위에는, 고요하고 비참한 새벽을 맞고 있었다.

김용호 소대장은 정신을 차리고 호 속에서 밖으로 나왔다. 고지 주변은 차마 눈 뜨고는 볼 수 없는 참혹한 비극의 현장만이 남아 있었다. 피를 흘리면서 고지를 지켜내려던 부하들은 싸늘한 시체로 변해 적군의 시체와 함께 산을 이루고 있는 모습은 지옥이나 다름없었다. 김 소위는 눈물마저 마른 채, 부하들의 시체를 하나하나 확인하기 시작했다.

한편 김태민은 하도 꿈자리가 사나워 혹시 무슨 일이 생기지나 않았나 불길한 예감이 들었다. 벌떡 일어나 김용호 소대장에게 전화를 하니, 통화가 되지 않았다. 무슨 일이 생긴 것일까? 급히 특공대원들을 기상시키고 긴급 명령을 내렸다.

"김용호 소대장이 있는 33진지에 우리 특공대원 7명을 보냈다. 그런데 불길한 예감이 들고, 모든 통신은 두절됐다. 밤사이에 무슨 큰일이 벌어진 것이 틀림없다. 5분 내로 개인화기를 지참하고 33진지로 간다."

이삼영 중사는 무너진 호 속에서 정신을 차렸다. 환한 빛을 따라 밖으로 나왔다. 군데군데 연기가 나고, 시체들이 사방에 널려 있었다. 그런데 함께 싸웠던 준모가 보이지 않았다. 삼영은 포격으로 무너진 호 속으로 준모를 찾으려고 들어갔다.

김용호 소대장은 비참한 모습으로 부하들의 시체를 확인해 본 결과 70명이나 전사한 것을 알았다. 김 소대장은 이 고지 위에서 부하들과 함께 잠들겠다는 생각을 했다. 그리고 주머니에서 수첩을 꺼내 종이 한 장에다 속죄로 소대원들이 잠든 이 고지 위에서 죽음을 함께한다는 유서를 썼다.

김용호 소대장은 눈물을 흘리며 만년필로 한 자 한 자 써나갔다.

'중대장님이 그처럼 아끼고 사랑하시는 부하들을 다 잃어버린 죄책감을 금할 수가 없고, 또 살아서 중대장님을 대할 면목이 없어 대원들이 잠든 이 고지 위에서 죽음을 같이하여 속죄합니다! 그리고 영숙아, 미안하다! 하늘나라에서 다시 만나자. 좋은 사람 만나 결혼해!'

다 쓴 후 철모를 벗어 종이가 조금만 보이게 덮어놓고, 권총을 뽑아 머리에 대고 방아쇠를 당겼다. "탕!"하는 소리와 함께 김용호 소위는 머리에서 피를 흘리며 숨을 거두었다. 이때 그의 나이 23세였다.

이삼영은 무너진 호 속으로 들어가 캄캄한 곳에서 김준모를 찾다가 못 찾고 밖으로 나왔다. 그런데 갑자기 한 방의 "탕"하는 총소리가 새벽 공기를 가르며 사방으로 울렸다. 삼영은 문득 예감이 좋지 않아 총소리 난 곳으로 달려갔다. 그런데 뜻밖에 김용호 소위가 권총으로 자결해 쓰러져 있었고, 권총은 그 옆에 있었다.

이것을 본 삼영은 김용호 소대장을 끌어안고 통곡하기 시작했다. 눈물이 줄줄 흘러내렸다. 잠시 후 삼영은 용호의 목에 걸었던 십자가를 꺼내 보았다. 삼영은 다시 옷 속에 넣고 대성통곡을 하며 울었다.

"김 소위님, 조금 전까지만 해도 함께 싸웠던 김 소위가 죽다니, 영숙은 어떻게 하라고 혼자 가? 조금만 기다렸다면 내가 올 것인데, 뭐가 그렇게 급해서 빨리 죽어! 함께 사선을 넘나들던 전우야, 통영상륙작전, 인천상륙작전과 서울 탈환 등 서로 이끼던 전우가 죽다니."

도저히 믿어지지 않았다. 그런데 저쪽에서 발자국 소리가 들려왔다. 삼영은 '혹시 중공군의 정찰병이 아닐까?' 하고 옆에 있는 권총을 집어들었다. 모습을 드러낸 건 특공대장 김태민이었다. 삼영은 자신도 모르게 벌떡 일어나 특공대장에게 소리쳤다.

"특공대장님, 김용호 소대장이 방금 자결했습니다!"

"뭐라고?"

김태민은 빨리 달려왔고, 뒤를 따른 대원들도 달려왔다.

"김 대위님, 김 소위가 금방 자결했습니다!"

"왜 자결했나?"

"아마 소대원들을 다 잃었다는 죄책감에 자결한 것 같습니다."

"바보 같은 인간! 자결은 왜? 영숙은……"

김태민의 눈에서도 눈물이 주르르 흐르며, 김용호 소위를 부둥켜안고 통곡했다. 김민성 중위, 한순옥 중사와 특공대원 모두가 슬피 울며 안타까워했다.

태민은 잠시 울음을 그치고 밝아오는 하늘을 보다가 다시 울부짖었다.

"우리는 6 · 25전쟁이 발발하자 영등포역에서 처음 만나 부산으로 피난 갔지. 우리는 똑같이 해군에 입대하여 해병대 3기로, 수많은 전투에서 생사고락을 같이해, 친동생처럼 생각하고 영숙을 소개해주었더니, 자기 명대로 못 살고 자결하다니 이것이 꿈인가 생시인가? 영숙에게 뭐라고 말해야 하는지, 용호야, 속 시원히 말 좀 해봐라!"

김태민은 눈물을 거두고 대원들에게 말했다.

"특공대원 6명이 안 보인다. 빨리 시체에서 확인해봐라!"

이삼영은 특공대장에게 조심스럽게 말했다.

"특공대원 5명은 전사한 것 같습니다. 2시간 전에 생존자는 5명이었는데, 김준모도 있었습니다!"

"그러면 김준모는 살았단 말이냐?"

"예, 어딘가 살아 있을 것입니다. 다시 찾아보겠습니다."

"그래. 부상당했다면 빨리 후송시켜라!"

"옛, 알겠습니다."

아침 햇살이 환하게 떠오르며 날은 밝아왔다. 11중대 본부와 3대대 본부는 물론, 전투단 본부에서도 유 · 무선이 모두 절단되어 소식이 없었다. 전투단장은 큰일이 벌어졌다는 것을 지금에서야 알게 되어 3대대장에게 1개 소대를 차출하여 33진지를 지원하라고 명령을 내렸다. 3대대장인 안창관 소령은 만일을 생각해서 2개 소대의 병력을 현지에 출동시켰다. 그들은 31진지를 경유해 날이 완전히 밝은 뒤에야 현지에 도착했다. 그런데 지원부대는 33진지와 그 주변 일대가 온통 시체 더미인 것을 보고 깜짝 놀랐다. 아군의 시체와 적군의 시체가 뒤엉켜 있는 모습은 말할 수 없는 처참한 비극의 현장이었다. 지원부대 해병들은 그 참담한 죽음의 진지 안을 수색했는데, 붕괴된 호 속에서 3명의 아군 생존병들을 구출해 냈다.

3명의 생존자 중에는 특공대원 김준모도 있었다. 준모는 정신을 차리고 보니 이삼영이 보이지 않아 혹시 전사라도 했다면 하고 불안한 마음이 밀려왔다.

지원장병들은 고지 정상에서 권총으로 머리를 쏘아 자결한 소대장 김용호 소위의 시체를 발견했다. 김 소위의 시체 옆에 있는 철모 안에는 한 장의 유서가 놓여 있었다. 희미한 달빛 아래 쓰인 그 유서에는 만년필로 쓴 그 글씨가 또박또박 적혀 있는 것으로 보아, 자결을 결심했던 그의 심성은 그만큼 담담했던 모양이었다.

김태민은 김용호의 유서가 나왔다는 말을 듣고 그곳으로 달려가, 떨리는 손으로 용호의 유서를 읽었다.

'중대장님이 그처럼 아끼고 사랑하시는 부하들을 다 잃어버린 죄책감을 금할 수 없고, 또 살아서 대할 면목이 없어 대원들이 잠든 이 고지 위에서 죽음을 같이하여 속죄합니다! 그리고 영숙아, 미안하다! 하늘나라에서 다시 만나자. 좋은 사람 만나 결혼해!'

유서를 다 잃은 김태민은 다시 용호의 시신을 붙잡고 통곡했다.

"용호아, 네가 부하를 다 죽였냐? 자결은 왜. 자결은…… 내가 너를 임관교육을 안 보냈다면 자결을 안 했을 것인데, 오경자처럼 내가 너를 죽인 것이다! 용서해다오! 그때 영등포에서 안 만났다면 좋았을 것인데. 영등포역 안에서 왜 내 발을 밟았냐? 안 밟았다면, 오늘처럼 가슴 아픈 일이 없을 것인데, 그리고 혼자 자결하면 끝나냐? 부모님과 '백년가약'한 영숙이는 어떻게 하고. 자결을 하다니…… 영숙에게 무어라고 말해야 한단 말이냐? 용호야, 대답 좀 해봐라!"

김태민이 용호의 시신을 흔들며 울부짖는 것을 보며, 한순옥은 이제 그만하라고 말했다.

잠시 이삼영과 김준모가 김 대위 앞에서 거수경례를 했다. 김태민은 김준모를 와락 끌어안고, "너만이라도 살아있었구나! 전사한 줄 알았는데…… 특공대원 5명은 어떻게 된 거냐?"

"김 대위님, 전사한 것 같습니다. 전우를 못 지켜줘 죄송합니다!"

이때 시체 확인으로 간 대원들이 돌아와 보고했다.

"김 대위님, 특공대원 5명은 모두 전사했습니다. 아군 총 전사자는 70명이며, 중공군은 115명이 죽었습니다."

"특공대원 5명과 김용호 소위 자결! 또 내 애인 오경자도 전사했고, 이번에는 여동생 영숙 애인 김용호 자결, 이 무슨 운명이란 말인가!"

김태민은 힘없이 자리에 앉아 멍하니 하늘만 쳐다보았다.

'사랑하는 부하를 잃은 죄책감으로 해서 자결로써 자신의 죄를 속죄하려고 했던 지휘관은, 고금의 전사를 통해서 결코 그 예가 흔하지 않을 것이다. 최후의 일각까지 사투를 계속한 끝에 비록 진지는 잃지 않았으면서도 부하를 죄다 잃은 슬픔과 죄책감 때문에, 결국 자결을 택하지 않을 수가 없었던 그의 심경은 과연 어떠했을까? 자결로써 속죄한 그의 죽음은 그 소식을 전해들은 해병들에게 크나큰 충격을 안겨 주었다. 상관과 부하, 부하들과 상관 간에 맺어져 있어야 할 그 생과 사를 초월한 혈맹의 뜻을 재점검하게 했다는 점에서 그의 죽음은 결코 헛될 수가 없는 것이었다. 부하들에 대한 끔찍한 사랑의 실체를 죽음으로써 형상화했던 그의 자결은, 참으로 고귀하고 값진 것이 아닐 수가 없었다.'

'전쟁기념관은 6 · 25전쟁 당시 장단(사천강) 지구 전투에서 전공을 세

운 김용호 해병 중위를 2000년 11월의 '호국의 인물'로 선정 발표했다. (그의 나이 23세였다.)'

이튿날 김태민은 김용호 장례식에 영숙을 참석시킬 것인지, 고민을 하다가 참석시키기로 했다.

며칠 후 70명의 전사자들은 합동장례식을 해병묘지에서 치렀는데, 고 김용호 중위는 첫 번째로 해병묘지에 모신다고 했다. 김태민은 즉시 한순옥 중사를 불렀다.

"3일째 되는 날, 전사자 70명은 합동장례식을 하는데, 고 김용호 중위는 10시 첫 번째로 한대. 이곳 여관에서 자고 장례식 날 아침 부대 정문에 와 있으면 내가 나갈게. 그리고 오류동에 가서 영숙이를 데리고 밖으로 나와서 있었던 일 그대로 말해줘. 영숙은 하늘이 무너지는 충격을 받겠지만…… 지금 출발해."

"예, 다녀오겠습니다."

한순옥 중사는 개인 무기를 챙긴 후 부대를 떠났다. 순옥은 차를 타고 가면서 어떻게 말해야 좋을지 걱정이 앞섰다. 어차피 벌어진 일이니 한번은 겪어야 할 일 아닌가! 영숙 언니가 이 슬프고 가슴 아픈 말을 듣고, 땅을 치며 통곡할 생각을 하니 앞이 캄캄해진다. 마음을 굳게 먹고 사실대로 이야기할 수밖에 없는 일이다.

긴장과 초조한 마음으로 대문을 밀고 안으로 들어섰다. 현숙이가 먼저 보고 반가워 달려오며 손을 꼬옥 잡는다. 그러면서 방 안을 향해 큰소리로 말했다.

"한순옥 언니가 왔어요!"

방문이 열리며 밖을 내다본 식구들은 마당으로 나오며 반긴다.

"아니, 소식도 없이 갑자기 왔네!"

영숙은 활짝 웃으며 손을 잡았다. 순옥은 웃는 얼굴이었지만, 속은 새까맣게 타들어갔다.

김태민 부모님은 순옥에게 어서 들어오라고 말했다.

순옥은 정신없이 방으로 들어가 인사부터 했다.

"그간 안녕하셨습니까?"

"그래. 우리야 별일 있나. 태민과 다 잘들 있지?"

"예."

순옥은 작은 소리로 대답했다.

영숙과 현숙은 자신의 애인에게 무슨 일이나 있나 하고, 순옥을 똑바로 쳐다보았다.

김태민 아버지는 다시 말했다.

"서울서 가까운 서부전선으로 왔다면서?"

"예."

"서부전선은 위험하지가 않는가?"

"이곳도 위험합니다. 서울을 지켜야 하기 때문입니다."

순옥은 말은 했지만 가슴은 터지는 것 같았고, 허리에선 식은땀이 줄줄 흘러내렸다.

"참, 용호는 소대장으로서 잘하고 있지?"

이 말을 들은 순옥은 얼굴이 화끈 달아오르며 심장은 터질 것만 같았다. 그러나 마음을 진정시키고 작은 소리로 대답했다.

"예."

순옥은 더 이상 앉아 있을 수 없어, 용기를 내어 말했다.

"아버님! 잠시 밖에 나가 영숙 언니와 이야기 좀 하겠습니다!"

"그래라."

이 말이 끝나자 영숙은 불안한 마음으로 순옥을 따라 나갔다.

"순옥아! 혹시 용호 씨가 다친 것이 아니냐?"

순옥은 이 말을 듣고 더욱 가슴은 방망이질을 치며, 입속에서 말은 뱅뱅 돌 뿐 밖으로 튀어 나오지 않았다.

"언니, 조용한 곳에 가서 이야기해!"

둘은 숲이 우거진 숲속에 앉았다.

"순옥아! 분명히 무슨 일이 있지? 솔직히 말해봐!"

"언니, 말할게. 마음을 단단히 먹어! 실은 김용호 소대장님이 자결 했어!"

"뭐라고? 자결, 자결을 했다고?"

"네, 중공군과 전투 중 소대장으로서 부하들을 많이 잃어, 중대장님 을 대할 수 없어 속죄한다는 뜻에서 자결한다는 유서를 남겼어요!"

"자결할 사람이 아닌데? 정말이야? 용호 씨가 죽었단 말이지!"

이 말을 들은 영숙은 땅을 치며 통곡했다.

"전번에 왔을 때는 서로가 약속을 했는데, 전쟁이 끝날 때까지 다치 지 말고 결혼해 아들 둘, 딸 하나만 낳자고 맹세했는데, 죽다니 이것이 꿈 이냐 생시냐! 부하들을 많이 잃었다고 죽으면 부모님과 나는 어떡하라 고, 이제는 누구를 믿고 산단 말인가! 오빠가 소위 교육을 받으러 갈 때 못 가게 말렸다면 이런 일도 없을 것인데, 혼자 가면 나는, 나는 어떻게 하라고……"

영숙은 코와 눈물이 범벅이 되어 큰소리로 울부짖으며 울고 또 울었 다. 순옥은 아무 말도 할 수가 없어 손수건으로 눈물만 닦아줄 뿐이다.

"언니, 죽은 사람이 운다고 다시 살아날 것도 아니고, 내일모레 고 김 용호 중위님의 장례식이야, 그래서 함께 가자고 왔어!"

"너무 분하고 억울해서 어떻게 사냐? 전사했다면 몰라도 자결했다니 더욱 가슴이 아프고 충격이 크구나! 나도 용호 씨의 뒤를 따라 죽음을 택할 것이다!"

"언니, 정신 차리고 진정해, 자결한 사람의 마음은 오죽했겠어! 이제는 세상 것은 믿지 말고, 오직 하나님만 믿고 살아! 어두워지는데 집으로 가서 식구들에게 알려야 돼. 언니!"

영숙은 아무 말 없이 순옥을 따라 집으로 갔다.

집 안으로 들어서니 현숙이가 한마디 했다.

"언니들 어디 갔다 와? 어두워지는데 빨리 저녁식사 해요?"

"현숙아, 저녁은 나중에, 식구들 모두 아버님 방으로 모이라고 해!"

순옥은 부모님을 향해 조심스럽게 말했다.

"조금 전 영숙 언니와 밖에서 간단히 말했습니다만, 저 혼자 온 이유를 말씀드리겠습니다. 2, 3일 전 많은 중공군들과 김용호 소대가 전투를 했는데, 중공군은 115명이 죽고, 김용호 소위님 소대는 75명 중에서 70명이 전사하고, 5명만 생존했습니다. 이것을 본 김 소대장님은 부하를 너무 많이 잃어 중대장님 볼 면목이 없다면서, 죽음으로 속죄한다는 간단한 유서를 남기고 자결하셨습니다!"

이 말이 끝나자마자 방 안은 온통 울음바다로 변했다.

"아이고, 이걸 어째나!" 하면서 모두 눈물을 흘리며 방바닥을 치며 통곡했다. 영숙이도 눈물을 흘리며 울고 있었다.

잠시 후 태민 아버지가 침착하게 말했다.

"무조건 울 것만이 아니라, 이야기를 좀 더 들어보자."

"고 김용호 중위님 장례식이 모레인데, 장례식에 참석하라고 태민 씨가 저를 보내며, 영숙 언니와 함께 오라고 했습니다."

이 말을 들은 태민 어머니가 말했다.

"영숙이가 장례식에 가면 마음만 더 아프지, 아니 전사했다면 몰라도 자결은 왜 해! 영숙이도 생각하고 부모님도 생각을 해야지, 생목숨을 자신이 끊다니……"

이 말을 들은 영숙 아버지는 다시 말했다.

"자결한 사람의 마음은 오죽했겠어! 좋은 아들 하나 잃었군. 영숙은 아무 생각 말고 마지막으로 떠나는 장례식에 참석해라. 이것이 사람의 도리이니라! 으음."

이 말을 하고 태민 아버지는 밖으로 나갔다. 방 안에 있던 사람들은 다시 울음을 터뜨리며 슬피 울고 있었다.

이튿날 아침 순옥과 영숙은 떠날 준비를 했다. 식구들은 또다시 눈물을 흘리고 있었다. 태민 아버지가 떠나는 딸에게 말했다.

"마음을 굳게 먹어라! 장례식에 네가 참석해야 그 사람도 편안한 마음으로 좋은 곳으로 갈 것이다. 이것이 너 혼자만의 슬픔이 아니고, 우리 민족의 비극이다! '동족상잔의 비극'이 언제까지나 계속될는지, 6·25전쟁으로 전사하든 자결하든 얼마나 많은 젊은이들이 이 땅을 지키다가 이슬과 같이 사라졌는가. 오늘의 비극이 너 혼자만의 비극이 아니라 온 국민의 비극이다. 앞으로 만약 휴전이 된다면 남북으로 헤어진 부모형제는 이보다 더한 분단의 비극인 '이산가족'이 생길 것이다. 그 사람의 죽음은 값진 죽음이었다! 너무 실망하지 말고, 하나님께 기도하라!"

정각 10시가 되니 오덕상 중사는 고 김용호 중위의 사진을 들고, 영숙은 검정 옷에 눈물을 흘리며 뒤를 따랐다. 그 뒤를 따라 김태민 대위와 김용호 소속 중대장과 대대장, 그리고 특공대원들이 눈물을 흘리며 뒤를 따랐다. 시신을 매장하기 전 시신 위에 태극기를 덮고, 군목이 간단히 기도를 드렸다. 문산 지구에 있는 임시 해병묘지에 매장하고, 그 앞에 십자가가 세워졌다. 이것을 본 영숙은 오열하고 있었다.

11중대 한 병사가 추모 글을 낭독했다.

"이곳 서부전선에서 서울을 방어하기 위해 꽃처럼 떨어진 임이여, 편히 잠드소서! 70명의 부하와 함께 편히 잠드소서. 임은 진정한 대한민국의 참해병이여! 명예와 전통을 자랑하는 '귀신 잡는 무적 해병'이여! 나라를 위해 몸 바친 고 김용호 중위님이여! 우리 해병들은 김 중위, 임의 고귀하고 값진 죽음을 영원히 잊지 않겠습니다! 해병 제1전투단 11중대 3소대장 김용호 중위님, 23세로 못다 핀 꽃 부디 편히 잠드소서. 1952년 10월 31일."

끝으로 70명의 전사자를 대표하여 고 김용호 중위의 해병묘지 앞에서 해병 11중대원 7명이 하늘을 향해 조총을 발사했다.

김태민 대위는 즉시 조위금을 마련하여, 김민성 중위와 이삼영 중사를 고 김용호 집으로 보냈다. 그러나 김용호의 아버지는 조위금을 받을 수 없다고 완강하게 거절하여 그대로 돌아왔다.

고 김용호 중위의 장례를 치르고 난 후, 11중대장 임경섭 중위는 화기 소대장인 이춘하 소위에게 금일봉을 건네주며, 경북 영천에 살고 있는 고인 유족(부친)에게 전달하라고 지시했다. 이춘하 소위는 영천에 살고 있는 어느 두부공장에서 일하고 있는 고인의 부친을 찾아, 김 소위의 전사 소식을 전한 다음, 그 봉투를 꺼냈다. 그러나 그는 그 돈을 중대원들을 위해 써달라며 끝내 사양하는 것이었다.

"나는 두부배달을 하며 어렵게 살고 있지만, 자식들 목숨 값을 받는 것은 아비의 도리가 아닐 뿐만 아니라, 아들의 숭고한 희생정신을 헛되게 하는 것이라 거절한다!"

그래서 이춘하 소위는 어쩔 수 없이 그 조위금을 가지고 되돌아왔다. 그 후 중대장은 다시 한 번 누군가를 시켜 조위금을 전하려 했으나 그를 만나지도 못한 채 돌아왔다고 한다.

　　김용호 부친은 고향이 이북으로, 아들 삼형제를 데리고 월남했지만 분하고 안타깝게도 그 삼형제 모두가 전장에서 산화했다는 것이다. 정말 가슴 아프고 슬픈 일이 아닐 수 없다.

정전협정 조인(휴전)

특공대 전원이 모인 가운데 김태민은 해병대 팔각모에 대해 설명을 해주었다.

"오늘은 특별히 '귀신 잡는 무적해병'을 뜻하는 '팔각모'에 대해 설명하겠다. 해병대의 정신은 여덟 개로 각이 잡힌 팔각모에 깃들어 있다. 최초 팔각모는 미국 해병대의 팔각모에서 본떠왔다. 미국 해병대의 팔각모에는 깊은 역사가 담겨 있다. 미국 해병 역사상 가장 치열했던 전투가 태평양 전쟁 막바지에 벌어진 '이오지마' 전투였다. 미 해병대는 난공불락의 요새라고 알려진 이오지마를 8번의 상륙작전 끝에 점령했다. 그 과정에서 미 해병군단장이 전사했다. 참으로 치열한 격전이었다. 미 해병대는 이것을 잊지 않기 위해 팔각모를 쓰게 되었다. 7번 실패하고 8번째 성공한 이오지마 전투를 기억하기 위해서다."

"한국 해병대도 팔각모를 썼다. 우리 해병대의 팔각모는 미국 해병대의 7전 8기 정신보다 더욱 뜻이 깊다. 신라 화랑도의 세속 5계에 세 가지 금지사항을 더해 8계를 만들어 팔각모로 탄생시켰다. 팔각모를 통해 8계를 엄수하자는 의미이다. 해병대가 목숨처럼 준수하는 8계는 '국가에 충성하라, 부모에 효도하라, 벗을 믿음으로 대하라, 전투에서 후퇴하지 마라, 뜻 없

이 죽이지 마라, 욕심을 버려라, 유흥을 삼가라, 허식을 삼가라!'이다. 해병
대는 이런 팔각모에 '지구상 어디든지 가서 싸우면 승리하는 해병대'라는
의미를 추가했다. 우리는 '귀신 잡는 해병'의 후예다웠다."

김태민은 잠시 숨을 고른 후 다시 말했다.

"해병대는 팔각모의 뜻을 명심하기 바란다. 끝으로 '팔각모 사나이'
를 부른 후 해산하기 바란다."

"팔각모 얼룩무늬 바다의 사나이. 검푸른 파도 타고 우리는 간다. 내
조국 이 땅을 함께 지키며, 불바다 헤쳐 간다. 우리는 해병, 팔각모 팔각모
팔각모 사나이. 우리는 멋쟁이 팔각모 사나이."

추운 겨울이 지나고 따뜻한 봄이 오면서 강원도에서 서부전선으로
온 지도 1년이 되있다. 1년이 되면서 특공대에서도 기쁜 소식이 전해졌
다. 김태민은 전투단에서 내려온 진급자 명단을 가지고 전원 집합시켰다.

"우리 특공대에서도 겨울이 가고 봄이 왔다. 전원 1계급씩 진급의 기
쁜 소식을 알린다. 진급자는 다음과 같다. 김태민 소령 진급, 김민성 대위
진급, 이삼영, 오덕상, 김준모, 한순옥 4명은 상사 진급, 오덕중은 중사 진
급이다. 진급일자 1953년 4월 15일부로 진급. 해병대 전투단장."

이 말이 끝나자 모두 두 손을 높이 들고 "와!" 하는 감격의 기쁜 함성
을 터뜨렸다. 한순옥 여 해병과 김준모도 너무나 기쁜 나머지 눈물을 흘
리고 있었다.

김태민은 다시 말했다.

"군목도 중위 진급, 최명철 중사도 상사로 진급했다고 전화로 알려
왔다. 많은 인원이 진급한 이유는 해병대 창설 4주년 기념일을 맞아 진급
특명이 난 것 같다. 오늘 저녁은 진급회식이 있겠다. 이상."

또다시 "와와!" 하는 함성이 울려 퍼졌다.

이튿날 아침, 여군들도 진급했다고 김태민에게 전화가 왔다. 태민은 급히 김민성, 이삼영, 김준모 3명을 불렀다.

"좋은 소식을 다시 전한다. 김향숙 대위 진급, 강영란, 이명숙, 윤미자 3명도 중위로 진급했다고 방금 전화가 왔다. 우리도 진급하고 애인들도 진급했다니 축하의 전화를 해주기를 바란다."

모두 너무 기쁜 나머지 환호성을 질렀다.

김태민은 그날 밤 잠자리에 들었지만 도무지 잠이 오지 않았다. 대위에서 소령으로 진급한 것도 좋지만, 이제는 소령으로서 전우들에게 새로운 것을 전하겠다는 생각이 솟구쳤다. 그리고 문득 '참해병'과 '혁신운동'이란 글자가 섬광처럼 번쩍 빛나며 스쳐갔다. 태민은 벌떡 일어나 참해병과 혁신운동을 생각나는 대로 노트에 적어놓았다.

이튿날 아침 전 대원들이 집합한 가운데, 어젯밤에 떠오른 생각들을 적은 노트를 들고 대원들 앞에 섰다.

"우리는 지금부터 새로운 참해병으로 태어나야 한다. 참해병이란 '충성', '명예', '도전'이란 핵심 가치를 실천하고, 조직 문화혁신에 앞장서는 해병을 의미한다. 의식개혁을 통해 일부 남아있는 병영 악습을 척결함으로써, 새로운 해병대 문화를 만들자는 것이다."

김태민은 잠시 먼 산을 쳐다본 후 다시 말했다.

"참해병, 혁신운동은 개인은 싸우면 반드시 이기는 강한 해병, 조직에 충성하는 해병, 꿈과 희망이 있는 해병으로 거듭나고, 이를 바탕으로 조직은 일하는 문화를 개선하고, 병영문화를 혁신하며, 부대관리를 시스템화하는 것이다. 또 우리 해병대는 국가와 국민의 신뢰 속에 성장해 왔다. 그러한 성원에 부응하는 길은 적의 도발에 한 치의 흐트러짐 없이 작전대비 태세를 완비하고, 적이 도발하면 무자비하게 응진해 승전 보고를 올리는 것이다. 더불어 군 생활이 인생의 정체기가 아니라 목표를 정해 앞으로 나아가는 기간이 될 수 있도록 여건을 조성하고, 동기부여에 최선을 다해야 한다. 이순신 장군의 23전 23승의 정신을 본받아, 우리 해병특공대도 전승의 기록을 이어 나가자. 그리고 이 운동은 우리 해병특공대부터 시작해, 전 해병대원이 실천에 옮기도록 할 것이다. 끝으로 참해병과 혁신운동을 명심하여 오늘부터 시작하는 것이다. 이상."

이 말이 끝나자 우레와 같은 박수가 울려 퍼졌다.

연락병이 전화가 왔다고 알려주었다. 김태민이 수화기를 드는 순간 저쪽에서 기분 좋은 목소리가 들려왔다.

"김 소령님, 최명철 상사입니다. 윤미자 중위와 만나 결혼하기로 굳게 약속했습니다!"

"최 상사! 잘됐다. 축하한다!"

"오후에 가서 자세히 말씀드리겠습니다."

"그래, 알았다."

김태민은 한 상사에게 김민성, 이삼영, 오덕상, 김준모를 빨리 데려오라고 지시했다.

잠시 후 네 사람이 사무실로 들어왔다.

"또 한 가지 반가운 소식을 전한다. 방금 최명철 상사가 전화를 했는데, 윤미자 중위와 만나 결혼하기로 약속했다고 한다. 네 사람은 아내 될 사람에게 절대로 최 상사가 생식기를 다쳐 병원에 입원했다는 말은 하지 말 것, 윤 중위가 이 말을 듣는다면 기분 좋은 일은 없다. 꼭 명심하길 바란다. 이상."

이삼영과 오덕상은 최 상사가 제발 첫날밤에 아무 일 없이 잘 넘겨야 하는데, 하면서 걱정 반 웃음 반으로 말했다.

1953년 6월 초순경이었다. 휴전 분위기가 무르익어갔다. 이때 이승만 대통령은 '휴전 반대! 북진 통일'을 들고 나왔다. 휴전 반대시위는 여러 지방으로 번져 나갔다.

6월 중순으로 접어들자 휴전 반대 운동이 전국적으로 확산됐다. 분단된 조국을 우려해 통일 없는 휴전에 반대하는 전상군인들의 휴전 협정 반대 궐기 대회가 불길을 당겼다. 휴전반대운동은 금세 서울, 대전, 대구, 광주, 목포 등으로 불길같이 일어났다. 학생을 포함한 온 국민의 휴전 결사반대 운동이 전국적으로 거센 불길과 같이 타올랐다. 특히 월남인들은 결사적으로 휴전 반대운동에 앞장섰다.

"나는 휴전을 결사반대한다! 우리는 목숨을 걸고 휴전을 결사반대한다! 월남한 피난민들은 기필코 고향에 가야 한다. 우리는 이산가족이나 실향민이 절대로 될 수 없다!"

많은 피난민들은 북에 두고 온 부모 형제를 다시 만나기 위해, 목이 터져라 휴전 반대 구호를 외쳤다. 우리 민족의 비극이 될지도 모르는 이 함성은, 북쪽 하늘로 메아리쳐 울려 퍼졌다.

1953년 7월 27일은 6·25전쟁이 발발한 지 3년 1개월 하고도 2일째가 되는 날이고, 1951년 7월 10일 휴전회담은 개시한 지 2년 18일째 되는 날이다. 이날 27일 09시 57분, 이제까지 본회를 주관해왔던 양측의 휴전회담 수석대표들이 회의장으로 들어갔다. 유엔군 측 수석대표 해리슨과 공산군 측 수석대표 남일은 회의장에서 서로 마주보고 각각 자리를 잡았다.

정전협정 조인식 당일인 7월 27일, 휴전회담 대표들이 앉은 책상 위에는 정전 협정문을 비롯하여 첨부문건인 '중립국 송환 위원회 직권 범위'와 '정전협정에 대한 임시적 보충협정'이 놓여 있었다.

이들 문서는 모두 18부로 영문 6부, 중문 6부, 그리고 국문 6부로 되어 있었다. 서명은 휴전회담 수석대표들이 각각 9부씩 하고 난 다음 서로 교환하여 다시 9부씩 교환하는 방식이었다.

양측의 수책대표는 자리에 앉자마자 정전협정 문서에 서명하기 시작했다. 그들은 정전 협정문에 서명하면서 단 한마디의 인사말도 나누지 않았다. 10시 10분 조인을 마치고 유엔군 측 수석대표 해리슨이 먼저 헬리콥터를 타고 판문점을 출발했다. 공산군 측 수석대표 남일과 그 일행은 소련제 지프차에 나누어 탄 후, 판문점을 떠났다.

1950년 6월 25일, 북한 공산군의 불법기습 남침으로 반만년의 역사 중, 가장 비참했던 '동족상잔의 비극'을 연출했다. 그러나 6·25전쟁이 아군의 반격전으로 공전을 계속하며 지루한 소모전을 계속하자, 남한은 원하지 않는 휴전회담이 시작되었다. 그러나 결국 3년 1개월 만인 1953년 7월 27일 오전 10시 전문 5조 36항에 달하는 휴전 협정에 조인하였고, 조인식은 불과 9분 만에 이루어졌다. 이로써 그동안 국내외 여러 곳에서 있었던 '휴전 반대' 운동은 백지화되었고 다른 양상의 민족적 비극의 길을 걷게 되었다. 그리고 휴전이 조인된 7월 27일 22시, 쌍방은 각각 2km씩 후퇴하여, 길이 155마일(6백 리)의 군사 분계선이 생겨났던 것이다.

6·25전쟁 돌발 3년 만에 휴전! 이제는 전쟁이 끝났다. 그러나 완전히 끝난 것이 아니라 잠시 쉬고 있는 중이다. 1·4 후퇴 이후 2년 6개월 만에 총성은 멎었지만, 허리를 묶은 철책을 사이에 두고 부모 형제가 총부리를 맞대야 하다니, 정말 가슴 아프고 통탄할 일이다.

휴전 협정이 조인되자 뜨거웠던 전선은 거짓말처럼 고요해졌다. 참으로 신기하고 기이한 일이었다. 3년 1개월이란 기간 동안 매일같이 총을 쏘던 습성에 못 이겨, 실수로 총 한 발이라도 쏠 수 있을 법한 상황이었는데, 그런 일은 전혀 일어나지 않았다.

해병특공대원들은 휴전 협정이 조인되기 전 육군 8사단에서 우리 해병특공대 백병전 시범을 보여 달라고 하여 갔다가 돌아오는 길이었다. 7월 27일 휴전으로 인해 차를 타고 오다가 금성천을 지나게 되었다. 그런데 그곳에서는 목숨을 걸고 전투하던 약 200여 명의 군인들이, 무기를 내려놓고 목욕을 하고 있었다. 전쟁의 오래된 때를 씻고 있었다. 미군은 강가에 천막을 쳐놓고 음식을 차리고 있었다. 살아있는 자들의 축복된 잔치였다. 놀랍게도 금성천에는 국군과 유엔군뿐만 아니라, 북한군과 중공군들도 모두 들어가 있었다. 노란 피부, 흰 피부, 검은 피부의 사람들이 벌거숭이로 물에 들어가 마음껏 물장구를 치고 있었다.

방금 전까지만 해도 서로 목숨을 걸고 싸웠다는 것이 믿어지지 않았다. 유엔군 천막에서는 같이 한잔하자며 북한군과 중공군을 부르는 소리도 들렸다.

특공대원 9명은 놀란 얼굴로 '금성천의 기적'을 바라보고 있었다. 이때 급하게 오덕상 상사가 큰소리로 말했다.

"김 소령님, 우리도 더운데 수영이나 하고 갑시다!"

바로 이때였다. 물속에서 큰소리가 들려왔다.

"귀신 잡는 해병대 중대장이 아닌가?"

뜻밖에 중공군 왕 중대장의 목소리였다.

이 소리를 들은 옆에 있던 병사들은 이쪽을 쳐다보았다. 그런데 그곳에는 오덕중의 막냇동생인 오덕하의 얼굴이 똑똑하게 보였다. 그 순간 오덕중 중사는 좀 큰소리로 말했다.

"형! 오덕하 동생이 저기 있어!"

이 말을 들은 김태민은 다급하게 말했다.

"분명히 네 동생이냐?"

"옛, 인민군으로 끌려간 막냇동생……"

김태민은 급히 작은 소리로 말했다.

"다, 이리 와? 각자 내 지시에 따른다. 마지막 탈출 작전이다! 신속하게 움직여, 탈출 작전 개시!"

이 명령이 떨어지자 운전병은 잽싸게 차 있는 곳으로 달려가고, 김태민 소령은 천막에 가서 맥주 한 박스를 들고 와 북한군들에게 나누어 주었다. 그리고 김태민과 왕 중대장은 서로 얼싸안고 기쁨을 감추지 못했다.

이때 덕중은 옷을 벗고 물속으로 들어가 동생을 만났다. 이것을 본 오덕상은 북한군 몇 명에게 맥주를 가지러 가자고 말했다. 북한군 4, 5명이 나오는 것을 본 덕중은 동생 덕하의 손을 붙잡고 나와, 각자 옷과 신발을 감싸 안고 함께 천막 쪽으로 달려갔다. 북한군들에게 맥주 한 박스씩을 들려 보낸 후, 오덕중과 동생은 급히 차 있는 곳으로 달려가 해병대 군복으로 갈아입고, 덕중은 동생의 군복과 신발을 들고 함께 차에 올랐다. 탈출 작전은 순식간에 벌어진 일이었다. 이때 김태민은 달려와 확인한 후, 차를 빨리 달리게 해 그곳을 피해 안전지대로 왔다.

김태민은 땀을 흘리며 차를 세웠다. 그리고 땅을 파고 동생의 북한군 군복은 땅에 묻으라고 했다. 태민은 해병대 군복으로 갈아입은 오덕상 동생과 지프차에 함께 승차하고, 달리면서 물었다.

"네 이름이 오덕하이냐?"

"옛."

"오늘 마침 운이 좋아 탈출하기를 정말 잘했다! 그렇지 않으면 형들과 영원히 만나지 못할 것인데, 언제 인민군에 입대했냐?"

"인천상륙작전으로 북한군이 북쪽으로 후퇴할 때 강제로 끌려갔어요!"

"고생이 많았구나! 이제는 안심해라. 형들이 도와줄 것이다!"

"옛, 감사합니다!"

잠시 후 덕하는 큰형 덕상에게 물었다.

"큰형, 경자 누나는 남한에서 교사를 했다고 인민군들에게 붙잡혀 갔어. 혹시 인민군으로 서울 탈환 때 목숨을 잃은 것 아냐?"

오덕상은 이 말을 듣고 자신도 모르게 한숨을 토해내며 조용히 말했다.

"나중에 말해줄게!"

"그러면 형이 누나 소식을 알고 있어? 어디 있는데?"

"지금은 너를 만나 꿈인지 생시인지 모르겠다. 나중에 이야기하자."

막냇동생 덕하는 더 이상 묻지 않았다.

김태민은 서울 탈환 때 경자가 목숨을 잃었냐는 말에 가슴이 철렁 내려앉고 앞이 캄캄했다. 그때 안 죽었다면 이번 9월 27일 날 합동결혼식을 할 것인데, 그때의 일들이 번개같이 떠올랐다. 여러 생각을 하다가 혹시 우리를 도와준 일이 있는지 덕하에게 한번 물어보기로 했다.

"덕하야! 혹시 우리를 도와준 일이 있느냐?"

"해병대와 싸울 때 몇 번 도와준 일이 있습니다!"

"그래? 네가 도와준 것이 우리 해병대다!"

"오래되어 잘 생각은 안 나지만 위험할 때마다 몇 번 도와준 일이 있어요!"

"야! 우리를 도와주었구나! 어떻게 우리 해병대를 돕게 됐냐?"

"고향에서 6·25전쟁 발발 직후, 오덕상 큰형의 피난길에 누나와 작은형과 함께 셋이서 따라갔는데, 그때 피난 가서 해병대가 되겠다는 형의 말을 듣고, 해병대와 싸울 때는 형을 생각해서 해병대를 돕게 됐어요."

"야! 기막힌 일이구나! 어쩌면 오덕중과 똑같으냐! 덕중도 해병대를 생각해서 서울 탈환 때 우리를 많이 도와주었는데, 너 역시 우리를 도와주었구나. 위험할 때 누가 도와준 일이 몇 번 있다. 안 도와주었다면 고지 탈환 때 많이 목숨을 잃었을 것이다. 이제는 삼형제가 헤어지지 말고 함께 한 부대에서 근무하라!"

"옛, 감사하고 고맙습니다."

"오늘부터 오덕하는 우리 해병특공대에서 형들과 함께 근무한다. 계급은 하사로 하겠다."

"옛, 더욱 감사를 드립니다. 형님들과 함께 용감히 싸우겠습니다."

"그래, 네가 마지막 탈출 작전이었다!"

해병대는 이곳에서 임진강에 배수진을 치고 중공군과 사천강을 경계로 대치하며, 휴전 협정이 체결되는 순간까지 치열한 고지 쟁탈전을 벌였다. 당시 중공군은 휴전 회담에서 유리한 위치를 확보하기 위해 공세를 더해가고 있었다. 그로 인해 야간에는 포격소리가 서울 시내까지 울렸고, 유리창이 흔들릴 지경이었다. 서울 시민들은 이 포격 소리에 놀라 한강을 건너 영등포 쪽으로 피난 가기도 했다.

이런 상황에서 우리 해병대는 5,000명의 병력으로 중공군 4개 사단 4만 2,000여 명과 맞서 싸운 결과 사살 1만 4,000여 명, 부상 1만 1,000여 명이라는 막대한 타격을 입혔다. 이에 반해 아군은 776명이 전사하고, 3,214명이 부상당했다.

6·25전쟁 때 조국을 위해 목숨을 바친 해병대원 총 1,822명 중 40%인 776명이 이곳에서 전사한 것만 봐도 전투가 얼마나 치열하게 전개됐는지 짐작할 수 있다. 이 전투의 승리로 개성-판문점-서울로 이어지는 축선을 지켜내 군사 분계선이 우리에게 유리하게 설정되는 데 크게 기여했다.

해병대원들은 동서를 막론하고 찾아볼 수 없는 안타까운 사건에 '절

치부심'했다. 수백만 명의 서울 시민들이 또다시 피난길에 오르는 절망이 되풀이돼서는 안 된다는 비장한 결의와 임진강이 우리의 무덤이라는 한결같은 해병정신으로, 결국 적군을 물리치고 수도 서울을 사수하는 쾌거를 낳았다.

6·25전쟁 기간 우리 민족은 오랜 역사를 통해 치른 전란 중에서 가장 처참하고 극심한 피해를 입었다. 국군만 해도 전사 및 사망이 13만 7,899명을 포함해 부상, 실종, 포로가 약 62만 명이었고, 유엔군 참전 16개국도 미군 전사 36,940명을 포함해 부상, 실종, 포로가 약 16만 명이나 되었다. 이렇게 볼 때 국군과 유엔군의 직접적인 인명피해만 해도 77만 6,000명에 달했다.

이에 비해 공산군 측근은 북한군 80만 명, 중공군 124만 명 등 약 204만 명의 손실을 입었다.

또 남북한 민간인의 피해도 엄청났다. 남한 주민들의 피해는 사망, 학살, 부상, 납치, 행방불명 등 99만 명에 달하고 있다. 여기에 북한 주민 150만 명을 포함하면 전쟁으로 인해 남북한 주민들의 인명 피해만 해도 250만 명에 달한다. 또 남북으로 헤어진 이산가족은 1천만 명이 넘는다는 것이다. 1천만 이산가족의 고통과 아픔이란 이루 말할 수가 없겠다. 다시는 이 땅에 전쟁이 없어야 하겠고, 온 국민은 국가 안보와 국력을 키우는 데 최우선으로 해야 하겠다.

아침 전원 집합한 가운데 김태민은 우울한 표정으로 앞에 섰다.

"1952년 3월 17일부터 1953년 7월 27일 정전협정이 체결될 때까지 495일 동안 우리는 서부전선에서 서울을 지켜냈다. 그러나 중공군은 한 치의 땅이라도 더 차지하려고 하여 쟁탈전이 계속되었다. 그 결과 해병 776명이 전사하고, 3,214명이 부상을 당했지만 우리는 끝까지 이곳을 지켜냈다."

김태민은 먼 산을 쳐다보다가 다시 말했다.

"통일이 돼야 하는데 휴전이 돼 정말 가슴 아픈 일이다. 일단은 전쟁이 끝났으니 9월 27일 합동결혼식을 할 생각이다. 4일 후 5일째 되는 날 오류동에서 만나기로 약속한다. 여군들에게는 약혼식 휴가를 5일간 낼 것이다. 우리도 5일간 휴가를 낼 생각이다. 주례는 군목이 맡아 주겠고. 합동결혼식 장소는 '자유의 다리'이고, 인원은 7쌍이 되겠다. 나는 집 문제로 복잡하니 결혼식 준비위원장은 김민성 대위가 맡겠다. 준비위원장은 지금부터 신랑, 신부 선물 등 모든 준비에 만전을 기할 것."

며칠 후 오류동에서 남녀가 만났다. 여군들은 모두 중위 계급장을 달고 있었고, 김향숙만은 해병대 대위 계급장을 달고 있었다. 특히 공군 간호장교 윤미자는 중위계급장을 달고 신랑 될 최명철 상사와 나란히 서 있는데 참 보기에 좋았다. 오후에는 연평 해병부대에 있는 강철만 중사까지 모두 모였다.

저녁을 먹고 한 방에 모여 김태민은 결혼 준비에 대해 말했다.

"일단 휴전이지만 전쟁이 끝났으니 결혼식 날을 잡았다. 결혼식 날은 9월 27일이며, 장소는 자유의 다리이며, 주례는 군목이 수고해주겠다. 신랑은 신부에게 반지를, 신부는 신랑에게 시계를 선물하겠다. 내일은 인천에 가서 약혼사진을 찍는다. 7쌍은 김태민과 한순옥, 김민성과 김향숙, 이삼영과 강영란, 오덕상과 김현숙, 김준모와 이명숙, 최명철과 윤미자, 강철만과 이춘옥. 이상 14명이다."

김태민은 밖으로 나오면서 김용호가 자결을 안 했다면 영숙이와 결혼을 할 것인데, 짝 잃은 외기러기처럼 영숙을 생각하면 더욱 가슴이 아프다.

합동결혼식

드디어 1953년 9월 27일 '합동결혼식' 날이 돌아왔다. 9월 27일은 6·25전쟁 전 김태민과 오경자가 고향에서 결혼 날을 잡은 것을 기념으로 이날을 합동결혼식 날로 정했다.

아침 일찍 버스 한 대를 전세 내어 7쌍의 양가 부모님을 버스에 모신 가운데, 합동결혼식장인 '자유의 다리'로 향했다.

원래 임진각 앞에는 문산읍 운천리와 장단면 노상리를 잇는 경의선 상·하행 철도 교량 2개가 있었다. 주민들은 마을 이름을 따서 '독개다리' 라고 불렀다. 6·25전쟁 때 폭격으로 파괴되었으나 얼마 전에(1953) 포로 교환을 위해 경의선 하행선 철교 중 무너진 부분을 임시 복구했다. 목조 평교 형식으로 길이 83m, 폭 4.5~7m, 높이 8m 안팎이었다. 국군 포로 1만 2,773명이 이 다리를 통해 자유를 찾아, '자유의 다리'로 명명했다.

버스 안에는 제주도가 고향이라 멀리서 찾아온 한순옥 상사의 부모도 있고, 김태민 소령의 부모도 있었다. 충남 서산이 고향인 이삼영, 김준모 상사의 부모와 강철만 중사와 최명철 상사의 부모도 있었다. 그러나 신부 측에서는 이북이 고향인 사람들이 많았다. 김향숙 대위, 강영란, 윤미자, 이명숙 중위는 가족 없이 쓸쓸히 앉아 있었다. 또 남자 측의 김민성 대위와 오덕상 상사 역시 외롭게 앉아 있었다. 오덕상 상사는 그래도 다행히 두 동생이 있어 마음의 위안이 되었다. 그리고 연평해병부대에 근무하는 김태식 해병 일병도 있었고, 누나인 김영숙은 김용호가 자결하는 바람에, 짝 잃은 외기러기처럼 혼자 앉아있었다.

군인들은 정모에 정복을 입고, 번쩍번쩍 빛나는 중위, 대위 계급장이 돋보였고, 민간인 신부들은 곱게 차려 입은 한복이 눈길을 끌었다.

어느덧 버스는 '자유의 다리' 앞에 도착했다.

사회자는 잠시 후 합동결혼식을 거행한다는 안내의 말을 전했다. 주례자인 군목은 예식 선언을 했다.

"지금부터 7쌍의 합동결혼식이 있겠습니다. 신랑 김태민, 신부 한순옥, 신랑 심민성, 신부 김향숙, 신랑 이삼영, 신부 강영란, 신랑 오덕상, 신부 김현숙, 신랑 김준모, 신부 이명숙, 신랑 최명철, 신부 윤미자, 신랑 강철만, 신부 이춘옥, 이상 7쌍 14명이 되겠습니다."

"신랑, 신부 입장이 있겠습니다."

이 말을 들은 7쌍의 신랑, 신부는 한 줄로 서서 입장하여 주례자 앞에 정렬했다.

"신랑, 신부 서약이 있겠습니다."

군목은 신랑, 신부 옆으로 갔다.

"신랑 김태민은 신부 한순옥을 아내로 삼고 끝까지 사랑하겠습니까?"

"예."

"신부 한순옥은 신랑 김태민을 남편으로 순종하며 끝까지 섬기겠습니까?"

"예."

"신랑 김민성은 신부 김향숙을 아내로 삼고 끝까지 사랑하겠습니까?"

"예."

"신부 김향숙은 신랑 김민성을 남편으로 순종하며 끝까지 섬기겠습니까?"

"예."

신랑, 신부 서약이 끝나자 사회자는 신랑, 신부 선물교환이 있겠다고 말했다.

사회자의 말이 끝나자 신랑은 신부에게 반지를 선물하고, 신부는 신랑에게 시계를 선물했다.

다음은 군목의 축복기도가 있었다. 군목은 신랑, 신부를 바라본 후 축복기도를 드렸다.

"천지만물을 창조하시고 인간을 창조하사 서로 사랑하면서 살게 하신 하나님께 영광과 찬송을 드립니다. 여기 서로 사랑하는 7쌍이 하나님께서 허락하신 결혼의 축복을 누리고자 머리를 숙였사오니, 이 결혼을 축복하시고 복되게 하시옵소서. 위로는 부모님을 섬기는 자 되게 하시며, 역경과 고통 중에도 낙심치 않고 살아갈 용기를 주시옵소서. 하나님 아버지, 간절히 기도합니다. 어서 통일의 그날이 오게 하여 주사, 북한 고향 땅에 부모 형제도 만나게 하여 주시옵소서. 또한 7쌍의 신랑, 신부의 건강도 지켜주시고, 물질도 허락해주사 한 평생을 행복하게 살 수 있게 하나님께서 축복하여 주시기를 예수님의 이름으로 간절히 기도합니다. 아멘."

사회자의 "다음은 대대장님의 축사가 있겠습니다"라는 말이 끝나자 대대장은 신랑, 신부 앞에 섰다.

"여기 오늘 '귀신 잡는 무적해병' 7쌍의 합동결혼식을 진심으로 축하합니다. 7명의 신랑 해병은 미 해병도 실패한 도솔산 점령에 성공했고, 또 서부전선으로 이동해 1년 4개월 동안 5,000명의 해병으로 4만 2,000여 명의 중공군을 물리쳤습니다. 죽음을 각오하고 싸운 결과 수도 서울을 지킬 수 있었습니다. 그러나 꽃다운 나이에 이곳에서 산화한 776명에게도 고이 잠들게 하소서. 특히 고 김용호 중위는 부하를 너무 많이 희생시켜 중대장을 볼 면목이 없다며, 고지 위에서 유서를 써놓고 자결했습니다. 고 김용호 소대장도 편히 쉬게 하시고, 온 국민과 우리 해병들은 영원히 잊지 말아야 할 것이며, 혼자 된 약혼녀에게도 위로의 마음을 전합니다. 오늘 9월 27일 7쌍의 신랑, 신부가 새로운 가정을 이루고, 아들딸 많이 낳고 행복하게 살기를 진심으로 축하합니다."

이 말을 들은 영숙의 얼굴에선 눈물이 흘러내리며, 입술을 깨물고 울음을 참고 있었다.

수례자인 군목이 앞으로 나와 7쌍을 둘러본 후 큰소리로 말했다.

"1953년 9월 27일, 7쌍의 신랑, 신부에게 성혼을 선포하노라!"

다음은 해병특공대원들의 '나가자 해병대' 군가가 우렁차게 울려 퍼졌다.

"우리들은 대한의 바다의 용사, 충무공 순국정신 가슴에 안고, 태극기 휘날리며 국토 통일에, 힘차게 진군하는 단군의 자손, 나가자 서북으로 푸른 바다로, 조국 건설 위하여 대한 해병대."

단체사진 촬영과 개인사진 촬영이 끝나자, 군목은 다시 말했다.

"마지막으로 북한의 고향에 계신 부모님께 기도하는 시간을 갖겠습니다. 신랑 신부는 모두 자유의 다리로 갑시다!"

북한이 고향인 신랑, 신부는 모두 8명이었다. 이들은 자유의 다리를 향해 가면서 고향에 계신 부모님을 생각하니, 슬픔이 복받쳐 올랐다.

군목은 '자유의 다리' 앞에서 기도를 시작했다.

"사랑이 많으시고 자비로우신 하나님, '동족상잔의 비극'으로 인하여, 남북한 1천만 '이산가족'이 생겼습니다. 원치 않은 전쟁으로 한 가족이면서도 한 집에 살지 못하고, 한 형제이면서도 한 식탁에 앉지 못하는 이 민족을 불쌍히 여기시어, 이 땅에 평화를 주시옵소서. 특별히 남북으로 헤어진 가족들을 위하여 간구하오니, 저들의 안타까운 마음을 위로하여 주시옵소서. 하루속히 형제가 연합하여 동거하는 아름다운 꽃들이 이 땅 방방곡곡에 풍만하게 피게 하여 주시옵시고, 민족의 가슴 가슴마다에는 이들을 축복하고 기뻐하는 마음으로 충만하게 하시옵소서."

"가정을 사랑하시고 축복해 주신 하나님 아버지! 부모가 자식을 보지 못하고 자식이 부모를 만나지 못하며, 지척에 있는 고향을 두고 갈 수도 올 수도 없이 지내는, 모든 이산가족의 애절한 호소와 간구를 들어 응답하여 주시옵소서. 주님의 손에는 불가능이란 없습니다. 예루살렘 성전도 허물었다가 3일 만에 세울 수 있는 능력의 주님께서는 있는 줄 믿습니다. 주여! 도와주시옵소서. 주님의 풍성한 은총으로 말미암아 저들의 가정에 기쁨이 충만케 하시고, 저들의 입에서는 찬송과 감사의 기도가 넘치게 하옵소서."

"우리 조상들이 물려준 이 땅이 남과 북으로 갈라지고 갈라진 형제들이 원수가 되어 총칼을 들고 무섭게 싸웠습니다. 그리고 땀과 피를 많이 흘렸습니다. 그것도 3년 1개월 동안 부모 형제가 남북으로 갈려 죽이고 또 죽이는 '동족상잔의 비극'이 계속됐습니다. 일제 36년의 서러움과 한이 가슴속에서 아직 사라지지 않는데, 또다시 남과 북이 갈라져 전쟁의 비극을 안고 살아가야만 합니까? 언제까지 우리 민족은 이 분단의 아픔 속에서 살아가야 합니까? 하나님 아버지, 남과 북의 허리를 꽁꽁 졸라맨 쇠사슬을 능력의 지팡이로 치사, 어서 속히 이 땅에 평화를 주시옵소서! 이 민족과 백성이 서로 사랑으로 만나고, 정의롭고 자유로운 통일된 한겨레로 살아가게 축복해 주시옵소서. 이 모든 말씀을 예수님의 이름으로 기도합니다. 아멘."

　북한이 고향인 이들뿐만 아니라 이곳에 모인 사람들, 북쪽이 고향인 실향민들은 '자유의 다리'에서, 이 기도 소리를 들으며 오열하고 있었다. 특히 북한이 고향인 신랑, 신부들은 북녘 땅을 바라봤고 땅을 치는 통곡의 소리는 북쪽으로 메아리쳐 울려 퍼졌다. 영숙은 용호의 사진을 들고 오열했고, 많은 실향민들이 북쪽 하늘을 쳐다보며 목메어 울부짖는 소리는 눈물의 바다로 변해버렸다. '동족상잔의 비극'이 낳은 또 다른 가슴 아픈 일들이 '자유의 다리'에서 벌어지고 있었다.

참고문헌

윤용남,《우리는 대한민국의 군인이었다》, 상상미디어, 2012.

기독교 대한감리회 군선교회,《압록강은 말이 없네》제1권, 2002.

《한국전쟁》7권 아이뱅크, 1978.

국방부 군사편찬연구소,《6·25전쟁사》, 2005.

2~7권, 2005-2010.9.10.11권, 2012-2013.

《국방일보》, 2018.6.28.

———, 2017.9.25.

———, 2016.10.13.

———, 2015.6.25.

———, 2015.6.9.

———, 2015.4.10.